O Rio é assim

José Carlos Oliveira

O Rio é assim

A crônica de uma cidade

1953–1984

Seleção, organização e notas
Jason Tércio

Agir

Revisão
Juliana Fausto
Cecilia Ginannetti

Capa
Mabuya Design

Diagramação
Leandro Collares

Produção editorial
CASA DA PALAVRA

Assistente editorial
Renata Arouca

CIP-BRASIL. CATALOGAÇÃO NA FONTE - SINDICATO NACIONAL DOS EDITORES DE LIVROS, RJ.
047r
Oliveira, José Carlos, 1934-1986
O Rio é assim : a crônica de uma cidade – 1953-1984 / José Carlos Oliveira ;
organizador Jason Tércio. - Rio de Janeiro : Agir, 2005

328p. : 15,5 x 23cm
ISBN 85-220-0649-0
1. Rio de Janeiro (RJ) na literatura. 2. Rio de Janeiro (RJ) - Crônica.
I. Tércio, Jason, 1949-. II. Titulo.

05-1279 CDD 869.98
CDU 821.134.3(81)-8
26.04.05 28.04.05 009969

AGIR EDITORA LTDA.
Rua Nova Jerusalém, 345 CEP 21042-230 Bonsucesso Rio de Janeiro RJ
tel.: (21) 3882-8200 fax: (21) 3882-8212/8313

Agradecimentos

Biblioteca Nacional do Rio de Janeiro,
Associação Brasileira de Imprensa,
Jornal do Brasil,
Biblioteca da Câmara dos Deputados,
Laurez Cerqueira
Wilton Sidou Pimentel.

Sumário

Caleidoscópio de uma cidade em transe

*Jason Tércio**

MEMBRO mais jovem da elite de cronistas dos anos 1960, José Carlos (Carlinhos) Oliveira, foi quem mais escreveu sobre o Rio de Janeiro. Ninguém (nem eu) sabia disso, porque ele nunca se preocupou em publicar uma coletânea com este tema. Ao falecer, em 1986, deixou os textos esparsos na imprensa, inacessíveis, portanto, às novas gerações de leitores e à crítica literária.

O Rio de Carlinhos não é apenas cenário, como geralmente acontece, mas sobretudo personagem, com sua paisagem física e humana, a vida burburinhando nas ruas e nas praias, nos bares e no Maracanã, nos morros e no subúrbio. Não apenas o lado charmoso – ele intercalou líricas exaltações às belezas naturais e histórias de corrupção, violência, miséria social e moral. Seu amor pelo Rio era verdadeiro e intenso, mas não cego. Pelo contrário: ele estava de olho em tudo. Por isso não espere encontrar aqui uma visão estereotipada de uma cidade mítica e sim os dois pólos – virtudes e vícios, o pitoresco e o grotesco, céu e inferno, o bem e o mal, enfim a Cidade Maravilhosa cheia de encantos e desencantos mil, como sempre foi.

Este legado do cronista que até agora permanecia inédito em livro contribui muito para se entender melhor essa complexa cidade, sem o maniqueísmo que contrapõe um apogeu dos anos 1950 a meados dos anos 1960 (os tais "anos dourados") à decadência nos tempos atuais. A realidade é menos simplista. Nem o passado foi só felicidade nem o presente é todo desgraça. A memória costuma reter mais as coisas boas que as ruins, o que é natural. Mas quando isto se aplica a uma cidade ou país, a imagem fica distorcida e, como a avestruz, fugimos da verdade.

Os "anos dourados" nunca existiram – são parte do folclore nacional, com laivos românticos, um interessante rótulo alimentado pela mídia e por saudosistas renitentes, como se houvesse a necessidade premente de alimentarmos essa ilusão, de termos uma referência "positiva" do passado para conseguirmos sobreviver no presente. Ninguém pode viver só do passado, assim como ninguém vive de paisagem.

Mais do que as belezas naturais, o que fez do Rio o grande símbolo dos "anos dourados" foi principalmente sua condição de capital federal e cultural do país, com uma imagem reproduzida permanentemente em músicas, filmes, livros, mídia e no discurso do poder, que é sempre otimista. Claro que naquele tempo a cidade era mais calma, entre outros motivos porque a população era bem menor e, conseqüentemente, o volume de problemas também.

Mas no ano dourado de 1953 havia muita miséria e crianças abandonadas nas ruas, como denunciam os dois primeiros textos aqui, crônicas-reportagens-contos crivadas de ironia, crítica social, citações literárias e musicais, escritas quando Carlinhos Oliveira tinha 18 anos, recém-chegado à cidade, vindo de Vitória, já experiente cronista. "Salvemos ao menos as crianças", bradou, num quase manifesto sobre um drama que iria adquirir dimensões de tragédia nas décadas seguintes, porque nunca encarado seriamente pelas autoridades – dizer, como se faz, que toda a sociedade é responsável é uma bela maneira de não responsabilizar ninguém. Note-se que o livro termina com um texto sobre o mesmo problema, 30 anos depois.

Este é outro aspecto da cidade que o livro expõe cruamente: a incapacidade de pelo menos mudarmos de problemas, já que a vida é sempre cheia deles. Patinamos nos mesmos, anos a fio – enchentes, violência policial, crimes, trânsito, mendigos. A diferença é que só aumentam.

Nos dourados anos JK já havia tudo isso. O Rio não vivia só de bossa nova, concurso de miss, chanchadas, Rádio Nacional, transferências para Brasília, que renderam ótimos sambas ("Adeus Mangueira/adeus meu Vigário Geral/adeus meu samba/adeus capital federal", cantava Herivelto Martins). Houve também greves, protestos estudantis, fome nas favelas, crimes hediondos, prostíbulos em toda a cidade (o maior, chamado Mangue, ficava na principal avenida do centro, a Presidente Vargas), falta d'água geral, polícia venal, inflação em alta – explodiu para 30,5% no último ano do mandato de Juscelino. Copacabana, a Princesinha do Mar, era palco de todas as formas de comércio sexual, tráfico de drogas, assaltos, assassinos de classe média e os famigerados Cafajestes, os pitboys da época. Como hoje, só mudam os nomes.

O livro não traz nenhum texto da era juscelinista, porque Carlinhos Oliveira nessa época estava trabalhando somente como redator e repórter (*Diário Carioca*, *A Cigarra*, *Diário de Notícias*, *Tribuna da Imprensa*). A partir de 1959 é que ele começou a se projetar, assinando artigos e crônicas no Suplemento Dominical do Jornal do Brasil (SDJB), o melhor caderno cultural então.

Ao mesmo tempo, em 1960 ele ganhou em outra seção desse jornal uma página inteira, intitulada "Paisagem Carioca". Assinava "José Carlos" e escrevia semanalmente sobre bairros, monumentos, casas que resistiam ou sucumbiam à invasão dos edifícios, ruas, praças, vida noturna, costumes populares, o subúrbio, aspectos peculiares da cidade. Com belas ilustrações do artista plástico Darel, são textos descritivos, antecipando, em alguns momentos, a nostalgia que todos sentiriam nos anos seguintes, compondo um mural de um Rio em transição, quando deixava de ser capital federal e cedia aos avanços do "progresso" que alterava a geografia e a arquitetura.

A página foi extinta ao surgir o Caderno B, no qual Carlinhos estreou, a convite do editor Reynaldo Jardim, em 13 de junho de 1961, com *Polícia não come amendoim*, sobre a cidade e suas crianças pobres, um tema que seria recorrente no cronista, cuja infância também foi sofrida, e transposta para seu primeiro romance, *O pavão desiludido*, de 1972.

Ele permaneceria pelos 23 anos seguintes escrevendo sua coluna quatro vezes por semana, só interrompendo nas férias anuais. Praticou todas as formas de crônica – descritiva, poética, ficcional, dialogada, confessional, ensaística, jornalística, autobiográfica –, e com um envolvente sabor literário. Renovou o gênero com sua linguagem inventiva, sofisticada sem perder a leveza, um viés psicológico-existencial perpassado de ironia, indignação moral, lirismo e deboche. Foi o mais subjetivo dos cronistas. Mas, em vez de contar historinhas do seu cotidiano particular, ele preferia, mesmo quando fazia isso, olhar o coletivo, a cidade inteira, e provocar o leitor, fazê-lo pensar. A mesma indignação demonstrada aos 18 anos com a situação das crianças de rua ele manteria durante toda a vida em relação a muitas questões.

Parte de sua grande popularidade teve a ver com a condição de boêmio histórico do eixo Copacabana-Ipanema-Leblon. Com 1,59m de altura e magro, encarnou o arquétipo do anti-herói transgressor e excêntrico. Histórias engraçadas e patéticas, sem falar dos escândalos, compõem o rico folclore que ele e seus pares protagonizaram na noite. Os textos sobre esse Rio boêmio estão em outro volume publicado, *O homem na varanda do Antonio's*.

Aqui nestas páginas o leitor percorrerá quase 30 anos da cidade, suas transformações, seus personagens, costumes e marcas registradas: futebol, jogo do bicho, violência, informalidade, praia, carnaval, displiscência, bom e mau humor. Carlinhos Oliveira não fazia média com ninguém, nunca ficou em cima do muro nem pretendia agradar aos bairristas quando escrevia sobre o Rio. Freqüentemente atacou os males (apontando as causas) de sua amada cidade e alguns textos são de uma extraordinária contundência – os que dizem (ou pensam) que ele era reacionário, vão quebrar a cara. Não recorre a clichês ideológicos; seu discurso sobre a violência é político e dostoievskiano, às vezes profético. Em 1953 ele já falava da cidade partida, uma barreira erguida "entre o asfalto e o morro", e antevia um rio (nos dois sentidos) de sangue. Em 1969 ele já estava pensando no século XXI (*Extrapolação em Ipanema*). No seu romance *Terror e êxtase*, de 1978, ele anteviu a conjunção, carnal inclusive, entre classe média e bandidos de morro.

Não é preciso dizer que estas crônicas mantêm a mesma energia de quando foram escritas e uma atualidade absoluta, além da excepcional qualidade literária. Temos aqui um Rio de Janeiro que é a mais perfeita síntese do Brasil: exuberante, criativo, desorganizado, belo e cruelmente desigual.

* Jason Tércio é escritor, tradutor e jornalista. Foi redator em *O Globo*, *Jornal do Brasil* e outros órgãos, colaborador em diversos jornais, além de produtor e apresentador de programas na BBC de Londres. Publicou *A pátria que o pariu* (romance), *Os escolhidos* (romance-reportagem), *Órfão da tempestade* (biografia de José Carlos Oliveira) e *A espada e a balança – crime e política no banco dos réus*. É também autor de contos e uma peça teatral premiados. Atualmente trabalha na organização de todos os textos de Carlinhos Oliveira inéditos em livro.

Os párias

DIARIAMENTE chegam ao Rio provincianos de todos os pontos do país. Não mais resistindo à tentação da metrópole, eles embarcam num trem, num Ita, num caminhão – e chegam. Vieram, vêm, estão vindo. Lá vêm eles! Vencerão. Vencerão? Quase todos. Percorrerão jornais, revistas, livrarias, emissoras radiofônicas, companhias de cinema, lojas, indústrias; lerão o *Jornal do Brasil* e (algumas vezes) dormirão no Albergue da Boa Vontade; lutarão desesperadamente pela sobrevivência, com fé e cartas de recomendação. Um dia os encontraremos empregados, acariocados, transformando em chope, na Galeria Cruzeiro, o primeiro ordenado.

Mas haverá fracassados entre eles. Muitos. Rolando vertiginosa, a vida os afastará impiedosamente. Arreda, pária! – e a cidade que os seduziu os ostentará em toda a sua abjeção, nas esquinas como vitrines.

Um romancista

Olhai a expressão deste homem. Não traz a mínima dor. Barbado, sujo e mudo, ele encara a vida com uma resignação obstinada. Não protesta, não chora, não volta. Principalmente não volta. Saiu de casa, algum dia, contra a vontade dos pais; iria conquistar o Rio, enriqueceria e se tornaria famoso. Suponho que tenha um romance manuscrito, ex-trampolim da fama. Romance na mala, na memória os versos de Manuel Bandeira:

Vou-me embora pra Pasárgada
Lá sou amigo do rei
Lá tenho a mulher que quero
Na cama que escolherei,

Ele invadiu a Pasárgada. Como um guerreiro audaz de contos antigos. Mas – ai! – além do muro paterno o filho pródigo se perde numa estrada de dores e vexames. Entretanto, não volta. Ser-lhe-ia insuportável enfrentar a zombaria dos amigos e os "Não avisei?" dos pais. E mesmo já tendo a vida destroçada, irreversível.

Ele será encontrado na Biblioteca Nacional, das dez da manhã às dez da noite, lendo os amados livros que o enlouqueceram. Alimenta o espírito, uma vez que não pode alimentar o corpo...

Terá escrito, muito tempo antes, cartas à família, nas quais narrava pretensas histórias (o orgulho resiste a todas as quedas humanas), e nas quais informava estar muito breve "em condições de mandar buscá-los". E as cartas eram mostradas aos vizinhos, e os vizinhos, emocionados, comentavam: "Eu não disse? Ora, quem não via logo que ele tinha talento?"

Talentoso, mas impotente, ele acabou deixando de escrever. A família e os vizinhos afogaram-se num mar de silêncio. Agora é como se o tempo anterior inexistisse. E da memória foi banida a ilusória Pasárgada, pois:

Tinha uma pedra no meio do caminho
No meio do caminho tinha uma pedra.

(Ele jamais esquecerá aquele acontecimento que viram sua retinas tão fatigadas).

José, e agora?

De Vitória, de Salvador, do Recife – donde veio este aqui? Não sei; ninguém sabe. Sabe-se que ele veio. Chegou, viu e foi vencido. Cochila num banco de praça. Quem sabe se estará sonhando com a vida que levaria se tivesse sorte. Uma vida fabulosa, hoje em São Paulo, amanhã em Paris; muito uísque, muitas e belas mulheres, muitíssimo dinheiro. E depois de amanhã... Ah, depois de amanhã é domingo e segunda-feira ninguém sabe o que será. Sabe-se que daqui a pouco ele estará desperto, sem sono nem uísque, Paris diluída, São Paulo a seis horas do Rio, mas impossível.

E agora, José?
A festa acabou...

A festa acabou! Voltemos para Minas, depressa, voltemos para Minas. Oh, Minas não há mais. Não há mais Minas, pobre José...

Dormindo na calçada

Companheiro triste, sórdido tapete estendido na calçada, atravancando a vida, que todavia, feroz, irrefreável, te pula por cima; abjeto meu irmão, face áspera do destino: em honra a ti, para o teu conforto, eu quis fazer um doce acalanto. Mas só me veio aos lábios impotentes a ternura ríspida, patética do poeta Newton Braga.

"Dorme, bagaço podre da sociedade".

Tem um pau-d'água no Flamengo

Ora, tem um pau-d'água no Flamengo. Velho, melancólico e dado a filosofias. Não lhe sei o nome, mas acredito seja seu senso estético bastante acentuado, porque, ao pedir-lhe que se deixasse fotografar, ele respondeu: "Não, fotografias não. Não sou fotogênico". Se Steinbeck morasse no Rio teria inveja desse pária, dez vezes mais notável que qualquer dos boêmios errantes.

O pau-d'água do Flamengo, peço licença para contar, não tem uma profissão muito decente. Há vários anos dorme num buraco feito no paredão que separa a praia da avenida Beira-Mar e cuja função, se não me engano, é a de ventilar os esgotos. Pois bem, o homem precisava de dinheiro para beber – e sua indolência obrigou-o a achar trabalho nas imediações da própria cama, que resulta ser sua cozinha e seu escritório.

Necessidade... que inventora de coisas! O nosso pau-d'água forrou o buraco com jornais e pronto: estava fundada a mais rendosa e fácil empresa comercial de que se tem memória. Dá-se que as empregadinhas do Flamengo, à noite, costumam namorar diante do mar (Oh, a sensibilidade poética das empregadinhas do Flamengo!) O diabo é que ali pelas onze horas, inspirados ambos (a empregadinha e seu respectivo), carecem de local menos devassável. Os faróis dos automóveis atrapalham muito. Além disso, essas coisas em pé... Bem, paremos por aqui.

"Aluga-se quarto. Cr$2,50, duas horas". É esse o anúncio que, em voz alta, profere o pau-d'água do Flamengo em noites de luar. E nunca faltam os casais necessitados de sossego. Amor ao som de ondas do mar... Que chique! O homem está enriquecendo com a indústria que monopoliza. Contudo, o dinheiro se transforma todo em bebida. E a natureza do seu ofício, tratando-se de um homem de bem (o pau-d'água do Flamengo é, asseguro, um homem de bem) entristece-o profundamente. Outro dia ele me confessou, a chorar:

– Eu bebo para afogar as mágoas. Mas elas aprenderam a nadar...

É proibido pisar na grama

Será proibido dormir na grama? Nem sim, nem não. A lei é omissa. Em vista do que, durmamos. Durmamos, irmãozinho, respeitando a lei como bons cidadãos. Morrer? Dormir; sonhar, talvez. Eis aí. Shakespeare participa que estás morto (pelo menos de sono). *Requiescat*, portanto, *in pace*.

Nem morena, nem outra qualquer coisa. Madame, é feio uma senhora dormir na rua. Embora esteja bêbada. Francamente, madame, isto não é coisa que se faça. Olha que a polícia lhe desce a borracha...

Bem, leitor, você naturalmente não a conhece. Vou lhe contar a história dela. Antigamente

Dizia que era morena
Sabendo que era mulata
Dizia que era donzela
Nem isso não era ela...

Era ama-seca na Tijuca. Na Tijuca, de vez em quando, aparecem alguns marinheiros. Um dia apareceu um marinheiro. Depois desapareceu, saiu por estes mares sem fim, que um marinheiro honrado só quer, da terra firme, cachaça e amas-secas. O resto do seu amor vai todinho para o mar.

De repente, a nega-maluca encarnou em mais uma infeliz. Aborto, vergonha e solidão. Enfim, que se há de fazer? Uma ama-seca nasce para isso mesmo. No fim resta dormir em qualquer parte, até no chão, no úmido e bom chão, não mais aflita, não mais aflita...

Garotinho, Garotão

Garotinho Garotão, que precocidade é essa? Dormir no trem da Central, fumar ponta de cigarro, não cortar cabelo nunca, dizer nome feio que nem jornalista... Garoto metido a homem, cuidado com o bicho-papão. O bicho-papão. O bicho-papão existe, garoto, asseguro. Vestido de diretor do Serviço de Assistência ao Menor, ou dentro de outra roupagem, asseguro: o bicho-papão existe. Talvez a vida seja ele, quem sabe. A vida, Garotinho Garotão (ou que outro nome tenha), esta vida decididamente encrencada que te fez prematuro homem perdido. Acredito que, no fundo, sejas realmente uma criança. Mas em que parte de ti reside a infância? Nos olhos? Oh, afasta estes olhos de nós, Garotinho Garotão. Não os craves em nós como remorso. Nenhum de nós tem culpa. Aqui nesta revista, então, é que todo mundo é inocente. Nunca vi jornalista dar jeito à infância desamparada. Jornalista foi feito para berrar, gesticular. "Vejam a infância desamparada! Amparem a infância, socorram as crianças!" Porém isso não adianta nada. As pessoas que podem fazer alguma coisa lêem a reportagem e acham uma graça medonha nesses jornalistas, comentam entre uma golada de vinho e uma dentada no pernil de porco: "Essa gente anda chovendo no molhado".

Bolas, Garotinho Garotão, tira esses olhos de cima de nós.

Uma página cheia de vagabundos

Você nunca viu uma página tão cheia de vagabundos, hein? *Manchete* hoje está metida a filme italiano. Mas em compensação, meu amigo, dê um giro pela cidade, percorra a praça Paris, examine os becos sujos e escuros desta cidade – e verá que a coisa é muito mais feia na realidade. Nem quinhentas páginas dariam para mostrar todos os párias do Rio de Janeiro. Aquele que está ali na ponta veio do Pará. Sua mãe, na hora dele embarcar, disse: "Meu filho, anda direito que é pra Deus te ajudar". E ele sorriu já meio saudoso, e com a voz molhada soprou um frágil "Ora, mamãe, não é preciso se preocupar", e o Ita já ia embora, então ele subiu ao convés, ficou debruçado na grade, acenou para a sua mãe, depois disse de modo piegas, mas com sinceridade: "Adeus, Belém do Pará". Hoje está ali, na ponta da página, com o mesmo terno do embarque. É o mesmo homem do embarque. Andou direito, mas parece que Deus não ajudou. Não ajudou, mas consolou: ele irá para o Céu, enquanto os outros, os que hoje estão bem, só o conseguirão quando o camelo passar no buraco da agulha. Já é alguma coisa.

A estrelinha

Viu só, sua diabinha? Você foi sempre sapeca, veio para cá ser estrela de rádio ou de cinema. As estrelas sobem ou descem; Marques Rebelo já tinha avisado. Você "desceu". Coitadinha. O sucesso – *plaft*! – era de vidro, se quebrou. Agora a vida é mais difícil, é preciso muita paciência para não desesperar no dia em que falta o homem que pagaria (se existisse) o bife com fritas. Ora, você veja como são as coisas.

Sublime estrelinha do Mangue, vivam as estrelinhas do Mangue, como é emocionante, meu Deus, ser uma estrelinha do Mangue!

Revista Manchete, 14-02-1953

Salvem-se ao menos as crianças...

A CIDADE se transformou em vitrine de misérias. São miseráveis de todos os tipos, idades, sexos. Principalmente crianças. Podeis dizer que o vagabundo barbado e sinistro que vos aborda em todos os cantos não passa de um malandro, que é bastante forte para trabalhar, que está enriquecendo de tostão em tostão etc. Eu não vos retrucarei que encontrar emprego nesta cidade é quase um milagre. Nada vos direi, e talvez faça coro contra o mendigo.

Mas e as crianças? Em cada bar encontramos cinco, seis delas, vendendo pentes, marmeladas, bonequinhos, pedindo dinheiro e pregando em nosso sanduíche os mais dolorosos olhos. A menininha de sete anos se pendura em nossas pernas e diz a frase habilmente decorada: "Me dá um auxílio, moço, pra minha mãe que está doente e não pode trabalhar".

E o garoto de doze anos, raquítico e cínico, encostado num poste, escolhe entre os passantes precisamente aquele que sabe ingênuo e facilmente enganável. É um psicólogo instintivo, no excesso de pó que cobre o rosto de certa senhora descobre a infalível beata, a dona da bolsa cheia de níqueis destinados aos mendigos que possa encontrar no caminho...

Que direis delas, das crianças? Não têm casa; não têm pais; não têm assistência. Vindas de ninguém sabe onde, infestam a Central, a Galeria Cruzeiro, os bares da Esplanada[1], a rua do Ouvidor. Dormem na rua, em casas demolidas da avenida Presidente Vargas, fumam, jogam, algumas vezes roubam. Que direis, meus senhores, destes pobres párias de 10 anos?

Não, não indiqueis o SAM[2] como solução. É notória a sórdida situação do SAM. É mesmo preferível (que Deus nos perdoe), deixar as crian-

---

[1] Atualmente Castelo, no centro, como todos os lugares citados.

[2] Serviço de Assistência ao Menor, a Febem carioca da época.

ças na rua. Elas se degradam na rua, mas de maneira inconsciente, apenas como resultado de estarem na rua. No SAM elas serão degradadas por nevrose. Não conheceis o caso do rato que, submetido a torturas morais e libertado numa sala, põe-se a dar com a cabeça na porta fechada, até cair quase morto? Assim age o SAM. Todo mundo sabe.

***

Que fareis então dessas crianças? Deixá-las? Pensar em crianças mais limpas e mais sadias, por exemplo, os vossos filhotinhos tão coradinhos, tão inteligentezinhos? Mas neste caso o melhor será exterminar a criança sem pai. O Estado não pode abrigá-las? As instituições de caridade são insuficientes para regenerá-las? Baudelaire mandava agredir os mendigos que fôssemos encontrando pelo caminho; quando o miserável de cabeça baixa, humilhado e ofendido, revidasse a agressão, deixaria de ser um mendigo para ser nosso igual; Baudelaire era um grande homem: abria a bolsa e dividia seu dinheiro com o outro.

Mas as crianças são muito inocentes para compreender tais sutilezas. Tudo isto é filosofia, e ai do mundo se as soluções fossem procuradas nos livros. Se quereis exterminar as crianças é muito fácil arrumá-las de encontro a qualquer muro e disparar uma pequena carga de fuzil. Pronto, terminadas as crianças, terminado o problema. Lavemos as mãos e vamos comer em paz nosso peru de Natal. Por favor, desliguemos o rádio: este padre a falar de um menino nascido em uma longínqua manjedoura, há centenas de anos, só pode nos tirar o apetite. E o peru não pode ser adiado – abaixe o rádio.

***

Você conhece um morro carioca? Concedo que não conheça. Mas não pode negar que a maior praga desta terra é o bando de malandros que infesta determinadas zonas. Entrou pro samba, virou lenda e extravagância contada como oitava maravilha nos Estados Unidos e adjacências, um tipo curioso muito nosso familiar: um negro alto e fino metido dentro de um paletó e umas calças boca “padilha”, calçando sapatos “carrapeta” – de preferência bicolores – e debaixo de um chapéu pontudo. Objetos de uso: lenço branco no bolso da frente, navalha presa na meia e, quase sempre, um dente de ouro (ou dois).

O ofício desse tipo aparece todo os dias nos jornais. Ora é batedor de carteiras, ora assaltante, ora gigolô. Às vezes, desprezando a indumentária tradicional, ele veste uma camiseta esporte e calças mais ou menos vincadas, e sai de revólver na mão a matar e roubar, perseguir, aterrorizar e fugir. Depois é preso. Chama-se Mauro Guerra ou Lilico,[3] ou Zé, ou Pedro. Tem vinte anos. Então a gente larga a folha, acende um cigarro e grita:

– Geração perdida! Resultado da guerra. Não é outra coisa.

Mas é outra coisa. Se há guerra, provocando o nascimento desses facínoras, é não a Segunda Guerra Mundial, mas a eterna, feroz, vergonhosa guerra dos morros, não contra canhões e bombas atômicas, contra a fome e a própria sociedade, que armou uma fronteira convencional mas implacável e, para quem se vê restringido por ela, palpável: uma barreira erguida entre o asfalto e o morro, entre o edifício de apartamentos e o barracão pendurado na ladeira. É uma guerra de criança que cresce faminta e revoltada contra o mundo que lhe nega o pão e lhe inflige vexames. Uma guerra contra a eternidade da lama, do zinco furado, da lamparina.

E como se não bastasse, as gerações continuam a surgir. O menino que hoje não tem sequer o direito de comprar um caixote e se fazer engraxate – a Lei descobriu o "rapa", que vem, leva menino, caixote, lucro, para a polícia – crescerá e espalhará o terror entre nós, mesmo numa época de absoluta paz.

Haverá época de absoluta paz? Suponhamos que a bomba atômica permaneça pacificamente nos grandes reservatórios. Haverá então época de absoluta paz?

E a revolta dentro dos gângsteres adolescentes, o revólver na mão deles? E o remorso dentro de nós, corroendo-nos – nós que os previmos e não mexemos um dedo para impedir-lhes a vinda? Isto será paz? Não, será guerra, será falta de tranqüilidade e vergonha. Eu não falo da guerra material, mas da guerra moral, a sanguinária batalha de nós conosco mesmos, da nossa vergonha com o nosso orgulho.

O pirralho que cresce hoje no morro da Mangueira está aprendendo a adorar Mauro Guerra e Lilico. Quando fizer vinte anos ele compra-

[3] Bandidos famosos da Mangueira.

rá um revólver e nos tocaiará num terreno baldio. Iremos morrendo um atrás do outro, e ele nos saqueando e fugindo, até que a polícia o agarre em sensacional diligência (no outro dia os jornais dirão em letras garrafais: "O crime não compensa"). Imediatamente oitenta cronistas escreverão sobre o acontecimento e vinte estudiosos exclamarão:

– Geração perdida! Resultado da guerra! Não pode ser outra coisa.

E as crianças não têm culpa de nada. A única obrigação inadiável do Estado é a proteção à infância desamparada. Pois o futuro do Estado é a criança, sem ela ele não poderá subsistir. E além disso, sobre os desmandos e a insensatez dos adultos paira a inocência infantil. As crianças não têm culpa, não querem saber se o Estado está sem dinheiro, se o uísque já está sendo importado, se o Ministro Osvaldo Aranha é ou não é um grande sujeito, se o seu plano financeiro é ou não é o maior.

As crianças, meus senhores, não querem saber de alta política. Têm fome e exigem comida, não têm casa e exigem casa, estão abandonadas e exigem assistência. Hoje apenas se deitam e tiritam de frio em qualquer canto, mas amanhã serão homens revoltados, senão definitivamente inúteis, incapazes até de revolta, ou perdão, ou ódio. Entretanto, não têm culpa.

Enrico Ferri dividiu os criminosos em diversas classes. Em duas delas qualquer dessas crianças miseráveis do asfalto ou das favelas pode, simultaneamente, entrar: a dos criminosos-natos e a dos criminosos-por-hábito-adquirido.

1 – Natos, porque filhos de pais alcoólatras e sifilíticos. A maioria não tem mãe individual, mas sabe-se que nasceram do ventre de qualquer empregadinha. Devemos aventar ainda, com certo horror, a hipótese de que nasceram por acaso, ou melhor, que nasceram da própria miséria: talvez a mãe os tivesse posto no mundo simplesmente porque não podia pagar um médico-abortador.

2 – Por hábito adquirido, porque os exemplos mais próximos e emocionantes são toda espécie de crimes. O menino favelado acostuma-se a ver seu vizinho partir num carro da Rádio Patrulha, acusado de roubo, ou a mulata da ponta do morro largar o barracão, à noite, berrando com desespero, talvez com o punhal do amásio ainda encravado nas costas. Pouco a pouco a Justiça vai se formando para ele como uma coisa de quépi e cinturão que usa cassetete e espanca as pessoas que

lhe caem nas garras. E, ao que parece, acaba fatalmente entrando em outra das classificações do mesmo Enrico Ferri, a saber:

3 – O criminoso circunstancial. "Se bastasse apertar um botão para provocar a morte de um rico mandarim que nunca vimos, do qual nunca ouvimos falar, e cuja morte nos ensejaria receber uma fabulosa fortuna, qual de nós não apertaria esse botão?" O processo psicológico da criança feita malandro é mais ou menos esse. Para a polícia, qualquer mulato que more em morro é um criminoso em potencial. (o que é certo). Se acontece qualquer crime nas imediações de onde ele se encontra, sem que o criminoso tenha sido identificado, ele é preso como suspeito. E de qualquer forma, os brancos do asfalto são em princípio seus inimigos. (Os brancos do asfalto, sim. Quem falou em extinção do preconceito racial?) E ocorre estar ele sem dinheiro. E ocorre precisar de roupa ou alguma grana para ir à gafieira. E ocorre ir passando um casal muito tranqüilamente pela frente, a moça com pulseira de ouro, o rapaz com a carteira fazendo volume no paletó. A navalha sobe como um sinal vermelho: stop. Ele vai apertar o botão!

***

Que se chafurdem cada vez mais no vício e no crime os malandros de todas as favelas. Que matem, roubem, fumem maconha, assaltem às duas horas da tarde no Campo de Santana, sem nenhum respeito à polícia – cumpram o seu destino de párias, de marginais.

Mas salvemos as crianças. Salvemos pelo menos as crianças. Fazei vossa demagogia, senhores políticos, senhores candidatos a cargos políticos, dizei vossas insensatas promessas à boca de cem microfones, ludibriai-nos a nós, os adultos. Enganai-nos à vontade mas salvai as crianças. Elas são crianças, não votam, não reclamam, e sobretudo não têm culpa de nada. Que vossos desatinos enterrem cada vez mais este país no caos. As crianças devem ser salvas. As crianças precisam ser salvas. Pensai por um momento neste fato, formulai uma solução (e, pelo amor de Deus, colocai-a em prática!) e ide em paz comer vosso peru de Natal.

Revista Manchete, 21-11-1953

Espetáculo visto dos Arcos: sobrados e gente

BELACAP – capital da beleza. Aqui os três poderes são, pela ordem, o mar, o sol e a alegria. Vivemos na mais linda paisagem deste planeta e sabemos gozar a vida. As coisas que tornariam insuportável a existência para qualquer outro povo, para nós são coisas de que a gente ri. Falta água? Rimos. As ruas estão esburacadas? Inventamos divertidas anedotas sobre isso. Não há nada capaz de quebrar o nosso otimismo, e é por isso que, atualmente, não há neste país outra comunidade mais capacitada do que nós a construir a mais agradável cidade do mundo, um cidade à altura de seu panorama.

***

Há coisas que só se podem fazer em Santa Teresa. Por exemplo: nada. Quem vai a Copacabana vai ver o mar e outras coisas. Mas em Santa Teresa há ladeiras para a gente andar em suas calçadas. A pessoa anda entre casas muito limpas com trepadeira, entre crianças que brincam passando por varandas onde austeras senhoras de olhos azuis se balançam em cadeiras de balanço, fazendo tricô. Aqui se produzem o mais puro ar e o silêncio mais reconfortante do Estado da Guanabara. O clima é ligeiramente europeu. As casas são de estilo europeu ou colonial. E surgem castelos no meio de arbustos verde-escuros.

Há também densos bosques cobrindo as encostas que uma estrada de pedra circunda. Essa estrada juncada de folhas secas, e protegidas por pequenos muros ou grandes paredes úmidas e cobertas de ervas, oferece trechos solitários, sob uma árvore, onde a pessoa pode ficar em silêncio – onde o silêncio, repetimos, constitui uma atração turística.

Descortina-se a cidade aos nossos pés. Cordilheiras de arranha-céus; e depois o mar, essa mancha aprisionada na baía verde.

Há passeios ainda não catalogados e maravilhosos. Por exemplo, em alguns trechos o muro tem falhas, e entrando por essas falhas a pessoa encontra caminhos naturais, inclinados, entre e ao redor de árvores. É só descer. A água tambem desce, em nascentes que escorregam sobre pedras polidas. O ar está perfumado pelas folhas. Pássaros cantam. Você desce sempre. Há choupanas abandonadas que, à primeira vista, parecem requintes providenciados pelas autoridades de uma supercivilização turística. Meia hora de viagem, cheia de incidentes fornecidos pela natureza, e chegamos a Laranjeiras, no plano, como por milagre, noutro ponto da cidade. Esses passeios secretos de Santa Teresa devem ser recomendados principalmente aos jovens namorados, que se sentirão como João e Maria perdidos no bosque – só que Laranjeiras é o desfecho fatal da aventura, não oferecendo riscos.

No alto de Santa Teresa está o Silvestre – mas isto é outra história. Fiquemos por aqui. Terminemos lembrando como se deu o nome a este morro, preferido pelos europeus radicados no Rio, por motivos óbvios. Houve outrora uma família ilustre e, nessa família, duas irmãs, Jacinta e Francisca, resolveram afastar-se do mundo profano. Ao pé do morro, numa chácara, ergueram um templo. Mais tarde, esse templo se transformou no primeiro convento das carmelitas descalças.

A natureza, aqui, é muito exuberante para oferecer um ambiente claustral. Mas, em todo caso, o silêncio reina, muito embora a ventania agite constantemente a copa das árvores, e prestando atenção você perceberá uma plenitude, uma alegria severa, como se por aqui estivessem ainda, transmudadas em panorama, essas duas almas tão belas que renunciaram aos prazeres do pecado.

Santa Teresa, senhor turista, é um estado de alma. Isso começa logo na estação terminal dos bondes. São bondes limpos, sempre novinhos em folha, abertos ao vento. Vão subindo a ladeira, subindo, e então começa o Viaduto dos Arcos. Se está anoitecendo, não há espetáculo igual. O crepúsculo derrama seu vinho no bonde, incluindo o sr. turista. E os sobrados antigos da Lapa, vistos de cima, mostram seus telhados fuliginosos, suas áreas internas com muros de azulejos, suas varandinhas de madeira que o tempo, e o vento, roem docemente. Revela-se a intimidade de pessoas que, vistas de cima desse bonde que navega no abismo, parecem pessoas nossas, de nossa família, pessoas que não vemos há muito tempo.

Como são lindas as pessoas surpreendidas em suas atividades cotidianas, quando não sabem que estão sendo observadas! Veja: a moça de tranças está pondo os pratos na mesa: como é graciosa! E aquela senhora de aparência rude estendendo uma toalha azul no arame, no pátio. E, numa janela do terceiro andar, cujo interior já acendeu uma lâmpada (no entanto, ainda há claridade bastante), aparece um senhor idoso, magro, meio calvo, trajando um pijama e olha para o céu para ver se vai chover amanhã. E lá vai o bonde, cautelosamente entre essas fachadas patinadas, acima e diante da vida de todos os dias. Um gato caminha num oitão bem perto do abismo de três andares. Aqui ainda se encontram clarabóias, e sob os vidros, certamente, haverá uma anciã que já trabalhou muito, viveu muitíssimos anos e merece, ao crepúsculo, tomar sopa de legumes em sua cama. E meninas lindas, sr. turista, nascidas na pobreza honrada, crescem por ali, felizes, mas sem prestar atenção neste fato, e sem supor que nós podemos vê-las do alto desse viaduto.

Jornal do Brasil,[4] *20-06-1960*

[4] Daqui em diante todos os textos foram publicados originalmente neste jornal.

Velhos sobrados junto ao mar; estação das barcas

OS CARTÕES postais do Rio de Janeiro focalizam, geralmente, o bloco compacto de edifícios de Copacabana. Configura-se, assim, uma imagem moderna para a cidade – moderna e, de certo modo, angustiante, como Nova York é angustiante. Mas a verdade é que, excetuando alguns bairros da Zona Sul, todos os outros setores da cidade oferecem uma luta secreta contra a especulação imobiliária, e desta forma o terreno se divide, em partes iguais, entre os arranha-céus, paisagens só de casas e outras só de sobrados, cujos telhados servem para descansar os olhos das pessoas debruçadas em janelas altas. O morador de apartamento é geralmente uma pessoa que sente a nostalgia da casa, confundida com a nostalgia da infância. O progresso fez a cidade crescer para cima e já nos adaptamos às circunstâncias; mas, contemplando essas pequenas vilas apertadas entre pesadas edificações, ficamos sonhando com o tempo que já passou: tempo da casa, do portão, do quintal, da chuva na calha, da varanda...

Para quem deseja distrair-se no silêncio e na solidão, recomenda-se um passeio à estação das barcas num domingo qualquer, depois do almoço. A Praça XV está vazia; o movimento das barcas é muito menos intenso que durante a semana. Silêncio e sol. A cidade parece deserta. Na verdade só há movimento humano a partir da avenida Rio Branco. Você veio a pé pelas ruas da Esplanada, vazias, entre edifícios comerciais e ministérios fechados. Um vento vem do mar, uma brisa, e suspende leve uma folha de jornal. Você entra agora na praça vazia, onde automóveis estacionados parecem automóveis abandonados. Debruçado na amurada do cais, encontra o mar azul-escuro. Meia hora passa no maior descanso. Você então segue por uma rua de empedrado desigual, entre esses sobrados que algum dia foram azuis. A cinza e o tempo escureceram as telhas-vãs. As fachadas severas estão arruinadas, há falhas nas paredes, o capim começa a invadir os rodapés. O ar, perfumado pela maresia. E lá vem, da esquina, sob o boné branco, com o paletó de mescla desabotoado, um marujo embriagado. Passa cambaleando no silêncio, sem saber que faz parte da paisagem. Porque nestas ruas se encontra sempre um único marujo, sempre voltando de estranha farra na Lapa, ou talvez na Taverna da Glória. Aqui também existem cachorros vira-latas que passam por nós como se fossem pessoas, e um gato placidamente posto junto a uma lata de lixo. E, no mais, silêncio e sol batendo nos telhados. É só dobrar à esquerda e se encontra outra vez o mar que roça o muro de pedra. Você avista um cais de madeira e caminha sobre as tábuas para sentar-se na beira da água. Barcos de pesca atracados. Um pouco além, à direita, junto à amurada, um automóvel estacionado com as portas abertas, e nele um casal de namorados contemplando o mar. Vai passando a tarde vagarosamente, sem barulho e sem as agonias da vida cotidiana, e sem o esplendor dos bairros residenciais, de que descansamos aqui, neste cais que vale por uma clínica de repouso. Ao longe passa um navio cargueiro soltando fumaça, dando ao domingo uma qualidade ingênua, como se o mundo fosse um quadro pintado por uma criança.

***

Darel desenhou para hoje os velhos sobrados da Praça XV e adjacências. Esses prédios vão desaparecer. Mas são lindos e convém que façamos o elogio dessa paisagem que já conheceu uma época de esplendor e que, agora, no seu declínio, constitui uma atração especial que, infelizmente, não há de figurar jamais nos roteiros turísticos. Os artistas passam por lá e se sentem tocados. As pessoas que desembarcam na estação das barcas lançam rápidos olhares a esses sobrados, e seguem para a Esplanada. Fingiram não prestar atenção, mas a verdade é que esse rápido olhar, na direção dessas construções sombrias, modificou o curso dos pensamentos, e mais tarde é possível que essas pessoas sintam saudade de qualquer coisa indefinida, algo antigo, feliz, indefinido. É a saudade do tempo esplêndido em que esses prédios eram construções austeras, recentemente pintadas (azul-claro e branco), com suas janelas coloniais e suas varandas. Por ali passou

Dom João VI quando veio de Portugal e foi recebido com toda a pompa que lhe era devida. Nas pedras das ruas ainda parecem ecoar os cascos dos cavalos do Império, e as varandas sentem falta das toalhas coloridas em que donzelas se debruçaram para ver o Rei passar. Agora, porém, o que existe é o silêncio, a melancolia própria dos sobrados quase em ruínas.

03-07-1960

No Largo da Carioca só os doidos ficam parados

O MOVIMENTO humano é intenso no Largo da Carioca durante todo o dia. A pessoa vai atarefada mas tem sempre motivo para distrair-se um pouco. Existem os camelôs do Largo. Eles surgem, ninguém sabe vindos de onde, e estendem na calçada suas folhas de papel manilha cor-de-rosa. Sobre o papel, os objetos que desejam vender. Pentes, isqueiros, meias de nylon, canetas esferográficas, espelhos para bolsas, colares, cigarros americanos, perfumes franceses. Vendem tudo. E apregoam como verdadeiros publicitários. São pessoas estranhas que valorizam os artigos confessando um crime: o perfume francês é legítimo, foi contrabandeado... Quando surge o rapa, há uma correria impressionante no Largo da Carioca. Desaparecem como por encanto os pentes, as lapiseiras, as meias, laranjas e maçãs e os próprios camelôs. O povo continua indo e vindo. Meia hora depois, novamente a rua está cheia de artigos contrabandeados.

Outra atração do Largo são as baianas, vestidas a caráter, que acendem fogareiros na calçada e fazem doce para vender. No fim da noite, quando não há mais ninguém por ali e as lojas estão fechadas, estas negras de ar saudável e alegre recolhem seus tabuleiros e vão para a Central.

***

A quantidade de doidos no Largo da Carioca é tão grande que faz pensar que nossos hospícios estão todos vazios. Mas são loucos mansos. Fazem parte da paisagem. Uma modalidade de loucura muito freqüente, ali, é a que se caracteriza pela mania do discurso.

Oradores ferozes fazem comícios para multidões em trânsito permanente. São doidos, cabeludos, pobremente vestidos, que deixam crescer uma barba na esperança de se tornarem profetas. Há também os párias, criaturas imundas, esfarrapadas, que dormem no chão, entre as flores do jardim. Há ainda um tipo estranho que dá pena: o rapaz que come vidro e engole pregos para ganhar a vida. É inacreditável a quantidade de pessoas que, nesta cidade, comem vidro e prego para ganhar a vida... No Largo da Carioca, todos esses doidos passam despercebidos porque é enorme a quantidade de gente circulando ali. Mas, de vez em quando, os jornais publicam tópicos chamando a atenção das autoridades para essa humanidade marginal que transforma aquele logradouro numa espécie de pátio da Idade Média. Mas o Largo da Carioca não é só coisa feia. Nele se encontram algumas grandes lojas, inclusive uma loja de artigos elétricos, que exibe em sua vitrine nada menos do que uma nascente de água natural, com pedras e folhas. Outra atração pitoresca é o barzinho especializado em dietas, que serve leite e coalhada, e em matéria alcoólica não vai além da cerveja preta, que faz parte do cardápio das senhoras em estado interessante. O Largo da Carioca é o centro febril do coração comercial do Rio de Janeiro: por ali circulam as pessoas que vão para os escritórios e para as lojas. É um lugar em que só ficam parados os doidos. Os outros, a multidão, vão e vêm incessantemente, sob o sol, porque não há árvores ali.

***

Há no Largo da Carioca um jardim que foi plantado em 48 horas. Nos últimos três anos, esse logradouro conheceu inúmeras modificações. Terminou-se o desmonte do morro de Santo Antônio. Abriu-se a avenida Chile. Construiu-se o jardim em tempo recorde. Foi derrubada a Galeria Cruzeiro, cujos fundos davam para o Largo da Carioca. E finalmente ergueu-se ali agora um arranha-céu gigantesco, de modo que o Largo da Carioca é uma paisagem em formação. Perdida a sua antiga fisionomia, que conservava desde quando desciam a rua do Ouvidor os homens de chapéu-coco e *pince-nez*, serão necessários agora muitos anos para que o novo rosto desse local se torne familiar e acabado como, por exemplo, a avenida Rio

Branco. Por enquanto ali sopra constantemente um vento agradável, mas em compensação o sol bate em cheio sobre as pessoas e o tráfego é complicadíssimo. Atravessar o Largo da Carioca durante a tarde é uma temeridade. O que não muda, porém, é a sua humanidade: seus camelôs, seus malucos.

10-07-1960

Baía de Guanabara

A mais formosa baía do mundo é protegida por um cinturão de montanhas entre as quais avulta o Pão de Açúcar. Este é o mais célebre acidente geográfico do Brasil. É, por assim dizer, o rosto do Rio de Janeiro. O Pão de Açúcar é uma pedra cinzenta em cujo cimo, nos dias chuvosos, uma nuvem pousa como um gorro. Ergue-se diante da enseada de Botafogo, com sua bainha circundada de árvores, abrigando o bairro da Urca contra as ondas do mar alto, e dá as costas para Copacabana. Serve também de trincheira natural para duas fortalezas militares. Ninguém, em todo o planeta, desconhece que se pode galgá-lo a bordo de um bonde pendurado num longo cabo de aço. Esse bonde parte da Praia Vermelha, no plano, subindo o morro da Urca e em seguida atravessando o abismo. Um estrangeiro não se considera como tendo chegado ao Rio de Janeiro antes de ver a paisagem lá de cima.

***

As tripulações dos aviões que pousam nos aeroportos cariocas podem ser consideradas entre as mais gentis que se conhece, porque sempre sobrevoam o Pão de Açúcar, apresentando aos passageiros a paisagem com que tantos sonham. Mais tarde, o forasteiro se encontrará entre os sobrados brancos da Urca ou junto ao seu mar sereno, encaminhando-se para a estação do célebre bondinho. A viagem não oferece risco, mas a pessoa gosta de pensar que está vivendo uma aventura perigosa quando o bondinho progride obliquamente sobre o mar. Nessa hora é que se pode avaliar o quanto é bela esta cidade, com seus arranha-céus encostados nas montanhas azul-escuro e invadida pela língua de esmeralda do oceano. O bondinho não trepida sobre o abismo, mas algumas vezes já enguiçou em plena viagem, e só muitas horas depois foi possível reestabelecer o tráfego. De maneira que todo visitante tempera o prazer da imagem, vista de cima, com a sensação de perigo que é a mais vaga possível, mas que torna a viagem ainda mais atraente. No alto do Pão de Açúcar há um restaurante onde se dança ao som de discos. Muita gente chega lá para um piquenique, levando a comida em farnéis. Há bancos entre árvores, e uma espessa floresta onde os namorados se perdem com alegria. Raramente alguém pensa em jogar-se espetacularmente... Muito raramente, de fato. O ar puro e o panorama são confortadores e inspiram sentimentos elevados. O bondinho funciona até as 22h e vai sempre cheio de passageiros. A emoção imprevista ocorre nessas douradas tardes da Guanabara quando uma nuvem colide contra o veículo aéreo. Mas nem todos podem dar-se a este requinte. O grande momento no alto do Pão de Açúcar, para todos, é quando o crepúsculo modifica a iluminação do mundo e, repentinamente, a Guanabara se enfeita com suas luzes, colar de pérolas, conforme assinalou antigo e famoso verso. É naquela hora, e ali, que se compreende por que os cronistas afirmam que nossa cidade é feminina.

***

A face mais hostil do Pão de Açúcar, que enfrenta o mar profundo atrás da enseada, é o caminho preferido pelos alpinistas que desejam chegar ao seu pico. Rapazes e moças, quase todos os fins de semana, cravam seus pregos na rocha, entre ervas pobres, e sobem pacientemente, amarrados uns aos outros. Esse lado do monte praticamente não tem plataformas naturais em que se possa descansar da subida. E a paisagem que dali se descortina é abismal, com o oceano e, ao longe, as praias de Niterói. Quem chega ou abandona o Rio, a bordo de um transatlântico, tem a impressão de que, esticando o braço, poderá acariciar a pedra severa. Há, ali, ao pé do morro, surgindo branca do bosque verde, uma praia que ninguém freqüenta, sempre assolada pela ventania que circula na cidade durante todo o ano. De longe, porém, o Pão de Açúcar lembra mesmo algo tão inofensivo quanto um pão, porque o hábito de vê-lo e o carinho com que o vemos, acabam neutralizando seu aspecto agressivo e sombrio. É ele o tema predileto e universal das crianças brasileiras que aprendem a desenhar. Durante a noite, tendo sido instalada no pico a torre de uma estação de televisão, uma luzinha vermelha pisca incessantemente lá no alto, como um farol anunciando os divertimentos da cidade maravilhosa, para os turistas que vão para o convés, sedentos de paisagem, depois da longa viagem pelo mar.

17-07-1960

Escadarias entre varandas

Há nesta cidade lugares maravilhosos que ninguém visita e que não figuram nos cartões postais. São essas grandes escadarias da Lapa, da Glória, de Laranjeiras, do Jardim Botânico, geralmente escondidas pelos arranha-céus. São construções surpreendentes, amplas e elegantes, lembrando um tempo em que a arquitetura se inspirava na nostalgia da velha Grécia. Hoje, segundo parece, não se constróem mais escadarias. Em vez disso se fazem rampas que são mais difíceis de subir, e com franqueza, muito mais feias. Mas aqui estão em toda parte, no Rio, estes degraus largos como avenidas, ou estas escadinhas em que cabem apenas duas pessoas, subindo entre sobradinhos e bangalôs amarelos e entre árvores: dezenas de degraus que se interrompem em plataformas de cimento nos morros, e logo recomeçam. E, recordação de um grande tempo, essas escadarias paradas pelas quais se chega às brancas igrejas nos seus outeiros. Virá ainda o dia, certamente, em que os turistas terão sua curiosidade despertada pelas nossas escadarias: dia em que, por causa disso, nós próprios reencontraremos essas escadas e sua ingênua beleza.

***

Há mais escadarias entre a Lapa e o Largo do Machado do que o supõe a nossa apressada geografia. Geralmente a paisagem que leva até elas é feia. São ruelas de empedrado torto, sobrados descascados, telhados quebrados e fuliginosos; e, por ali, uma humanidade tristonha, uns mendigos, umas senhoritas magras e pálidas, latas de lixo, moscas, tudo o que torna tão deprimente um beco qualquer na Lapa. Mas, se a pessoa quer ter uma surpresa agradável, prossegue, pela manhã, através desses logradouros sombrios. Uma curva – e eis o sol batendo amplamente numa escadaria que se perde, no alto, entre grandes árvores (geralmente mangueiras). Você vai subindo. Os sobrados são coloridos. Há toalhas de renda brancas, vermelhas e azuis nas pequenas varandas que se prolongam às janelas. Você continua subindo. Dois meninos sentados num degrau, à sombra de um flamboyant plantado na fenda entre a escadaria e a calçada inclinada. (Se não houvesse esta estreita calçada, dir-se-ia que a escadaria era uma cachoeira), Os degraus são limpíssimos, porque cada mãe de família varre os degraus correspondentes à extensão do seu lar. E, mistério para o qual não se encontra explicação, as escadarias não envelhecem, os degraus não ficam puídos, jamais. Você encontra escadarias incólumes entre sobrados arruinados. Lá em cima, entre as mangueiras, você olha para baixo, para essa mesma escadaria que se derrama ao encontro do empedrado enferrujado, e se perde nos quarteirões amarelos.

O Rio precisa urgentemente de um fotógrafo com a sensibilidade de Cartier-Bresson, cognominado "O olho". Esse homem seria capaz de fixar as cenas só propiciadas pelas escadarias. As pessoas que moram à beira de degraus são muito diferentes das outras. Na Glória, onde há escadarias estreitas e compridas, em certas tardes podemos ver uma cerimônia comovente: a noiva, toda de branco, que deixa sua casa para ir à igreja. Ela desce elegantemente os degraus, ouvindo o roçar da cauda do vestido no cimento, pelo braço do padrinho. A vizinhança toda assiste à cena, nas janelas e à margem da escadaria (sempre lembrando um rio). Ao crepúsculo, quando a noiva vem para a festa, já com a aliança no anular esquerdo, sobe em companhia do esposo, e nesse instante em seu vulto se derrama a luz rosada. Outra coisa que, no Rio, só as escadarias permitem é esperar o carteiro, que sobe vagarosamente, enquanto se medita sobre se ele traz ou não notícias dos ausentes. Mas numa coisa algumas escadarias da Glória são insuperáveis: no fato de não conduzirem a parte alguma. Há ali, realmente, extensos degraus que sobem entre sobrados e casas e, no alto, se interrompem, sem motivo algum, de encontro ao mato espesso. Você prossegue, então, e vai encontrando casas abandonadas, com janelas quebradas, castelos misteriosos, tudo como num conto de João e Maria. No mais, o estado de alma de cada pessoa se revela quando ela sobe uma escada. O homem taciturno sobe degrau por degrau, olhando para baixo. A pessoa alegre sobe correndo, de três em três degraus. As crianças descem desabaladamente. Tudo isso é bom de ver, principalmente para quem pensa que esse tempo já acabou.

24-07-1960

A poesia das casas que vão ser demolidas

"A CIDADE está sendo reconstruída" – disse-me Darel outro dia. Depois de passar uma temporada na Europa, ele encontrou sua cidade completamente modificada. "Estão desaparecendo – disse ele – as casas portuguesas." Com efeito. Em toda parte encontramos esses homens de torso nu que destróem, a golpe de martelo, as paredes que abrigaram, outrora, sólidas famílias. Essas construções demolidas, vistas de relance, parecem estar sendo consumidas por um incêndio de poeira, no meio do qual os musculosos operários trabalham. Mas ainda há muitas casas portuguesas e o desenhista foi observá-las. Sólidas, com suas fachadas austeras, coroadas de azulejos, dificilmente se conciliam, em nosso espírito, com a idéia de que estão condenadas. Mas estão. A cidade cresce. A população aumenta. É preciso construir novas muralhas de cimento armado, como essa, angustiante, que se observa do alto de um morro, em Copacabana. Então você vê essas casas portuguesas com melancolia: nunca mais haverá nada igual. As grandes janelas com peitoril onde as moças ficam esperando os namorados ao entardecer. Os telhados, a chaminé donde sai a fumaça branca. Basta olhar para essas fachadas para ver que os assoalhos, lá dentro, rangem. E há lá dentro, certamente, um cômodo sombrio, clareado durante o dia pelo sol que escoa pela clarabóia. Nesse cômodo, sempre na cama, o inevitável primo doente das famílias antigas espera a morte. Mas há, por exemplo, a sala ampla, com a mesa e a cristaleira cheia de jogos de copos e cálices que são usados unicamente nas grandes ocasiões: casamentos, batizados.

E as grades de ferro? Elas protegem pequenos jardins mal cuidados. Servem ainda para os meninos ficarem pendurados olhando a rua. E a soleira? A soleira tem dois pequenos degraus. No primeiro degrau, durante o dia, o cachorro da casa fica deitado. Essas casas portuguesas têm porões baixos e calhas onde a chuva tamborila, como em todas as histórias de antigamente. São coisas que nunca mais vai haver igual... Quando uma dessas casas é demolida, as portas e janelas vão enfeitar apartamentos onde moram pessoas requintadas. Os azulejos também são comprados; conheço pessoas que namoram durante anos um conjunto de azulejos e, secretamente, desejam que a especulação imobiliária exija o sacrifício da casa, porque então lhes serão possível decorar, com esses florões e rosas, a casa num sítio em Cabo Frio, Teresópolis ou Friburgo.

01-08-1960

Cinelândia

DESCREVER a Cinelândia não é fácil. Naturalmente, há, ali, alguns cinemas, não entre os melhores da cidade, e que estão sempre cheios. Pelas suas ruas circulam, principalmente, os provincianos. Essas ruas internas são estreitas. Correndo entre fileiras de arranha-céus, elas estão sempre escuras. Na Cinelândia estão os hotéias preferidos pelos homens de negócio do interior: o Ambassador, o Serrador, o O.K. e o restaurante dos provincianos: o Spaghettilândia. Jornalistas e industriais cariocas, ao entardecer, quase invariavelmente, fazem programa na Cinelândia. Primeiro, tomam um cafezinho. Depois, engraxam os sapatos (há excelentes engraxates na Cinelândia). Quando é preciso, vão ao barbeiro (também há excelentes barbeiros). E, finalmente, vão para o bar do Hotel Serrador ou para o Juca's Bar (no Ambassador Hotel), onde ficam bebericando uísque até passar a hora do rush.

Depois de meia-noite, a Cinelândia continua movimentada. Os cinemas e teatros fecharam. Mas em frente ao Hotel Serrador os homens continuam conversando. Chegam os freqüentadores do Night and Day, cujos espetáculos são famosos em todo o mundo. Os curiosos vão para a porta geral dos camarins na rua Álvaro Alvim, querendo ver as belíssimas *girls* de Carlos Machado. Na praça, em frente aos cinemas, junto à avenida Rio Branco, vagabundos dormem nos bancos, entre estátuas silenciosas. Um homem vende tangerinas sob um globo luminoso. Estão apagadas as lâmpadas em todas as janelas. E, à medida que a noite progride, quem por ali espera condução ouve, ao longe, uma orquestra. São os cabarés junto à avenida, em frente ao Palácio Monroe. Os provincianos dançam. À entrada recebem um cupom que será picotado cada vez que dançarem. As bailarinas não se cansam. Cada uma tem um namorado, que se identifica pelo fato de beber apenas água mineral. As orquestras desses *dancings* são compostas por obscuros mestres de jazz. Os turistas e os cariocas refinados costumam ir ouvi-los. Quando está no porto um navio de guerra, os cabarés se enchem de marujos, que bebem cerveja e dançam espalhafatosamente. Nessas noites, as bailarinas ficam cansadas; e, ao amanhecer, quando vão para casa, mal entram no táxi, elas tiram logo os sapatos. É hora de a Cinelândia dormir: a claridade vem do mar, enquanto os globos luminosos se apagam na praça onde os vagabundos prosseguem no seu sono, bem como as estátuas.

A Cinelândia equivale, no Rio, à praça central das pequenas cidades. É ali que se desenrolam as grandes festas populares. Ali a prefeitura edifica gigantescas e quase sempre horrorosas árvores de Natal, enfeitadas com grandes lâmpadas coloridas. No Natal e no Ano-Novo, a multidão desce dos subúrbios para concentrar-se ali. Há clubes e boates para os grã-finos e a classe média na Zona Sul e na Zona Norte, mas o povo anônimo, como em toda parte, prefere as praças e as longas ruas. A multidão festeja os grandes acontecimentos sob as estrelas. No carnaval, a Cinelândia é o lugar para onde todos convergem. Uma grande passarela é armada diante do Teatro Municipal, por onde desfilam as fantasias de luxo na noite do grande baile. Arquibancadas rústicas erguem-se diante da Biblioteca Nacional: o povo ali descansa, come sanduíches, bebe guaraná. São operários, donas-de-casa, crianças. Não brincam, mas olham os blocos, os corsos na Cinelândia profusamente iluminada. Estão na Cinelândia a Embaixada do Sossego e o Clube do Bola Preta, onde se brinca o mais animado carnaval, o mais carioca, em todo o caso. Nos dias comuns, porém, a festa continua. São os pombos, dezenas de pombos, que não se sabe onde dormem. O homem que dá comida aos pombos. O menino que toca o *Tico-tico no fubá* num instrumento por ele mesmo inventado: mais de vinte garrafas, de todas as cores, das quais ele arranca, com dois bastões, todos os sons.

07-08-1960

Visão do Aterro e imediações

AQUI ESTÁ um novo lugar para você andar nesta cidade: havia, outrora (os fatos são recentes, mas podemos evocá-los em estilo saudoso), havia, outrora, um morro que foi arrancado em centenas de caminhões. Aqui, por outro lado, havia o mar. Nas grandes ressacas, ele avançava sobre a pista da Glória. A terra arrancada do morro secou o mar. Agora, eis aqui esta planície, estas construções modernas, estas novas pistas de alta velocidade. O aterro é vasto. Nos terrenos ainda vazios, a rapaziada vem jogar futebol aos domingos. Nos grandes tubos de cimento armado, abandonados sobre o terreno, à espera do engenheiro que fará com eles um sistema de encanamento, os párias dormem. Há muitos párias nesta cidade, e eles amam a solidão, o silêncio do aterro.

Daqui você pode ver as horas no relógio da Mesbla. Nas horas certas, ouve-se, daqui, o carrilhão sobre o Passeio Público. É domingo à tarde: os cinemas estão cheios. Os namorados estão agarradinhos nos bancos do Passeio Público. Um desses velhos que ninguém conhece, e que tem ar de tenente da reserva, está num dos bancos, as mãos sobre os joelhos, aproveitando a brisa. Um lambe-lambe esconde a cabeça no pano preto para fotografar a menina de fita cor-de-rosa. Na sua velha máquina estão colados os retratos que, provavelmente, ele considera suas obras-primas: o cabo do Exército com um bigodinho; a moça loura com um dente de ouro; e muitas outras pessoas que por ali passaram e, nessa ocasião, quiseram eternizar aquele momento no parque, numa fotografia lambe-lambe. As famílias que moram no Centro estão passando, olhando as vitrines, comendo sanduíches, nos pequenos bares. Um cego atrai gente, tocando pandeiros, tristemente. É domingo à tarde no Passeio Público. Rapazes magros e pálidos passam com o rádio portátil colado ao ouvido: há futebol no Maracanã. Na hora do gol, ele aumenta o volume do rádio, para que todo mundo saiba quem está ganhando.

Durante uma noite de luar, os automóveis estacionam ao longo do aterro e os casais ficam olhando a Guanabara. O mar prateado. Na Urca, o jornal luminoso anuncia o tempo que fará amanhã. Os anúncios luminosos mancham a água do mar em vermelho, verde e azul. Há pequenos barcos ancorados. Nunca ninguém viu os donos desses barcos que ali estão sempre e, oscilando docemente, na beira do aterro. No meio da noite prateada, surgem dois soldados a cavalo. Os automóveis passam incessantemente. Ninguém tem pressa, é domingo, eles deslizam enquanto os motoristas contemplam a solidão do aterro e a imponência do luar sobre a água.

14-08-1960

Viver no morro é bem diferente

ASSIM COMO os antigos portugueses, encontrando um morro, nele construíam uma igreja, os brasileiros pobres de hoje constroem uma casa de barro ou madeira. No princípio é um barraco. Um mês depois, floresce um bairro no morro. Sendo esta uma cidade de morros, para qualquer lado que você olhe (exceto para o mar) encontrará um bairro suspenso. E, digam o que quiserem, são belos. As paredes de madeiras coloridas, os tetos de zinco, a assimetria das casas tornam mais belos os morros. Digam o que quiserem, muitas vezes eles oferecem um descanso, uma medida humana aos olhos cansados de ver arranha-céus. Quando chegar a redenção para os favelados – e há de chegar – os engenheiros de sensibilidade não se limitarão a construir no morro pequenas casas confortáveis. Terão, também, cuidado para conservar a delicadeza de linhas dos barracos, tão leves sobre suas pilastras. A população dos morros viverá melhor dentro das casas: mas, por fora, estas conservarão o espírito do morro.

Por dentro o morro é diferente. É preciso falar sobre isso, embora seja esta uma das grandes humilhações dos habitantes desta cidade. Por dentro são caminhos sinuosos entre o mato, que se transformam num lamaçal quando chove. Tetos furados, chão sem assoalho, ausência de instalações sanitárias, promiscuidade. Por dentro, no morro, encontramos mulheres resignadas que já foram belas mulatas. Com um pano na cabeça, descalças, maltrapilhas, cheias de paciência e resignação, elas descem o morro para apanhar água. Por dentro, no morro, vemos esses negros de ar secreto, que não falam com ninguém. Eles têm apenas dois destinos a escolher: o crime ou o canto. Sempre cantam. Sempre descrevem com carinho o morro. No meio da miséria, sabem amar as suas mulatas com todo o coração, e amam também o morro em que se fixaram. O compositor branco do asfalto escreve sambas lamentando a miséria dos morros. Mas o negro, compositor nato, vivendo no morro, não se queixa: exalta, fala com carinho desta paisagem e das pessoas que nela vivem. Sabe, talvez, obscuramente, que a miséria há de passar, mas o morro e o seu espírito ficarão.

***

A festa do morro é o carnaval. A comunidade inteira vive para essa festa. Cada morro tem a sua escola de samba, da qual todos os que vivem no morro participam. Há blocos em que encontramos três gerações de uma mesma família. Em novembro, os tamborins aparecem. Durante o ano inteiro os astros da escola de samba juntam dinheiro para comprar a fantasia com a qual desfilarão. A partir de novembro, com uma disciplina inigualável, comparecem aos ensaios, aprendem o enredo do ano (um episódio histórico que transformarão em ballet primitivo), preparam-se para o grande dia. Finalmente, ei-los que descem para a cidade, para o encontro, a confraternização com todos os demais habitantes. É o dia de glória do morro. As fantasias são luxuosas. As mulatas ficam deslumbrantes. Os passistas maravilham os turistas. Um homem distribui sal entre os que dançam, para evitar a sede. A capacidade de organização do morro, revelada no carnaval, é uma garantia de salvação para toda esta pobreza que, quem vive no asfalto, por sentimento de culpa, não se cansa de lastimar, enquanto quem vive no morro simplesmente aceita com resignação.

21-08-1960

Rua do Ouvidor

CONTA-SE a respeito da rua do Ouvidor uma anedota que dá bem a idéia do deslumbramento do forasteiro diante dessa longa rua. Um cearense veio conhecer o Rio e, atravessando a avenida Rio Branco, no primeiro dia, deu de cara com a rua do Ouvidor. "Que procissão é essa?" – perguntou ele, embora a multidão caminhasse em ambos os sentidos da rua...

A rua do Ouvidor e suas transversais são todas assim, formigantes. O eixo dessas ruas é o mercado das flores, entre Ouvidor e rua do Rosário, na Praça Olavo Bilac. Vendem-se buquês de flores e coroas para os mortos. Dali partem a todo instante esses ciclistas que encontramos nas ruas cariocas, levando sobre a roda traseira da bicicleta uma grande coroa com flores vermelhas. Esse quarteirão, estreito, sem trânsito de veículos, onde as distâncias são pequenas e se vendem bijuterias, terá uma réplica em Brasília. A arquitetura moderna não despreza a sabedoria das cidades antigas, que se abrem desde um núcleo pequeno, onde as pessoas se sentem mais perto umas das outras. Nesse quarteirão encontramos, além disso, as pequenas casas com azulejos nas fachadas, algumas igrejas com enormes portas de madeira de lei.

No ponto de encontro da Gonçalves Dias com a Ouvidor encontramos uma figura curiosa. Um cego, sentado na calçada, e atraindo a caridade pública por meio de músicas executadas num violão e uma gaita. A gaita se fixa no violão por uma haste, de modo que o cego pode soprá-la ao mesmo tempo em que toca o violão. No mais, as pessoas vão passando, indo e vindo, preferindo sempre a rua do Ouvidor a qualquer outra. Mulheres belas, perfumadas, muito bem vestidas, que segundo parece, vieram dos bairros especialmente para atravessar a rua do Ouvidor, onde galanteadores discretos não se cansam de contemplá-las.

Espetáculo deslumbrante para um provinciano é este, que revela a face encantadora, refinada, elegante, perfumada da grande cidade. Não é nada demais. Apenas uma rua, muito longa, muitíssimo estreita. Mas ali, durante a tarde, há um formigueiro contínuo. O sol bate nas fachadas, as vitrinas brilham, ao longo das calçadas encontram-se lojas. Certas de que estão entre as mulheres mais elegantes do mundo (e estão mesmo), as cariocas desfilam. A rua do Ouvidor tem uma longa história, nunca desmentida, nesse setor.

Não se pode falar na rua do Ouvidor sem falar na rua Gonçalves Dias. São ruas gêmeas. Nesta última se encontra a famosa Confeitaria Colombo, onde os frajolas do começo do século se reuníam para assistir à passagem das melindrosas, com seus chapéus enterrados na cabeça. Nelas se pratica o comércio de jóias, livros, perfumes, tecidos. O movimento em suas calçadas é incessante. Por ali não entram os automóveis. Durante a noite, vazia e quase escura, a rua do Ouvidor lembra um beco. Pela manhã encontra o seu esplendor, que já foi cantado em prosa e em verso.

28-08-1960

Igreja da Penha

"ONDINA – diz o samba – está chegando a hora de pagar a promessa que você fez à Nossa Senhora". Está chegando a hora – quer dizer, aproxima-se outubro, o mês dedicado à Nossa Senhora da Penha. Acompanhemos a romaria de Ondina. Como centenas de pessoas, ela fez uma promessa. Se realizasse um desejo, se sarasse de uma doença insidiosa, se conseguisse casa própria, se a filha mais velha se casasse bem, iria subir a escada da Penha de joelhos. Nossa Senhora forçosamente providenciaria mais um milagre: afinal, o preço que Ondina devia pagar era bastante alto. A escada da Penha tem 365 degraus. Num domingo de outubro, então, Ondina reuniu as crianças e foi pagar a sua promessa.

A Igreja da Penha deu nome ao subúrbio da Leopoldina onde se encontra o grande outeiro de pedra, no cimo do qual, em 1635, o capitão Baltazar Cardoso construiu uma ermida. O capitão, de acordo com a lenda, era homem abastado e, um dia, encontrou-se diante de uma serpente que se preparava para atacá-lo. Ele invocou a ajuda de Nossa Senhora. No mesmo instante surgiu um lagarto que avançou sobre a cobra. Para agradecer este milagre, o primeiro de uma série sem fim, Baltazar construiu lá em cima do outeiro um pequeno templo, no qual se achava entronizada Nossa Senhora sobre nuvens, diante de um homem ajoelhado, vendo-se em plano inferior o lagarto em luta com a cobra. Em 1871 o templo foi reconstruído. Hoje, a Igreja da Penha, que pode ser vista a grande distância, é um dos mais belos monumentos religiosos da cidade. Seu interior é de grande simplicidade. A padroeira está no altar da capela-mor, circundada de anjos. Ao lado, vemos São José, Santa Ana e São Joaquim. Santa Ana tem no colo a Virgem quando menina. Em suas duas torres altas, em forma de pirâmide, encontra-se o carrilhão construído especialmente em Portugal. Executando trechos de música sacra, o carrilhão chama os fiéis da Penha, bem como os de toda parte, principalmente no mês das festas. Essas festas de outubro são tipicamente brasileiras. Multidões sobem longa escadaria. Há refrigerantes e sanduíches de salame em pequenas barracas. Outrora, a festa da Penha era uma festa pagã. Bebia-se, brigava-se, as escolas de samba transformavam aquele cenário num terreiro. O Capelão-Mor, porém, tomou serevas providências, e hoje os fiéis que chegam de toda a cidade e de todo o país encontram na Penha um ambiente adequado para a prática da religião.

Ondina, pacientemente, subiu a escadaria. Foi ajudada e consolada, em toda a subida, pelos fiéis que não vinham pagar promessa. Degrau por degrau, parando para descansar e beber água, mas sempre fortalecida pela fé, ela chegou ao cimo do outeiro e, no altar, outra vez ajoelhada, rezou longamente. Depois, a descida. Ao pé do outeiro, Ondina encontrou a Casa dos Romeiros. Essa construção foi feita quando o subúrbio da Penha era longe de qualquer ponto da cidade, devido às dificuldades de condução. Os romeiros chegavam cansados. Para que descansassem e se alimentassem, foi ali construída a Casa dos Romeiros, entre árvores frondosas. Ali se encontram os testemunhos dos milagres da Virgem Maria. Cabeças, braços e pernas de cera, muletas e aparelhos ortopédicos, tranças de cabelo, retratos, grinaldas, véus de noiva, tudo lembrando um milagre. Ondina deixou ali o seu retrato com uma dedicatória a Nossa Senhora da Penha.

04-09-1960

Visão barroca de Laranjeiras

EM LARANJEIRAS há recantos privilegiados. Casas antigas, com altas janelas, sótãos conservados em estado de mistério pelos moradores requintados; oitões sombrios, descascados, úmidos. Ali, quando a chuva bate na calha, a infância volta aos corações fatigados. São recantos que oferecem uma visão do ontem e que se defendem contra o progresso. A única novidade são as flores dos jardins bem cuidados. Encontram-se pequenos gramados, palmeiras anãs abandonadas junto a muros tristonhos. Há também, ali, telheiros nos quintais, tudo dando uma impressão de desalento – mas desalento procurado, passadismo conseguido à custa de longas reflexões, silêncio instalado nesses espaços vazios, entre um muro e outro, pela vontade dos moradores.

***

Às vezes, um caixão. Aqui os enterros têm a dignidade necessária. Senhoras gordas, todas de preto, choram. As gerações reunidas se debruçam sobre o avô de nariz afilado. Na parede, de fraque, um retrato ganha aquele ar saudoso. E a poeira, uma poeira fina, subversiva, uma pele, deita-se nos sólidos móveis. Uma aranha tece sobre um relógio de cuco que não trabalha há séculos. Durante a noite, cães ululam, não há disso a não ser em Laranjeiras. As casas adormecem. Pesa sobre elas a ameaça da demolição. "Para aqui viemos com a República". Na estante, Auguste Comte, o positivista. Os bairros também morrem, diz o último remanescente da antiga Laranjeiras, enquanto caminha no empedrado, desigual entre as paredes desbotadas, a caminho da missa.

***

Encontram-se vultos furtivos e silenciosos, atrás das janelas sempre entrefechadas, estas senhoras de coque anacrônico e de roupas pretas. Vive-se na atmosfera dos romances de Cornélio Pena, que amou, sobretudo, Laranjeiras, onde reencontrava o encanto sombrio das províncias mineiras. Encontram-se, também, estas figuras austeras que sobreviveram à Primeira República, estes homens grisalhos e taciturnos também trajando roupas escuras, conduzindo, sob os chapéus de feltro, uns olhos embebidos em ardente melancolia. E crianças pálidas, filhos de pais muito velhos. E tudo é gris em Laranjeiras, nestas veredas entre edifícios intrusos. A grama nasce entre as pedras de pequenas ruas. Um besouro verde zumbe contra a vidraça, durante uma tarde inteira, sem atormentar ninguém, porque lá dentro vivem pessoas pacientes. De claridade, lá dentro, só o som ocasional da água correndo. No mais, silêncio e penumbra. Essa penumbra quase marrom, quase um cheiro, em que os velhos móveis de jacarandá estão enclausurados. Dentro das arcas, protegidos pela naftalina, os suntuosos vestidos guardam ainda o perfume das noivas do início do século. Uma grinalda seca; um perfume de noiva, pungente para quem abra esta arca na solidão. Fala-se muito pouco em Laranjeiras, nunca em voz alta, não se discute. “Lembras-te?”. Pálpebras fatigadas sorriem. Lembra-se muito o passado, em Laranjeiras, na antiga, aquela que está escondida, aquela junto às escadarias danificadas; uma galinha cisca furiosamente nos quintais à procura do tempo presente.

25-09-1960

O Jardim Botânico

O JARDIM Botânico é um bairro tranqüilo, entre a Lagoa Rodrigo de Freitas e a floresta que sobe o morro. Em suas ruas centrais o tráfego é reduzido; os flamboyants se sucedem, as pequenas casas (de quando em quando, um pequenino prédio) se escondem atrás dos cubos de ficos. Encontra-se, ali, o Jardim Botânico, propriamente dito. Os namorados ficam horas e horas conversando nos bancos de pedra entre palmeiras. Os turistas fotografam as folhagens típicas do Brasil, cada qual com um nome latino e seu correspondente em português. A temperatura é sempre agradável, e nos dias de calor intenso, o verdor tempera o sol, que chega tépido à pele. Descobrem-se recantos ignorados, caramanchões floridos e plácidos, onde o chão está juncado de folhas; um igarapé artificial, onde a água escorre com rumor, em grandes lajes; lagos onde vegetam vitórias-régias. É proibido fazer barulho; não se pode entrar com flores na mão; ninguém nos incomoda, embora os fiscais estejam constantemente percorrendo as alamedas.

Há também neste bairro o cobiçado parque Besanzoni Lage, onde o mato cresce sem sistema e que os cronistas da cidade defendem bravamente toda vez que se ameaça transformá-lo num terreno para especulação imobiliária. O ideal seria que esse parque permanecesse como está, selvagem, sem método; talvez fosse bom construir barracas de sapê para que os jovens excursionassem ali, junto à miniatura da selva, que como as ilhas, dorme em cada coração urbano.

Encontramos, também, aqui, o Jockey Club Brasileiro, cujo gramado verde pode ser visto de Ipanema. Para as corridas dos puro-sangue acorrem as mais lindas mulheres do Rio, cada qual com seu binóculo e seu chapéu. Mas o belo, realmente, no Jockey, é pela madrugada, durante os treinos. Os jóqueis vão chegando, franzinos e calados, trazendo suas grandes éguas, cujas narinas fremem. Os entendidos examinam os animais; as carreiras solitárias são cronometradas. Finalmente, o dia nasce.

10-11-1960

O Jardim de Alá

ENTRE OS pequenos parques cariocas, o mais movimentado é o Jardim de Alá, principalmente aos domingos. Os namorados ficam conversando na grama. As crianças fazem fila no escorrega e nos balanços. As mães ficam nos bancos conversando e prestando atenção nos filhos. No Jardim de Alá existem burricos que as crianças alugam. Charretes para três irmãozinhos, puxadas por humildes asnos. Lá existe um canal de águas verdes onde também se alugam barcos. Quem tiver a idéia simples de lançar à água uma dúzia de gôndolas ficará rico em pouco tempo. O Jardim de Alá, como dizia um poeta de metáforas medíocres, é a Veneza carioca. As crianças são quase todas filhas dos jornalistas que moram no conjunto residencial próximo à favela do Pinto. À noite, nos caramanchões, as babás namoram os soldados do Exército. Circula constantemente pelo parque o vento do mar, agitando as folhas das árvores e levantando docemente a poeira. Os antigos favelados, instalados agora nos prédios construídos por iniciativa de dom Hélder Câmara, acendem as luzes dos apartamentos e ficam nas janelas contemplando as árvores e o canal. Rapazolas e mocinhas divertem-se de maneira poética: apanham no chão as flores amarelas que caem das árvores e com essas flores desenham os próprios nomes no gradeado que dá para o canal. Anita. Marlene. Ronaldo. Heloísa. Nomes de flores amarelas que murcharão lentamente no gradeado. Pela manhã, no parque vazio, surgirá um gari vestido de azul e varrerá essas flores; mas, no momento seguinte, porque estamos na primavera, o chão estará outra vez coalhado de flores.

***

Paulo Mendes Campos, preocupado com o destino do Rio de Janeiro, agora que virou Estado da Guanabara, sustenta que a solução ideal seria eleger o Sr. Carlos Eduardo (Dibu) de Sousa Campos para governador. E explica:

– Não temos o gabarito industrial de São Paulo, nem os cariocas possuem a filosofia paulista de que tempo é dinheiro. Aqui tudo é feito na maciota, trabalha-se pouco, vive-se bem, vai-se à praia e tudo o mais. Qualquer problema social seria resolvido pelo governador Didu com a elegância que lhe é peculiar. Por exemplo, um humilde operário precisa de uma casa; Didu diz: "Vamos dar uma casinha para ele". O operário recebe a casa, *O Globo* escreve um editorial a respeito, e não se fala mais nisso. Ao mesmo tempo, Teresa Sousa Campos conversará pacientemente com as faveladas, ouvindo seus problemas e procurando uma solução adequada, direta e humana. Didu seria o nosso Príncipe de Mônaco e Teresa a sua Grace Kelly.

Paulinho espera que nas próximas eleições a sua idéia seja levada em consideração.

17-11-1960

Um jipe na Lagoa

ANA ESTÁ aprendendo a guiar. Sábado pela manhã, ao volante do jipe da escola de motoristas, tendo ao lado o instrutor e no banco de trás duas amigas, percorreu a Lagoa em velocidade regular. O instrutor ensinava; Ana guiava com certo medo. O jipe passou por uma feira. O chão estava coalhado de tomates e couves. Depois entrou numa alameda de flamboyants. Enquanto movia o volante, Ana percebia a Lagoa serena sob o sol. Passaram por uma rua sombria entre pequenas casas muito novas; voltaram à Lagoa propriamente dita. As curvas eram macias e passaram por uma favela onde as casas de madeira subiam desordenadamente o morro. O jipe avançou agora numa pequena reta muito ampla e ensolarada. Novamente suaves curvas ao longo da água verde e parada. Uma lancha fazia círculos no meio da Lagoa. Passaram pelo bar, onde, à noite se reúnem rapazes e moças em torno de grandes copos de chope. O jipe circundou toda a Lagoa e, quando chegaram ao posto inicial, Ana declarou que por hoje estava cansada. Entretanto, pensava: "Como a Lagoa é linda!"

***

No alto das escadarias existem calçadas, casas em ruínas e flores pobres

As escadarias de Laranjeiras. Ninguém as vê quando passa pelas ruas principais. Mas, se você entra numa transversal, sendo a hora do entardecer, descobrirá esses largos degraus entre sobrados. No alto, árvores. Há pequenos castelos com escadarias particulares. Esses pequenos castelos de Laranjeiras não têm estilo determinado; são feios; mas são belos porque lembram um tempo que não volta mais. Curioso é que suas janelas nunca se abrem e raramente alguém sobe ou desce aqueles degraus. Quem sabe se ainda vivem, nos seus cômodos sombrios, antigas figuras do fim do Império? Este é o meu bairro predileto, porque tem recantos absolutamente inesperados. Uma vez descobrimos uma escadaria que subia entre as moitas. Os degraus eram largos e pareciam novos, entretanto estavam cobertos de folhas secas. Subimos. A escadaria era longa, parecia não terminar nunca. Subia, e depois havia uma plataforma lisa – um imenso degrau – e além dessa plataforma os degraus encurtavam, mas a escadaria continuava subindo, desparecendo no mato, entrando pelo mato adentro. Fomos subindo. Minha companheira apanhou pedras redondas e lisas e depois, segundo creio, escreveu uma história evocando aquele dia. Do alto da escadaria olhamos para baixo e vimos o mar, uma pedra verde, segundo disse o poeta. E no céu, as nuvens, muito brancas e nos cabelos da minha amiga, o vento tranqüilo. Estávamos sozinhos como raramente é possível numa cidade. Mas ainda havia um caminho, agora não era escadaria, era um empedrado torto e sujo, cor de ferro velho: fomos subindo entre árvores e flores selvagens. O mundo parecia ter acabado, isto é, não havia mais ninguém no mundo e a natureza reconquistava a paisagem. O mato crescia desordenadamente em ambas as margens daquela calçada inclinada e curva. Um rato passou por nossa frente, fazendo minha amiga arrepiar-se. Depois, encontramos uma casa em ruínas e fomos ver os seus cômodos destelhados. O assoalho rangia, estava roído nos lados, talvez desabasse sob nossos pés. De dentro da casa, entre as paredes, onde tijolos apareciam como dentes, vimos o céu que continuava com suas nuvens. Depois nós saímos e minha amiga tirou as sandálias e eu tirei os sapatos e continuamos subindo a calçada solitária. Quanta gente, outrora, passou por ali? Quantos cavalheiros não subiram, calmamente, sobre aquelas pedras, com o chapéu na mão, atrás das antigas namoradas que usavam tranças e suspiravam com a mãozinha escondendo o suspiro? E quanta gente não morreu e teve que ser levada cuidadosamente na calçada escorregadia! E agora era só mato, as flores amarelas e vermelhas, um camaleão que nos viu passar, fingindo ser uma folha verde... E o silêncio suspiroso do mato. Fomos andando e descobrimos, no alto daquela ladeira que não levava a parte alguma, uma outra ladeira, que descia não sei para que bairro, e onde havia sobrados coloniais com varandinhas carcomidas e janelas abertas, e mulheres gordas lavando roupa ao longo do oitão. Renunciamos: era surpresa demais; e onde iríamos parar se continuássemos andando? Combinamos, algum dia, fazer um piquenique ali, mas isso não aconteceu até hoje.

01-12-1960

Sob o viaduto dos Arcos desenrola-se a comédia da gente pobre da Lapa

O VIADUTO dos Arcos é uma construção sombria e elegante por onde passa, no ar, o bondinho de Santa Teresa, entre muros de arame. Entre os pilares do viaduto estacionam velhos caminhões, guiados por motoristas taciturnos, que esperam carga ou ordens de serviço. Uma ladeira de empedrado desigual e afiado conduz à primeira, escura, tristonha rua da Lapa, a Joaquim Silva. Os Arcos estão cinturados por alguns botequins onde se bebe muita cachaça e se comem siris e lingüiça frita. Durante a noite se encontram ali marinheiros e mulheres embriagadas que usam vestidos de veludo colantes e aumentam o tamanho dos lábios com batom. É também o caminho para os cabarés muito mal freqüentados, onde figuras conhecidas do noticiário policial, após um golpe bem-sucedido, oferecem champanha a louras oxigenadas, cada uma com pelo menos um dente de ouro. O bondinho passa com estrépito lá por cima enquanto nos sobrados amarelos e desbotados abrem-se janelas e se debruçam mocinhas de trança, filhas de portugueses proprietários de botequins, as quais suspiram de felicidade porque o dia está lindo e o bondinho está passando. Um homem de roupas sujas e rasgadas, com enormes pés em cuja sola aderiu para sempre uma espécie de visgo, dorme profundamente na calçada, junto a uma lata de lixo de onde surge uma haste tendo no alto uma vermelha rosa murcha. Ao meio-dia, o calor ali é intenso: os automóveis levantam poeira de asfalto. Operários obscuros, comerciários, provincianos que ainda não conseguiram colocação se dirigem às pensõezinhas dos sobrados, onde a refeição comercial consta de feijão, arroz, bife, alface, tomate, goiabada ou marmelada à sobremesa e um cafezinho requentado que já vem com açúcar. As mesas dos refeitórios estão forradas com toalhas de plástico quadriculadas furadas em alguns pontos, e na parede sem dúvida existe um quadro: o Sagrado Coração de Jesus. E assim são os Arcos e suas imediações.

***

Chegaram os dias de verão com máscara para notívagos e o resto do povo na praia

As manhãs clareiam muito cedo; é verão. Os notívagos usam máscaras para que o sol não os acorde pouco depois de dormir. Às seis horas da manhã vão à praia senhoras que pouco depois irão trabalhar. A partir das oito, centenas de crianças afluem com suas mães para o mar. A água tem estado gelada e furiosa. Em Ipanema, no Leblon, ao longo do arco de Copacabana, os rapazes dourados de sol se deixam conduzir velozmente pelas ondas. As moças ficam muito tempo debaixo das barracas coloridas, com óculos escuros, lendo um romance cor-de-rosa e ouvindo rádios portáteis. As futuras mamães vão à praia usando vestidos, ficando o tempo todo na sombra, só tirando as sandálias e, de vez em quando, assumindo aquele ar de atenção crispada: são os filhos por nascer que gesticulam. Um pai que não dá muita bola para os manuais de psicologia leva ao colo seu filho de quatro anos para que se inicie no estrondo das ondas. O menino chora e esbraceja quando vê a água branca rugindo ao seu encontro. Logo depois, mergulhado até a cintura na água, começa a gostar daquela sensação: sorri. Ficará agora brincando na areia muito perto das pequenas ondas. Outros meninos cavam buracos ou fazem imaginárias fortalezas onde uma poça de água ficará presa. Passam constantemente com as calças arregaçadas até os joelhos ou em shorts, os sorveteiros e os vendedores de refrescos, laranjas e abacaxis. Vista de cima, a praia parece um vasto jardim de cogumelos de todas das cores. Senhores idosos e gordos, com calções fora de moda, tentam dourar a pele muito branca. Passa um teco-teco transportando uma faixa onde se recomenda um produto qualquer. Passa, ao longe, uma lancha branca com bigode de onda, e todos na areia sonham algum dia comprar uma igual para ir a Jurujuba. Quem vai embora, descalço, corre o mais que pode porque a areia está fervendo. Também a pista de asfalto já foi derretida pelo mormaço. As varandas dos bares à beira-mar estão cheias de bebedores de chope. A manhã festiva prossegue, enquanto no centro da cidade os homens andam devagar, com o paletó dobrado no braço e o colarinho desabotoado.

Na tarde ensolarada, depois da praia e do almoço, surgem os brotinhos decotados, coloridos, com sandálias que não escondem seus pés, mocinhas limpinhas e perfumadas, cujos cabelos serão agora cortados rente, porque o mar estraga qualquer penteado. Há uma espécie de trégua no movimento da Zona Sul. Ninguém parece disposto a nada. Os comerciários estão a postos nas lojas, mas no fundo cochilam. Os operários que consertam as ruas, ou aqueles que constroem os prédios, almoçaram na calçada, em marmitas cujo conteúdo foi esquentado num fogão improvisado, e beberam cerveja preta. Depois, ficaram sonolentos, pitando os seus cigarros e observando a claridade. Eles abandonaram as camisas, mostrando musculosos troncos e braços. Os cinemas com ar refrigerado começam a receber fileiras, semelhante ao despertar de pardais nas árvores.

***

Da iniciação à alegria: as crianças são os reis na festa diária da água

Os dias de verão são festas sucessivas para a criançada. Meninos e meninas vão para a praia ainda comendo meio pão com manteiga. Levam baldes e pás para cavar a areia. Ao contrário dos adultos, que preferem a sombra das barracas à água e ao sol, as crianças não saem de dentro do mar. Elas brincam de esguichar água salgada no rosto dos amiguinhos. Os meninos que já sabem mergulhar brincam de peixe, pegando o pé das meninas medrosas. Outra atração é a coca-cola; outra, o picolé. Neste verão, o *golpe de charme* dos meninos e meninas de onze anos é passar pomada branca no nariz. São muito poucos os que sejam tão louros que o nariz descasque, mas todos fazem questão da pomada, porque é o toque *bem* da temporada. De vez em quando, um menino se perde no meio da multidão que se espraia ao longo da espuma. A mãe começa a chorar aflita, o guarda-vidas começa a procurar o menino. Todos olham para o mar à procura de uma mãozinha de afogado... Passam-se momentos de expectativa e, de repente, o menino aparece, tranqüilo, enxuto, alegre, indiferente à apreensão que o seu desaparecimento provocou. A mãe, como se ficasse zangada pelo fato de ele não ter morrido, aplica-lhe um beliscão daqueles. O menino chora. Ela diz: "Deixe estar que nunca mais te trago à praia!" Mas o verão tudo apazigua e a todos torna felizes – o menino acaba caindo na água de novo; a mãe se esquece do susto, e o episódio passa a pertencer à crônica do verão em andamento.

As crianças acumuladas na beira da praia, longe da arrebentação, formam um grupo tão compacto que não podemos deixar de pensar nesses agrupamentos de pingüins que aparecem em suas geleiras, nos documentários cinematográficos. É bem difícil a um pai localizar o seu garoto no meio desta massa esfuziante, dourada, saudável, largada ao prazer corporal de existir. O batismo de fogo (no caso batismo de água) é um dos espetáculos mais emocionantes que se pode ver na praia. Ninguém presta atenção, entretanto aquilo é um drama que, segundo a psicologia, poderá ter certa influência na atitude futura do garoto com relação ao mar – e, em prolongamento, em relação a diversas outras experiências futuras.

***

João e a onda

João é louro, franzino, quatro anos. Veste calção marrom. Nunca entrou no mar. Muitas vezes sua mãe fez menção de batizá-lo no grande e generoso oceano, porém ele demonstrou tamanho medo que ela desistiu. Agora, porém, como seus amiguinhos da mesma idade estão todos brincando dentro da água, o pai – sempre cioso da virilidade sua e do rebento... – resolve iniciá-lo. Ergue no braço o garoto, sem doçura (aos pais fica bem essa espécie de rudeza carinhosa), e o caminha para as marolas que se movem diante deles. O menino manifesta novamente seu pânico. O pai lhe diz que não deve ter medo, mas não adianta nada. João começa a chorar. O pai, implacável, caminha alguns passos, até ficar com água pelo umbigo, e então se acocora dentro da água, de modo que esta envolva o menino até os ombros. João chora, esbraceja, engole água salgada, engasga, tosse, depois tudo passa: ele olha pela primeira vez o mar como uma coisa inofensiva. Logo depois dará um tapinha carinhoso na marola. Está batizado. Entretanto, como toda iniciação, esta do mar fará com que ele fique estranhamente sombrio durante alguns momentos, na tarde seguinte. Viver é experimentar, João – eis o que você acaba de aprender.

19-01-1961

Criminosos

UMA VELHA apareceu trucidada; depois, um casal de velhos. Descobre-se o autor do primeiro crime. Otacílio tem menos de vinte anos e fumou maconha antes de invadir, com um cúmplice, o apartamento de sua vítima. Os autores do duplo homicídio foram os irmãos Luisinho e Pedrinho, de 19 anos e 21 anos, e Heraldo, de 23 anos. Nos dois casos, o móvel foi o roubo. Um por um, os jovens confessaram francamente. Luisinho revelou com volúpia: "Enfiei a faca devagarinho" (na velha do casarão), "quem cuidou do velho foi o Pedrinho". Otacílio espancara a outra velha, Babette Brandt, porque havia fumado maconha e também por ter se decepcionado com o saque do apartamento. Heraldo, cúmplice de Luisinho e Pedrinho, meia hora antes do latrocínio, fora a Botafogo visitar sua mulher que havia dado à luz. Foi ele também quem levou para casa os canários encontrados no casarão, para que não ficassem abandonados. Com o que lhe coube na partilha, a mulher de Luisinho, Geneci, comprou roupas para seu filho, que ainda não tem um ano.

Em face destas revelações, somos obrigados a admitir que não houve propriamente crime. Não houve rompimento da ordem. Tudo se passou com muita clareza, tanto no apartamento da rua Cândido Mendes, onde Otacílio entrou por acaso, quanto no casarão de Copacabana. Alguns rapazes precisavam de dinheiro e nada mais natural do que roubar. Se uns velhos se tornam incômodos, o melhor é cuidar da saúde deles. Três velhinhos mortos, ou três velhinhos vivos; qual a diferença? "Enfiei a faca devagarinho", disse Luisinho. "A velha pediu para morrer porque já estava cansada. O Pedrinho cuidou do velho. Eles nos conheciam, tinham de morrer." Não considero nada estranha esta simplicidade; pelo contrário, considero tudo muito lógico. Somos uma cidade em que o poder aquisitivo de meia população é o maior do país, enquanto a outra metade só conhece a miséria. Somos uma cidade frívola e disso nos orgulhamos, mas essa displiscência é temerária. Somos um povo que olha para o mar, fingindo não ver esses morros coroados; não admitimos o cerco, no entanto a miséria nos envolve; vivemos entre estrangeiros, eles possuem uma ética que não compreendemos, estão dispostos a lutar pela sobrevivência, e nós somos a presa mais próxima. Os irmãos Luisinho e Pedrinho planejaram calmamente o latrocínio. Convidaram alguns outros, mas ninguém quis; finalmente, Heraldo resolveu ir. Pedrinho é soldado do Exército, mas nas horas vagas assalta casas na Lagoa Rodrigo de Freitas. Prestar serviço militar, visitar a mulher que deu à luz, proteger os canários belgas, sangrar um casal de velhos num casarão, tudo é a mesma coisa, tudo tem o mesmo valor.

Muita gente ameaçou linchá-los durante a reconstituição; um experimentado policial sofreu um colapso nervoso durante o interrogatório. Por quê? Evidentemente por causa da lógica. Qualquer pessoa, espontaneamente, sente compaixão por um criminoso. Depois do crime, o furor cessa; encontramos um frágil semelhante. Mas os homicidas do casarão não se consideram culpados, apenas mataram, não fizeram "nada demais". Mataram sem furor: estava claro que os velhinhos deviam morrer, embora o velho prometesse que não os denunciaria. Depois, em cômodos separados, estrebucharam. Pedrinho teve o cuidado de abrir a carótida do velho: trabalho perfeito, esse não escapa. Chamaram Heraldo, que estava na rua, armado de revólver para impedir qualquer surpresa. Um dos irmãos estava com a camisa suja de sangue e foi procurar roupa limpa no guarda-roupa do velho. Dividiram o dinheiro e jóias, Heraldo tirou da gaiola o casal de canários, guardou-os entre as jóias de sua maleta, fez um buraco para que não sufocassem. Entardecia. Quanto à Babette, a alemã, cometeu um erro imperdoável: deixou aberta a portinhola do seu apartamento. Otacílio e seu cúmplice andavam sem destino, vagamente desejosos de assaltar alguém. Encontram um edifício aberto, entram, há uma portinhola aberta, tocam a campainha. Tudo isso em silêncio, com a determinação entorpecida que encontramos na maconha. A alemã abriu a porta: espancaram-na rapidamente, amordaçaram-na, vasculharam o apartamento. Esta não precisava morrer, porque não conhecia os dois homens, mas Otacílio ficou furioso porque não encontrou quase nada: "fiz um verdadeiro carnaval" – disse ele, descrevendo o assassinato da velha a pontapés.

A indignação da cidade começa aqui, em face dessas palavras que a imprensa considera cínicas. Mas não há cinismo. "Meus senhores e minhas senhoras, fiz um verdadeiro carnaval!" Foi realmente o que Otacílio fez. E Luisinho, sinceramente, enfiou a faca devagarinho, docemente, na altura do coração. Trabalhou com elegância. O homicídio, para os filhos da miséria, é um ofício como qualquer outro: estamos sitiados. As prisões estão cheias, e que podemos fazer a não ser construir novas prisões? Insisto na lógica: a pessoa nasce e cresce na abjeção, transforma-se em criminoso profissional, vai para a cadeia. Outra pessoa nasce e cresce etc. Achei muito natural que um bando de negros, no aterro da Glória, seqüestrasse uma moça para violá-la sucessivamente num grande cano de esgoto abandonado na terra. Era uma bela noite, o luar clareava os corpos. Às vezes passava um automóvel, os violadores mergulhavam a cabeça da moça numa poça de lama para que não gritasse. Depois, desnuda, ela havia de lavar-se no mar – a violação prosseguiria. Mais tarde, o bando foi preso. Ora, nas prisões infectas mantém-se o *status quo* das favelas: eles estão em casa, não conhecem nada mais terrível do que a liberdade. Um cubículo na Ilha Grande, o tráfico de entorpecentes, comida na hora certa: haverá melhor vida?

Fui uma vez à Ilha Grande e voltei traumatizado. Um petroleiro conduzia centenas de condenados. Num porão de aço, uns por cima dos outros, sob um calor que incomodava em pleno convés aberto, eles não perdiam o bom humor. Eram tipos repugnantes, debochados, maltrapilhos, ameaçadores; tentei dialogar, não consegui. Eram estrangeiros. Nesse dia descobri a cisão irremediável entre os miseráveis e nós. Lamentei não perceber, em nenhum desses homens, o sentimento revolucionário por excelência: a vergonha. Mas tive medo do dia em que esses infelizes se reunissem para marchar sobre a cidade decadente. Palavra de honra, não devemos ter orgulho de ser cariocas.

Suplemento dominical do Jornal do Brasil, 22-10-1960

Polícia não come amendoim

É MUITO bom imaginar que a infância é bela, principalmente se você teve uma infância feliz. Porém, não exageremos. Há crianças lindas que vão aos parques com suas babás e quando choram vem toda a família para saber o que está acontecendo. Há crianças que de repente ficam doentes e nunca mais saram; essas ficam então num quarto, eternamente isoladas, sem ver o sol. Outras crianças sofrem porque os pais não se entendem, ou porque os adultos não as compreendem. Tantos exemplos, por demais conhecidos, servem para lembrar que o problema é muito complexo e muito variado. A simplificação é sempre injusta. E além do mais, há crianças e há menores. Criança, em minha opinião, tem menos de quatorze anos. Daí por diante, passa a ser menor. Pois bem. Um bando de transviados anda agora promovendo noites violentas em algumas boates – e o Juiz de Menores fez o quê? Decretou simplesmente que doravante vai apanhar qualquer menor que estiver na rua de noite. Os transviados, os abandonados, os vendedores de amendoim e os engraxates. Note bem: os transviados é que andavam fazendo bagunça, mas todo mundo vai pagar por isso. Esses rapazes das motonetas chegarão à delegacia com seus pais e advogados, serão postos em liberdade e no dia seguinte voltarão à farra. Os abandonados, aqueles meninos que dormem nos bancos de parques porque não têm casa, irão para o SAM. Tudo, de certa forma, justo. Mas os vendedores de amendoim e os engraxates não merecem esse castigo. Eles ganham a vida com trabalho honrado. São pequenos operários. Há muita gente que gosta de amendoim e quase todo mundo precisa engraxar os sapatos. Eles são úteis à sociedade. Quem vende amendoim não precisa roubar para comer. Quem engraxa sapatos não precisa virar pivete. Deixemos em paz os pequenos operários. Eles se organizaram para sobreviver nesta cidade que é tão injusta para com os meninos. Eles descem dos morros com suas latas e seus pacotinhos. No fundo da lata há um fogareiro sempre aceso, para que o amendoim esteja sempre torradinho. (Sei bem como são essas coisas, porque já vendi amendoim). Ou então aparecem com suas caixas de madeira, e graxas, e escovas, para que nossos sapatos estejam sempre impecáveis. Não está certo que saia uma carrocinha atrás deles, só porque os filhinhos de papai fumaram maconha ou beberam uísque além da conta.

13-06-1961

O brotinho e a névoa seca – 1

REAPRENDO o caminho da praia. Todos os meus conhecidos estão ficando castanhos, renunciarei também aos banhos de estrelas e de luar. E assim me incluo, sábado, entre as centenas de corpos que na areia ou na água correm, cochilam, conversam, jogam frescobol, pegam jacaré, passam óleo na pele, tomam sorvete e repetem frases que é sempre agradável (ou inevitável) dizer e ouvir: "A água está geladíssima"; "se em outubro o sol já está assim, imagine em janeiro"; "este verão vai ser fogo"; "hoje as ondas estão brabas"; "amanhã não sei se venho, porque vai haver névoa seca".

Perdão, não fui eu quem falou em névoa seca: apenas ouvi. Não sei quem disse. Quando ia dar um mergulho, alguém fez essa observação como quem diz uma coisa muito natural. Não vi quem falou. Mergulhei, fiquei um instante na areia olhando o belo mar, e de repente minha cabeça refletiu sozinha: "Névoa seca... Eu, hein, rosa!" Depois reparei que aquela frase não revelava pedantismo propriamente; era mais sofisticação. E mergulhei novamente enquanto minha cabeça, emérita especuladora, propunha a si mesma um problema simples, qual seja: "Que espécie de pessoa, entre tantas, seria capaz de dizer aquilo sem mais nem menos?" Probleminha de fim-de-semana, creio eu. Na calada da noite é que me devem torturar as grandes dúvidas humanas, para as quais oferecerei resposta, segundo espero, nos livros que, segundo espero, vou começar a escrever amanhã. Isto é: depois de amanhã; domingo também não é dia de salvar o mundo – creio eu. Enfim, lá estava a cabeça a funcionar gratuitamente, sem prejudicar o sabor do momento; sentei-me na areia e sem óculos escuros, olhei para o sol. A ofuscação me fez fechar os olhos, o que aproveitei para cochilar um pouquinho. Meu inconsciente produziu então uma jovem que vou descrever.

Magrinha, alta, dezessete anos. Bela, contente consigo mesma, muito lenta de gestos, muito preocupada com o que pensamos os outros a seu respeito e mais ainda com a maneira pela qual deve se conduzir nos diferentes lugares nos quais circula. Dá telefonemas misteriosos para homens que podiam ser seu pai. Tem um caderninho especial para anotar palavrinhas feias que vai aprendendo durante esses telefonemas. Esse é atualmente o seu grande pecado; quando desliga, sente azinhavre na alma; reconhece com severidade, olhando-se no espelho: "Você não presta mesmo, menina". Como se fora duas pessoas. Aliás, é: tanto que aquela que fica zangada com tais pecados pretende ser freira.

Divide os homens em "um estouro" e "bacaninha". Um estouro é aquele que a gente fica tremendo quando aparece; não se tem nem coragem de olhar. Bacaninha não, é o garoto bonito que mora na mesma rua e que se tem mostrado perfeitamente acessível, o bobão. O restante da humanidade masculina são os "bolhas". Há gradações no tipo bacaninha que só ela entende: o bacaninha que é "um verdadeiro pão" é uma coisa; aquele que é "um pãozinho", outra; finalmente há aquele que é "um amor" e que ela só deseja como amiguinho e mais nada.

12-10-1961

O brotinho e a névoa seca – 2

ONTEM INICIEI a descrição da jovem, formulada pelo meu inconsciente, depois que ouvi esta frase: "Amanhã acho que não venho à praia, porque vai haver névoa seca". Chama-se Sonja, ou Mônica. Cortou seus belos cabelos para usar perucas. Nas festinhas da sua turma toma vodca com gelo ou gim com gelo, sem mais nada. Uma vez ficou de pilequinho e chegou em casa alegríssima porque estava aprendendo uma coisa nova, precisamente esta: – como é chegar em casa de pilequinho. "Ah, é assim, é?", perguntava a si mesma, e morria de rir. O primeiro namorado para valer foi outra experiência extraordinária. Tinha tido namoriscos, até que apareceu o tal que era para valer. No Arpoador, evidentemente, porque foi lá que a imaginei. Namorar para valer, em seu vocabulário, significa viver um mês inteiro com medo de certo homem. Espera-se uma aproximação que não chega; flerta-se abertamente com todo mundo, menos com ele. Finalmente, num barzinho qualquer, onde estamos bebendo coca-cola e comendo cachorro-quente, o camarada aparece num grupo e a gente conhece a moça que está ao seu lado. Meu Deus, ela começa a torcer para a outra ir ao toalete; mas a burra nem desconfia – não se manca – e além disso há um espelho perto da mesa deles, de maneira que a garota ajeita o cabelo a todo instante, e assim sendo vai acabar não indo. Meu Deus, como existe mulher burra neste mundo – e Mônica, ou Sonja, morde com raiva o cachorro-quente. Aliás preferia chamar-se Filomena, só para ver a cara que iam fazer. De qualquer maneira a outra acabou mesmo não indo a lugar nenhum: Sonja teve que inventar uma história para justificar o telefonema que deu no dia seguinte para a referida. Conversaram horas e horas; fingiu que estava interessada no Roberto, um bolha da rua Joaquim Nabuco, que toca piano mal pra burro. A outra foi ficando desprotegida, então

Sonja insinuou: "Outro dia vi você com uma turma lá perto do Cinema Rian..." E a outra foi logo dando a ficha do camarada que mete medo na nossa amiga. O negócio foi tão fácil que Sonja até pensou em fazer a maldade que se possa imaginar: – imaginem com que cara a outra ficaria se o telefone desligasse de repente ou se ouvisse uma frase assim: "Chega de conversa fiada, e até logo, sua chata!" "Onde já se viu uma garota dar uma ficha tão completa de um camarada no qual ela também está interessada!" Mas a conversa continuou, e Sonja não disse nada que pudesse feri-la, sentindo-se depois um pouquinho alegre: – ser boazinha é tão repousante!

Assim ficou sabendo que aquele estourinho era um craque no frescobol, e um belo dia foi para praia com duas raquetas e uma bola. Ficou muito na barraca, fingindo que não estava interessada em nada. O olho grande para não olhar as raquetas e a bola. Se alguém a convidasse para jogar, iria responder que hoje não: – inventaria que os apetrechos eram de outra pessoa, e que só estava guardando, não gostava muito de jogar. Pois bem. Quando surgiu o cara, com um short florido, ela ficou só esperando. Ele passou e nem olhou. Sentou na areia, numa barraca próxima, e ficou conversando com dois amigos. Fumava Hollywood com piteira de baunilha! Sonja, a malvada, teve então uma idéia genial. Pegou as raquetas, a bola, foi lá onde o sujeito estava fumando e disse: "Você não é o amigo da fulana? (A tal que estivera com ele no barzinho e que não fôra ao toalete). Ela outro dia me emprestou estas raquetas e esta bola, quer fazer o favor de entregar?" O apelido do cara era Quico, e ele caiu direitinho: convidou Sonja para jogar. Ela jogou tremendo de medo, dele e da confusão que estava armando. No fim, voltou para sua barraca e ele veio junto. Sonja tinha outro plano, este realmente sensacional. Tinha lido num jornal que domingo (era sábado) haveria névoa seca. Ficou só esperando. Então ele disse: "Quando você vier amanhã, me procure na praia do Diabo". O coração dela batia. Falou devagar, desinteressada, quase já não gostando mais dele de tão sabida que era: "Amanhã acho que não venho, porque vai haver névoa seca". Enquanto assim falava, pensava assustada que se ele fosse homem mesmo devia dar-lhe um soco. Isto lá é coisa que se diga, palavra que se use, ainda mais com aquelas pestanas trêmulas de malícia! Mas o cara não deu a menor bola, disse um "Ah, é? Bem, se chover eu também não venho" e colocou o cigarro na piteira com sabor de bauninha. Sonja – ou Mônica

– ficou então perdidamente aborrecida, desamparada, à mercê daquele homem tão forte que nem sabia que ela existia. Não ser compreendida nem ter êxito nas suas pequeninas manobras deixava-a apaixonada, ai ai, que coisa mais maluca!

13-10-1961

Cuidado com o "Tranca-Rua"

ENTRE GRAJAÚ e Jacarepaguá, depois de sofrer a mais furiosa perseguição, acaba de ser fuzilado o legendário "Mineirinho".

Quando morre o Dalai Lama, no Tibete, os velhos sacerdotes vão meditar à beira do lago até que, por iluminação, sejam conduzidos à nova morada carnal do espírito de Buda (o espírito universal do Bem). Depois, silenciosos, caminham na direção do eleito, atrás de cujos olhos hão de reconhecer a clara mirada do deus.

O espírito de rebeldia, a criminalidade pura que "Mineirinho" tão bem personificava, onde andará? O "Tranca-Rua"– para usar a nomenclatura bem conhecida em nossos morros – exalou-se do corpo perfurado pelas balas, e agora paira sobre as favelas, sobre as crianças nascidas na miséria, e que estão crescendo no meio do vício e da loucura.

"Mineirinho" era um autêntico facínora. Conhecia todos os segredos do seu ofício – único, afinal de contas, que as circunstâncias lhe teriam permitido abraçar. Assaltava bem; matava com perícia; amotinava presidiários e se punha em fuga com extrema facilidade. Quem pode negar qualidades de líder a um homem que, pouca horas depois de escapar à prisão, e tendo atrás de si todos os policiais cariocas, conseguiu reorganizar a sua quadrilha de malfeitores?

Alguma coisa está errada e faz com que a vitória da polícia, no tiroteiro de ontem, não passe de um triunfo temporário e, de certa forma, inútil. É preciso olhar de frente o desafio colocado tantas vezes diante de nós, e que "Mineirinho" acaba de repetir: há, nesta cidade, algumas pessoas de tal maneira identificadas com o crime que se mostram sempre dispostas a sacrificar-se pessoalmente. "Mineirinho" deu a vida por um ideal – queria ser livre para ser criminoso, o louco!

Mas que importa? Quando se nasce na miséria, pouco importa. Quando se cresce no meio da miséria, pouca coisa importa. Quando aderimos ao crime para sobreviver, pouca coisa importa. Quando, finalmente, a sociedade ouve o nosso protesto, e nos encaminha às suas casas de correção, o que vemos são os infectos presídios, os sinistros reformatórios, cuja finalidade aparente é fabricar criminosos incorrigíveis.

Na prisão, na favela, na liberdade ou no cárcere, "Mineirinho" teve sempre o crime à sua frente como meio de sobrevivência e afirmação. Conseguiu, por sua fidelidade ao ofício, bem como por valentia e crueldade, personificar o "Tranca-Rua". Agora está morto, e morreu em combate. Qual velho monge meditando à beira de um lago, fico eu agora pensando em inumeráveis adolescentes que amadurecem no mesmo cenário ignominioso que produziu "Mineirinho" e me pergunto: "Onde anda agora o espírito da rebeldia? Onde anda o espírito que se evolou de 'Mineirinho'? Quem, com os olhos da demência, com o imenso rancor no coração, descerá agora do morro para castigar e envergonhar a cidade?"

01-05-1962

O chute sobrenatural

UMA VEZ, tentando descrever o chute que Didi aperfeiçoou e que recebeu o nome de folha-seca, escrevi que esse efeito tornava a bola oval, como a que se usa no rúgbi. A bola deixava de ser esférica. Assim eu pretendia explicar que a bola chutada em folha-seca parece submeter o observador a uma alucinação visual. Era, claramente, a visão de um equívoco, uma vez que a bola é redonda. Mas ainda não era isso. Eu precisava escrever de tal modo que qualquer pessoa compreendesse, mesmo quem nunca tivesse visto um jogo de futebol. Apelei então para a retórica, e expressei que aquele chute fazia a bola erguer-se "balouçante e fantasmagórica". Mais tarde, meditando sobre o aspecto exagerado e pedante de tais palavras, recorri à memória, onde estava bem fresca a última folha-seca lançada por Didi no Maracanã, e fiquei sinceramente satisfeito com a precisão dos termos. Não estava exagerando: a bola erguera-se, realmente balouçante e fantasmagórica. Missão cumprida: não iludira ninguém. Entretanto, com o correr do tempo eu me surpreendia freqüentemente a parodiar Ezra Pound, dizendo gostosamente comigo mesmo: "Balouçante e fantasmagórica! Bolas! Mas que diabo quer isto dizer?"

Agora vejam como João Saldanha, o excelente comentarista de futebol, se refere em *Última Hora*, ao terceiro gol do Brasil contra a Inglaterra, obtido mediante uma folha-seca de Garrincha: "Mas nesse (o terceiro gol) eu não vou falar porque precisaria ter estudado mais uns dez anos do que estudei. Só vou dizer que foi uma folha-seca que me fez ficar até arrepiado". Observem que quando Saldanha se con-se confessa arrepiado quer ele acentuar, conscientemente ou não, o caráter sobrenatural do mencionado chute. (Quando usei a palavra "fantasmagórica", por minha vez, era justamente esse detalhe que procurava ressaltar). Mas, se não basta o depoimento de João Saldanha, aqui estão, colhidos no mesmo jornal, as palavras do goleiro britânico Springett: "Nem vi aquela bola que entrou, o terceiro gol. Ela fez uma curva tão grande e caiu tão mansa lá no ângulo que tenho a impressão de que sopraram de cima para baixo para que ela tivesse uma queda tão repentina".

Tenho a impressão de que sopraram de cima para baixo... Springett pretende insinuar, por acaso, que Deus ajudou Garrincha a marcar o terceiro gol? Claro que sim. Eu, por mim, fiquei profundamente emocionado diante da folha-seca de Didi. Eh! pensei na ocasião (sempre parodiando o poeta), que diabo disto é aquilo? Era simplesmente uma bola que se encaminhava ao gol, mas eu pensava, enquanto contemplava, em algo assustador, comovente, inacreditável e grandioso: uma tempestade, gemidos do vento, algo acima da compreensão humana. Deus meu! Uma simples bola, chutada de tal maneira que revolvia no meu coração as mais antigas inquietações. O homem é capaz de coisas terríveis! Eis o que pensava. E foi isto, segundo parece, que transtornou de tal maneira o goleiro inglês e o comentarista sempre tão exato da *Última Hora*.

12-06-1962

Menina à janela

OCASIONALMENTE SÓ, junto ao rádio, começo a disputar a partida final da Copa do Mundo. João, o dono da casa, está trabalhando em outro cômodo. Hoje não quero estar com a turma do bar: quero vencer sozinho. Tenho o coração pequenino como no jogo contra a Espanha: tenho medo de estar com a turma porque naquele dia, quando os espanhóis começaram a perder, carreguei a minha ferida alegria para um canto e fiquei chorando. Hoje, ocasionalmente só, quero viver inteiramente a emoção, seja qual for: quero aprender quem sou eu e quem somos nós, e preciso de solidão para meditar.

Os meninos organizaram uma festa na rua Aires Saldanha. Numa janela, num décimo andar, uma menina de nove ou dez anos, com cabelos louros cortados à taradinha, está brincando de fazer comida. Junto aos apetrechos de cozinheira (uma colher e dois copos cujos conteúdos ela mistura incessantemente), no peitoril, um rádio portátil canta o jogo para ela. É gol. É gol. Oh! A voz do locutor parece um balão furado. A voz anteriormente festiva, vibrante, velocíssima, está dizendo num tom de infinita decepção: é gol. Senhores ouvintes, é gol. Senhores ouvintes, a menina loura parou de brincar e está olhando o rádio com raiva. A menina está chorando. É gol. Silêncio na rua Aires Saldanha. O sol brilha, mas a tonalidade da tarde já não é dominical. O domingo, balão furado, desce melancolicamente ao chão, reduzido a papel, lembrando ainda um pavão depenado. É gol. E agora? A turma, no bar, está certamente atribuindo à minha ausência aquele momentâneo desastre. Eu devia estar lá como sempre. Estando aqui, os tchecos inauguraram o marcador. Perdão, menina loura! Deixei passar uma bola, mas doravante não passa mais nenhuma. Atravesso o campo sob a camisa de Amarildo e deposito a flor do primeiro gol no véu da noiva eslovaca. Reinstalo o domingo na rua. O pavão dourado abre o seu imenso leque. A menina acena para mim: eu e ela somos bicampeões mundiais. Obrigado, menina! Você está jogando muito bem! Para a minha turma, agora, a minha presença, como a de Pelé, pode ser facilmente dispensada. Posso ficar aqui, olhando a menina que está feliz com o rosto dourado de sol.

O resto vocês já sabem. O resto foi aquela beleza fulgurante, aquela taça erguida, aqueles milhões de irmãos que se abraçam nas ruas. Parabéns, leitores, pelo triunfo que é também vosso e meu – e da menina, de todas as crianças que estão crescendo orgulhosas de sua nacionalidade.

19-06-1962

Assaltos – 1

ESTÁ PROVADO que a polícia é incompetente para acabar com os assaltos à mão armada no Rio de Janeiro. Em diversos pontos da cidade, a qualquer hora do dia ou da noite, você está arriscando a se encontrar entre malandros que empunham revólveres e facas e lhe pedem dinheiro e jóias. Não adianta correr ou gritar: o melhor é entregar tudo e torcer para que eles se retirem em paz, porque muitas vezes, por simples capricho, um deles resolve espancá-lo ou balear seu pé.

Certa madrugada, no Jardim Botânico, dois homens entraram em violenta luta corporal. Foram presos e declararam o seguinte: – cada qual pensava que o outro era um assaltante. De modo que nesta cidade, atualmente, se alguém lhe pede fósforo para acender o cigarro, deve receber como resposta um soco: o *outro* é sempre um perigo; as intenções do outro são sempre más; ninguém confia em ninguém.

Na Vista Chinesa, um casal de argentinos contemplava a paisagem. Era a primeira viagem que faziam e há muitos anos sonhavam com aquele momento, entre o verde das árvores e a pedra verde do mar, ao longe; era o Rio de Janeiro, com que sempre haviam sonhado. Um minuto depois, o homem recebeu uma bala na coluna vertebral; está ameaçado de ficar paralítico.

O procedimento dos assaltantes é sempre o mesmo. Preferivelmente em bandos, surgem de todos os lados, ameaçam, roubam e desaparecem, à maneira dos guerrilheiros. Observemos, por curiosidade, que, sendo assim organizados, poderiam facilmente assaltar uma loja, ou uma casa, mas preferem casais distraídos ou transeuntes desarmados. Isso parece indicar que, além do simples interesse material (que os levaria com maior êxito a invadir uma residência), também os move um grande ódio contra nós. Nós, que para eles representamos a cidade no que ela tem de pior, que é a diferença entre as pessoas. Uma diferença que teoricamente não existe, mas que eles percebem no tecido das roupas, no estado dos sapatos, na própria maneira com que olhamos as paisagens ou caminhamos pelas ruas desertas. Numa palavra, eles nos responsabilizam pela situação em que se encontram e se vingam diretamente em nós, no contato direto, deixando intactos os nossos lares. E quem sabe se não estão com a razão?

01-02-1962

Assaltos – 2

VEMOS COM espanto que os assaltantes já estão agindo no interior dos elevadores, em prédios familiares. Seguem os casais que saem dos bancos: funcionam, portanto, no horário comercial, e quem sabe passam a noite vendo programas de televisão em aparelhos roubados, como pequenos-burgueses do crime. Pensávamos que a polícia só era desafiada abertamente pelos terríveis filhos da miséria, egressos de todas as prisões, para os quais não tem a mínima importância voltar para a Ilha Grande, esse doce lar dos incorrigíveis. Mas agora vemos que há facínoras estrangeiros, quadrilhas internacionais bem organizadas, que provavelmente chegaram ao Rio atraídas pela fama da cidade sem lei, que é nossa triste fama. Há um banco em cada esquina, uma loja em cada esquina, em cada esquina uma bilheteria de cinema com toda a féria à disposição. Mas os assaltantes preferem assaltar pessoas, nada querem com as firmas. Para que arriscar a liberdade assaltando um banco, se podemos seguir calmamente o casal que retira o seu dinheiro, se podemos entrar no elevador com as nossas vítimas, tudo isso depois de verificar minuciosamente a intensidade do policiamento do quarteirão em que podemos agir? Não há polícia no quarteirão: dentro do elevador, as facas se erguem sobre as pessoas que pagam impostos para viver numa cidade civilizada.

Turistas argentinos são baleados na Vista Chinesa e no Mirante Dona Marta. A notícia é publicada nos jornais da Argentina. Alguns meses depois, uma família argentina vai visitar a Vista Chinesa. O chefe da família diz “não tenham medo de assalto. Depois que balearam o juiz canadense e o milionário platino, o policiamento ali deve ser rigoroso”. Então, o bandido mascarado surge com o revólver na mão, fuzila o incauto que pretendeu usar de lógica para compreender a polícia do Rio de Janeiro. Bem feito.

O Leblon é um antro de criminosos. Seus botequins são assaltados; as moças que voltam de madrugada têm que entregar a bolsa. Todos os dias, os jornais especializados publicam esses pequenos casos, e no entanto o Leblon continua deserto de guardas e totalmente às escuras. O racionamento de energia é implacável, os gatunos também. Onde está a polícia? Furando pneus.

Pela notícia policial é que se conhece uma cidade. Felizmente os jornais cariocas, com raras exceções, não divulgam com destaque esses pequenos casos. Porque, se o fizessem, haveria uma crise política que só terminaria ou bem com o fim dos assaltos, ou bem com a queda do governador. Não estou sugerindo que os deputados estaduais derrubem o sr. Carlos Lacerda – mesmo porque ele é muito sabido para cair numa fria dessas – mas, ao menos, poderiam fazer alguns discursos pedindo um policiamento mais efetivo. Ou será que o problema só voltará a ser agitado quando voltarem a morrer os filhos dos famosos jornalistas?[5] Ou quando começarem a morrer os jornalistas? Quanto a mim, se me assaltarem numa esquina, entrego o dinheiro e saio correndo. Não creio que a minha vida possa ser medida por uma manchete a mais ou a menos.

17-07-1964

[5] Refere-se ao assassinato do jovem filho do jornalista Odylo Costa Filho por um menor durante assalto em Santa Teresa.

A selva urbana

OS JORNAIS relatam os depoimentos dos três integrantes das Ligas Camponesas que, detidos em circunstâncias ainda confusas, foram levados para a Invernada de Olaria. Eram dois homens e uma mulher. Os dois homens foram acometidos de crise nervosa quando narravam ao juiz as torturas de que tinham sido vítimas. No mesmo dia, noticiava-se a recuperação da liberdade por Shirley, uma senhora que fora detida há algum tempo sob acusação de estrangulamento. Declarou ela que havia se confessado culpada para escapar às sevícias que lhe inflingiam, também na Invernada de Olaria.

Os assassinos estão em toda parte. Os crimes de morte no Mirante Dona Marta são corriqueiros. No Leblon, dois jovens são mortos selvagemente. A qualquer hora do dia ou da noite uma pessoa tomba morta em qualquer rua da Zona Sul, assassinada por desconhecidos; na Zona Norte, a mesma coisa. Quem, como eu, costuma andar durante a noite por Copacabana, percebe facilmente o medo nas faces das pessoas que vêm em direção contrária. Os motoristas de táxi vigiam o passageiro pelo espelhinho, eles também são assassinados e saqueados. Ninguém confia em ninguém. Se você deixar alguém em casa, de carro, pela madrugada, a pessoa lhe pede que espere que ela abra a porta do edifício; ninguém sabe o que se esconde nas sombras porque além de tudo a cidade é mal iluminada.

A imprensa reclama: falta polícia nas ruas. E que os policiais trabalham muito dentro das prisões e não podem se dar ao luxo de vigiar os transeuntes; eles, os policiais, além de ganhar pouco, são obrigados a dar duro horas seguidas, tentando obter confissões falsas de inocentes apanhados ao acaso. Ninguém pode negar que é cansativo aplicar choques elétricos nas partes sexuais de prisioneiros políticos (o pessoal das Ligas não pode ser qualificado de prisioneiros comuns).

Estamos em janeiro de 1963, na época das viagens interplanetárias. Entretanto, vivemos em estado de selvageria; não temos segurança em parte alguma. Na rua, corremos risco de vida; nas prisões, somos submetidos a experiências ultrajantes. E tudo indica que esta situação continuará assim indefinidamente.

04-01-1963

Assassinos e vítimas – 1

INUMERÁVEIS sinais anunciam ao Rio de Janeiro a destruição da sociedade brasileira. Não é fácil prever o que o futuro nos reserva, mas é fora de dúvida que a ordem instaurada em 1889 está condenada à morte. Seria engraçado – engraçado, mas de maneira assustadora – se Auguste Comte ressucitasse neste momento para ver onde vai parar uma coletividade que se pretende estabelecida entre os primados da ordem e do progresso. Com efeito, não pode haver ideal mais anacrônico, pois vivemos um século em que os povos anseiam pela justiça, e quando se deseja a justiça é porque se tem consciência de não possuí-la, de viver em injustiça – reflexão esta que conduz à desordem, seguindo-se a violência e o mais que temos visto. Nesse caos, falar em progresso equivale a discutir o sexo dos anjos.

A consciência da injustiça pode gerar um revoltado no sentido evangélico da palavra, um indivíduo que se disponha a assumir a missão histórica de conquistar a justiça por meio da violência. Mas uma sociedade, como a nossa, tradicionalmente hipócrita, ambígua e ambivalente, não haveria de ter coragem para se deixar submeter à cirurgia indispensável à sua sobrevivência. Como alguns organismos preferem a morfina à dor necessária, e outros recorrem ao suicídio quando poderiam perfeitamente amputar uma perna e sobreviver, a sociedade brasileira opõe desesperada resistência ao sofrimento e finge gozar de perfeita saúde quando todos sabem que está apenas anestesiada. Ora, é verdade que não se conhece ainda a cura para o câncer, mas este século tem presenciado a aplicação de remédios eficazes para devolver a saúde às coletividades – e por outro lado temos visto a destruição de regimes que se obstinavam na mentira histórica de que há alguma coisa que possa ser chamada de herança do Ocidente...

Como um tumor denuncia a presença da morte no organismo, o Rio de Janeiro é atualmente o retrato mais verdadeiro da situação em que estamos. Aqueles que insistem em desconhecer que, no plano social, a nossa convivência nacional não difere da relação que há entre o senhor e o escravo, estão convidados a meditar na conseqüência inevitável, no plano individual, dessa reciprocidade iníqua: o Rio de Janeiro nos oferece inúmeras provas de que somos tão somente uma sociedade de assassinos e vítimas. E os assassinos é que estão falando a linguagem da ordem vigorante.

12-03-1963

Assassinos e vítimas – 2

UM CASAL de velhos, e mais tarde uma anciã, assassinados por quadrilhas interessadas em dinheiro e jóias. Uma jovem senhora, assassinada na companhia do amante no Mirante Dona Marta, onde se sucedem assaltos e tiroteios. Juízes canadenses atacados à bala no Mirante Dona Marta. Um turista argentino ferido gravemente à bala durante um assalto. Uma jovem senhora, Dana de Teffé, que se tem por morta – o indigitado assassino teria pretendido apossar-se de seus bens. Dezenas de pessoas alvejadas em todos os pontos da cidade, quando opunham resistência a assaltantes. Mendigos assassinados por policiais que se apossavam do dinheiro obtido na mendicância. (Assinale-se que a onda de assaltos recrudesce nos fins de semana.) Finalmente, um rapaz é assassinado em Santa Teresa: os assassinos queriam dinheiro e não o obtiveram; pensaram então, em violar a mocinha que o rapaz namorava.

Raskolnikov reina no Rio de Janeiro. Diariamente se conquista o poder (dinheiro) pela violência; em escala individual, já se praticam as idéias que os políticos radicais disseminam. Mas o dinheiro obtido mediante o derramamento de sangue há de propiciar não a salvação, o estabelecimento da sociedade mais justa, e sim a ascensão ao modo de vida que a imprensa divulga como se fosse modelar: a violência recrudesce aos sábados. Em Santa Teresa se pretendeu violar a menina; o dinheiro é para a festa, a maconha, o álcool e a luxúria. Não há qualquer parcela de ódio nesses confrontos do assassino com a vítima, somente o desejo de possuir para gastar, tal como, ao nível do poder político e do poder econômico, o dinheiro do povo é canalizado para os bancos da Suíça e o produto do trabalho borbulha em forma de champanhe no Sacha's.

Os injustiçados foram, ademais, corrompidos; odeiam, isto sim, a miséria com a qual não estão solidários; não sonham com uma sociedade mais justa, ao contrário, consideram que a vida passa e não há futuro, e assim admitem o primado da sensualidade. Eles matam sem rancor, como as autoridades assistem indiferentes à agonia da infância famélica; matam e roubam, como um Ministro da Saúde pode comprar um iate com o dinheiro sem o qual será dizimada uma população assolada pelas endemias rurais. Uma vida humana não vale nada; é com este sentimento de inutilidade da vida que se aciona o gatilho do revólver apontado na direção do adolescente. Isto no Rio de Janeiro, em 1963. Algumas dezenas de anos atrás, no entanto, André Malraux, assinalava essa mesma concepção sombria do destino humano na velha China, cuja ancestralidade logo depois desmoronava para dar lugar à nova ordem que ainda hoje está vigorando lá.

13-03-1963

Assassinos e vítimas – 3

AINDA É preciso observar a cidade dividida em assassinos e vítimas, e desta vez serei francamente injusto para com as autoridades e para com as próprias vítimas. A *Última Hora* publicou, ontem, a fotografia de um rapaz amarrado a uma árvore e rodeado de rostos hostis. Ao mesmo tempo, a população começa a admitir como necessário e justo que cada pessoa se arme para defender-se, e o governador deu permissão aos policiais para que liquidem os delinqüentes que resistam à prisão. Acrescente-se um detalhe que não parece importante, mas é: os marginais detidos nas últimas horas, como implicados na morte do primogênito do meu bom companheiro Odylo Costa Filho, são meninos de menos de 18 anos.

Cabeça fria, leitores, cabeça fria sem prejuízo da compaixão, eis o que é preciso para tentar compreender o que está acontecendo. Nós nunca nos preocupamos com o destino das crianças que crescem na miséria, aquecidas pelo ódio, e agora descem dos morros para matar e roubar. E nós, que nunca anteriormente havíamos cogitado de fazer alguma coisa para que essas crianças fossem menos infelizes, estamos agora dispostos a estabelecer contra elas um pacto de ódio. As crianças vão ser amarradas nas árvores, como feras, e vão ser caçadas a bala. Já sei que um pequeno-burguês, atemorizado e justamente enraivecido, pode dizer com surpreendente clareza: "Sim, são crianças; mas são, sobretudo, assassinos". Peço, porém, licença para afirmar o contrário: – Sim, são assassinos; mas são, sobretudo, crianças. E nós somos responsáveis por isso, cidadãos do Rio de Janeiro, meus concidadãos: – tendes acaso o direito de liquidar fisicamente essas crianças somente porque elas estão assassinando vossos filhos? Mas não ouvimos, há pouco, o vosso clamor contra a matança de mendigos? Então, há circunstâncias em que é justo matar? É justo matar um assassino? Hein? É justo?

Não. Não posso admitir que, com poucas semanas de intervalo, já não nos pareça cruel condenar um ser humano à morte por afogamento; que esses poucos dias que nos separam das atrocidades do rio da Guarda tenham sido suficientes para nos transformar, a todos, em Tranca-Rua![6] Estou muito emocionado, embora tenha prometido conservar a cabeça fria... Amanhã, se me permitem, voltarei ao assunto.

14-03-1963

[6] O governador Carlos Lacerda fez uma campanha para acabar com os mendigos e muitos deles apareceram mortos no rio da Guarda.

Assassinos e vítimas – fim

NÃO POSSO ver com simpatia o ato do governador Carlos Lacerda, concedendo permissão à polícia para eliminar fisicamente os assaltantes que resistirem à prisão. Ainda que tal medida esteja conforme os sentimentos do povo ameaçado, aceitá-la implica admitir que, em certos casos, a polícia tem o direito de matar. Assim, retroativamente, estaríamos absolvendo, em parte, os matadores dos mendigos afogados no rio da Guarda.

Ora, o caso dos mendigos concretiza a suspeita de que a polícia carioca sempre matou, de modo que a permissão atual valeria tão somente para legalizar uma prática já iniciada ou para tornar claro que já se extinguiu o período de proibição do assassinato – o qual vigorava desde que a opinião pública se vira diante dos cadáveres retirados da água. Assim, aceita como verdadeira a suspeita de que a polícia habitualmente mata sem discriminar (um mendigo não é especialmente nefasto ou perigoso), por que haveria ela, agora, de separar os inocentes para fuzilar apenas os culpados? E, se a polícia está acostumada a matar, por que, agora, se poria a matar, entre os marginais, aqueles que assaltam, e, entre eles, apenas aqueles que resistem à prisão? Imaginemos um Tranca-Rua qualquer, que ainda os há soltos... Se ele introduz uma bala na cabeça de um criminoso e declara que o fez porque corria perigo de vida, quem nos garante que está falando a verdade? E por que não mataria ele um desafeto particular, para depois anunciar que o fizera por engano, pensando que a vítima pretendia atirar? Os mortos não prestam depoimento, e nada impede que um cidadão honesto seja assassinado e em seguida lhe tirem os documentos, constando dos autos, mais tarde, a aplicação da morte a mais um assaltante, este de identidade desconhecida...

Finalmente, admitindo, por mera especulação, que a licença concedida pelo governador à polícia seja razoável, cabe ainda uma pergunta: até quando deve ela ficar em vigor? E, chegando o momento de retirar a licença, deverá o governandor baixar portaria anunciando que, "a partir de tal data, ficam proibidos os assassinatos de delinqüentes"?

Resumindo: quando clamávamos que a cidade estava entregue a assassinos, o que esperávamos era que a polícia fosse posta na rua para assegurar nossa tranqüilidade. Isto é muito diferente daquilo que o governador, agora, nos promete. Pois o que ele nos promete, se não me engano, é uma luta de assassinos contra assassinos – de um lado, o delinqüente que mata por irresponsabilidade, e, de outro, a polícia matando com o consentimento da autoridade superior.

PS – Esta crônica já estava escrita quando o governador, na televisão, advertiu que serão presas todas as pessoas que estiverem sem documentos. Ao mesmo tempo, chegavam à Redação reclamações de pessoas incomodadas nas filas dos ônibus: a polícia queria os documentos. Não tenho má vontade contra o governador da Guanabara, mas ele parece disposto a nos punir, a todos, porque não estamos satisfeitos com a onda de crime que varre a cidade... Insisto: pedimos policiamento nas ruas, não estado de sítio.

15-03-1963

Vermelho, verde

PENSANDO em muitas coisas, imaginando outras, enquanto pela janela do lotação contemplo a paisagem que me é familiar. Essas viagens da Zona Sul para a cidade, e a volta, me fazem bem. Não presto atenção aos outros passageiros; e se o acaso me faz viajar com um amigo mais chegado que seja, tenho que fazer força para não demonstrar a irritação que isso me causa. Consideram-me extrovertido os que me conhecem, mas se me vissem no lotação, perceberiam que sou na verdade um neurastênico. Também me consideram um bom papo, mas isso não me dá prazer. Mal sabem que, no fim de uma noite, depois de passar muitas horas conversando sobre seja lá o que for, abro zangado a porta do meu apartamento, murmurando com os botões o desabafo que a delicadeza e a timidez me impedem de gritar a todo ser humano: "Oh, deixem-me em paz".

A enseada de Botafogo, com seus barcos azuis, brancos, e as velas que o vento não agita. Passo por aqui diariamente há tantos anos, e no entanto, diariamente, ao vê-los estagnados na água cor de mercúrio, surpreendo minha cabeça a recitar, alegre, versos de Valéry: "*Ce toit tranquille où marchent des colombes*"... Palpita entre os pinheiros e entre tumbas: ao meio-dia, aqui compõe seus fogos o mar, o mar sempre recomeçado... À força de recitar o original e recordar em seguida uma tradução linear que fiz há muitos anos, quando aprendia o francês, não vejo mais distinção entre as palavras do poeta, minhas próprias palavras que tentam recompor seu poema e essa poça de mar; esse charco de zinco que não se move nunca em Botafogo e sobre o qual os barcos e lanchas parecem atolados.

Além, o Pão de Açúcar. Um avião se ergue docemente entre a baía de Guanabara e o céu, que tem na bainha algumas nuvens semelhantes a um solo depois de arado, ou nos punhos, e cabeça de um poodle... Quando Deus estava fazendo o Brasil, só faltando o Rio de Janeiro, creio que recebeu com um sorriso malandro o sorriso dos anjos e outros personagens celestes, que acharam aquele país uma beleza de lugar. Creio que Deus disse, com certa malícia e não sem orgulho: "Está realmente belo, modéstia à parte. Mas vocês ainda não viram nada!" E talvez adiasse por uns dias a fabricação da Cidade Maravilhosa, só para aumentar a expectativa dos seus plenamente luminosos convivas.

O sinal vermelho interrompe minhas divagações. Recupero as noções que me prendem ao que há de pior na cidade: o calor, que faz a camisa aderir à pele suada, a impaciência do tráfego, as obrigações que devem ser cumpridas. Mas o sonho e a paisagem e a brisa tornaram mais suportável essa realidade de todos os dias. Espero, tranqüilo, o sinal verde.

12-04-1963

O Rio é assim, Lucinha

O ESTADO da Guanabara, Lucinha, se você crê que sou capaz de defini-lo, é panoramicamente uma confusão maravilhosa de sol, montanha e mar, uma explosiva combinação de verdes ondulantes e rumorejantes sob uma claridade implacável. Sendo a mais vaidosa das cidades, cercou-se de colinas e montanhas do alto das quais os olhos vêem, admiram e fotografam as suas formas surpreendentemente variadas. Vista de avião, ao menos pelos que a amam, esta cidade parece sorrir.

O Rio de Janeiro – sim, Rio de Janeiro. Estado da Guanabara é uma ficção que envolve a cidade como um celofane, sob o qual, contudo, esplende a verdade de que continuamos vivendo no Rio de Janeiro – conhece alegrias coletivas (o prazer de viver) que periodicamente misturam ricos e pobres numa embriaguez dionisíaca, incomparável e até seria possível dizer improvável, dada a violenta diferença que separa a prosperidade mais escandalosa da miséria mais dura. Como em Argel, quando Albert Camus era uma criança pobre, aqui também os luxos da natureza estão ao alcance de qualquer um e, como um vinho miraculoso, uns ventos descem às vezes e inoculam felicidade nos transeuntes, sem distinção. É duro, nessas condições, levar a vida demasiado a sério, e é por isso que o cidadão carioca é capaz de perder um bom negócio por ter ficado muito tempo olhando alguns pombos de praça pública ou vendo algum mendigo engolindo pregos e soltando fogo pela boca a troco de moedas. Vivendo num clima e numa paisagem que estão sempre de acordo, o carioca – que tanto pode ter nascido aqui quanto em Tegucigalpa, de onde chegou há dois meses – é afetuoso, brincalhão, um tanto lerdo e sonhador. Trata-se de um indivíduo que, dependesse dele, todos os dias da semana seriam domingos, sendo a segunda-feira o inimigo público número um.

Politicamente somos tão evoluídos que até os animais algumas vezes têm sido por nós eleitos para cargos importantes: entre os antigos vereadores havia de tudo, inclusive zebras e asnos, e com a transformação da Câmara dos Vereadores em Assembléia Legislativa, não creio que tenha havido modificações sensíveis nesse aspecto.

Atenção especial deve ser dada, aqui, às mulheres, de todas as idades, brancas, morenas, mulatas, todas adoradas, espiadas, flertadas, desejadas por todos os homens em toda parte e a qualquer hora, sendo este o tema dominante da alma carioca.

30-10-1963

Antes do jogo

HOJE À NOITE haverá uma festa. No Maracanã todo iluminado veremos o Santos Futebol Clube enfrentando o Milan Associazone Calcio. Aos milhares, nas arquibancadas, estaremos todos unidos, cada qual sentindo a alegria toda especial de ser brasileiro. Haverá bandeiras, fogos e gritos de entusiasmo e apreensão. Haverá lindas mulheres especializadas em só ir ao Maracanã quando todo mundo vai. Nesta embriaguez nenhum outro povo nos iguala.

Hoje eu queria fazer um discurso inflamado, cheio de palavras bonitas e, se possível, sem sentido. Teremos a honra de ver Pelé cortando leve como navalha o lado direito dos adversários? Ah! Certamente veremos Coutinho, o gorducho, trabalhando a bola com raiva. E seremos solidários com Amarildo, que, vestindo a camisa estrangeira, ao entrar em campo será esmagado pela saudade. Pobre Amarildo: aquela torcida é a dele, foi naquela grama que ele cresceu, e ele só tem velhas amigas entre as estrelas que brilharão esta noite sobre a sua cabeça. Como poderá, sem lágrimas, rolar a bola na direção contrária? Mas assim é a vida e para ele o futebol é profissão: de qualquer modo, contará com a nossa solidariedade – desde que, evidentemente, não jogue demasiado bem...

Hoje, nos mais diferentes veículos, viajaremos todos na mesma direção e tomaremos lugar, lado a lado, formando uma compacta consciência, um gigantesco *frisson*. Ficaremos atentos aos inesperados desenhos que 22 homens podem fazer e desfazer quando uma bola de couro os desafia. Ai! A bola é deles, a macia bola é deles, de seus pés é que ela rola, quica, voa. Somos os escravos desses pés e pedimos em vozes entusiásticas que eles nos obedeçam como se fossem os nossos próprios pés: e quando nos obedecem, a nossa alegria! E quando nos falham chutamos o ar em desespero, erguemos o punho fechado – e perdoamos, esquecemos, isentamos aqueles pés de culpa e dizemos com raiva: "O juiz é ladrão." Graças a Deus há um juiz em campo, pois de outro modo, em determinados lances, o nosso desespero seria sem remédio.

Hoje o Brasil existe em forma de mapa, fogueiras iluminam as cidades. Em cada casa, em cada bar, em cada praça os brasileiros estarão reunidos diante dos rádios. Humildes camponesas, que nunca viram uma bola nem foram jamais a um campo de futebol, ficarão contentes sem saber por quê. As mulheres que ficaram preocupadas com o sofrimento dos homens ao pé do rádio, quando avançarmos simetricamente contra o arco adversário elas ficarão alegres, cheirosas e tentadoras: é que os homenzinhos delas estarão contentes, magnetizados pelos locutores apopléticos.

Descendo do presidente da República até o camponês que sonha com um pedaço de terra, seremos milhões de amigos: a bola que corre neutraliza os ressentimentos. Eia! Sus! Avante, Santos Futebol Clube!

14-11-1963

Ideologia de verão

FELIZES são aqueles que vão à praia nos dias úteis. Nós aqui, dando duro neste forno que é a cidade, e eles mergulhando na água gelada, ouvindo rádio à sombra dos guarda-sóis, circulando em torno das moças de elásticas peles douradas. Quando passo pela praia, a caminho do trabalho, tenho vontade de gritar a esses vagabundos: "Comunistas! Vocês me pagam! A democracia vem aí!" São todos uns comunistas, disso não tenho a menor dúvida: cada qual estabelece o seu domínio num círculo de sombra hasteado sobre a areia e declara (sem que o governo tome qualquer providência) que o verde mar é propriedade de todos os que fazem parte da corriola canicular. Mas eles me pagam; a qualquer momento a democracia chega, apaga o sol, enruga essas peles atualmente elásticas, e acabou-se o que era doce.

Na avenida Rio Branco, ao meio dia, o calor tisna as pestanas dos que trabalham. Despachantes, advogados, funcionários do Ipase, camelôs, mendigos com gigantescas pernas, todo mundo transpira por todos os poros e passa o lenço na testa e amaldiçoa o verão que nas praias é uma benção. Os homens de paletó no braço mostram a pele branca de suas espáduas sob a camisa empapada de suor. Algumas senhoras seguem tão suavemente pelas calçadas que apenas suam nas axilas e sobre os lábios. Mas os homens vão apressados, pois devem tratar dos papéis de sempre e também porque homem andando muito lentamente a gente desconfia: ou doido ou está perto disso.

Entre as pilastras do Ministério da Educação, a qualquer hora, temos o consolo do vento que sopra em todas as direções. Amplos vestidos se erguem roçagantes, cabeleiras se desanuviam, mocinhas ainda muito tenras vão estudar francês, tangidas pelos namoradinhos que abriram dois botões da camisa. Ali, ao menos, há uma trégua, dir-se-ia estarmos à sombra de mangueiras, o hálito que vem do mar confere à claridade uma tonalidade verde e alguém corre atrás de papéis que o vento transformou em catavento.

As nossas têmporas latejam debaixo do fogo que destrói a avenida Presidente Vargas, mas em Copacabana, Posto 6, na varanda do Lucas, com a pele estalando de tão inteiriça, as moças de olhos azuis que chegaram do Uruguai e se hospedaram no Hotel Regente comem o que há de mais saudável e apetitoso, por exemplo: quatro colunas de fumegante rabada com batatas cozidas, acompanhadas de um chope tirado por mão de mestre.

E nós aqui, na dureza da vida cotidiana, datilografando sob o sol que range... Somos tristes, nós outros, quando formamos a fila do lotação. O nosso estado é lastimável. As mãos que se apertam pegajosas logo se desapertam, os colarinhos se desapertam, as gravatas se afrouxam e tudo no interior do veículo é forno e azinhavre. Nós nesta situação, e aqueles vagabundos e suas respectivas beldades tinindo de sol e ócio!

28-11-1963

Ainda o Sacopã[7]

TANTOS anos depois do assassinato do bancário Afrânio, só se poderia admitir um livro ou um filme cuja intenção fosse estabelecer a verdade. Mas vamos hoje ao cinema e nos servem mistificação. É possível que nosso amigo Cláudio Melo e Sousa aprecie este filme, *Crime do Sacopã*, pelo ângulo em que é perito; quanto a mim, como espectador, estou na obrigação de fazer alguns reparos.

Não tem importância que tudo seja inverossímil. Os personagens se encontram na rua, por acaso, e passam o tempo todo em pé ou telefonando; mas isso não tem importância. A mistificação começa com a advertência de que qualquer semelhança com os fatos é mera coincidência, quando o protagonista é justamente o antigo oficial da Aeronáutica, Alberto Jorge Franco Bandeira, interpretado pelo próprio. E surge na tela, em seguida, uma versão comentada do crime. A vítima – como esquecer que tudo começou com a morte de um homem? – mas a vítima, o bancário, é apresentado como um chantagista e um conquistador sem escrúpulos. O filme se constrói segundo a idéia de que a vítima merecia ser assassinada; era um homem mau atuando num universo de inocentes; sua eliminação teria sido uma medida higiênica. E o indigitado matador – Alberto Jorge Franco Bandeira – não é exatamente um ser humano. Trata-se da pessoa mais bondosa, casta, ingênua e bem intencionada que jamais houve. Só faltam as asinhas de pena de galinha branca para estarmos em presença de um anjo. À certa altura, acometido por uma lucidez fora do comum, tive vontade de telefonar para a polícia a fim de elucidar de uma vez por todas esse famoso mistério carioca. "Sr. delegado", diria eu, "quem matou o Bandeira foi o Afrânio".

7 Sobre um famoso crime passional: o tenente Bandeira foi condenado a 15 anos pela morte de um bancário, em abril de 1952.

Já se passaram onze anos e se há realmente um figurão envolvido nessa história, por que o excelente repórter Ubiratã de Lemos (autor do argumento cinematográfico) não se põe em campo para coligir as provas necessárias para a revisão do processo? Por que essa mania de crer na inocência humana? A nossa alma é um lamaçal capaz de estremecer os mais valentes, e as vítimas das nossas paixões é que merecem a nossa simpatia. Em nome do bancário assassinado é que se deve procurar a verdade; e se o ex-tenente Bandeira não matou, por que se entrega ele docilmente àqueles que ainda hoje ganham dinheiro às custas do que restou de duvidoso no caso do Sacopã? Já estamos cansados de tanta inocência, ninguém suporta viver muito tempo numa cidade na qual os anjos circulam impunemente...

Quase sempre, os que investem a bandeira da verdade estão empunhando o estandarte da hipocrisia. Nesse filme, em dado momento, a hipocrisia tira os óculos azuis. O inocente, pouco antes do julgamento, é procurado por uma bela senhora. Ela propõe divulgar que passara a noite do crime nos braços do inocente. Jogará a honra no bueiro para redimir a inocência. Assim quer o filme. Porém qualquer pessoa dotada da mínima noção de moral, concluiria que o que ela deseja é lançar o marido no bueiro... De qualquer modo, o anjo sem asas, Alberto Jorge Franco Bandeira, recusa o sacrifício.

No processo do Sacopã não faltam provas nem testemunhas. O que falta é honestidade. Os que incriminaram Bandeira tumultuaram de tal modo o processo que é, realmente, difícil esclarecer definitivamente o caso. Mas aqueles que o julgam inocente agiram da mesma maneira. Os abutres estão em todos os lados. A discussão sobre quem matou parece ter sido desencadeada para que o público esquecesse que alguém morreu. Todos esses interessados não apenas ajudaram o assassino a tirar a vida do bancário, como cuspiram em cima do cadáver. O que é preciso ser dito é simplesmente isto: a conduta da vítima, durante a vida, não redime seu assassino. O filme *O Crime do Sacopã* é mais um documentário destinado a sujar a memória de um morto. Trata-se da reiteração do assassinato e aqui estou eu protestando como é preciso.

03-12-1963

Na calçada

PRIMEIRO o povo correu em todas as direções, aterrorizado. Ninguém sabia direito o que estava havendo, mas só podia ser alguma coisa da qual é preciso fugir depressa. Os veículos frearam bruscamente enquanto a pequena multidão se dispersava. Depois, como não se ouviam explosões nem estampidos, todos concluíram que o perigo havia passado e, em conseqüência, decidiram retornar ao local do fato, como dizem os repórteres de polícia. E assim todos eles rodearam o *fato.* A jovem senhora, cujo decote começava nas espáduas e terminava, ou melhor, mergulhava vertiginoso num trecho terrivelmente perturbador do corpo. Um casal de turistas argentinos típicos, ele com os cabelos negros brilhando e ela, loura oxigenada. Uma senhora mulata, pobremente trajada, calçando no pé direito uma sandália japonesa e tendo o esquerdo descalço. Um menino preto com a caixa e apetrechos de engraxate. E uma menina morena, de cabelos curtos, que chorava. Todos apreciavam o fato.

Eram quatro horas da tarde, avenida Nossa Senhora de Copacabana, e o fato era uma mocinha que acabara de atirar-se do 12º andar de um edifício. Lá estava, no chão, morta, piedosamente oculta da curiosidade e compaixão pública por um lençol que ninguém sabe quem havia trazido. Teria quantos anos? Que cor teria sua pele? Qual seria o seu nome? Estas e outras perguntas eram pronunciadas pelos apreciadores consternados daquele fato brutal. Algumas respostas também circulavam, porém sem confirmação. A menina que chorava é que devia saber de tudo, mas ela chorava obstinadamente e, qualquer que fosse a pergunta que lhe fizessem respondia invariavelmente assim:

– Eu não quero voltar para lá! Não quero! Ninguém me manda! Eu não quero voltar para lá!

Não queria voltar para lá e na mão que levava aos olhos, para enxugar as lágrimas, empunhava firmemente uma chave. Seria a chave da casa para a qual não queria voltar; a mesma casa da qual a morta se precipitara, isto é, um apartamento situado doze andares acima de nós? Perguntas irrelevantes, pois amanhã os jornais contariam tudo. O melhor era apreciar o fato em si, com a consternação conseqüente, embora o calor ambiente recomendasse programas mais amenos. Então apareceu um homem, nordestino visível com uma cara serena que só poderia pertencer a um porteiro de edifício. Ele esclareceu: desaparecia dinheiro no 12º andar. A mocinha ganhava pouco e contudo, ao anoitecer, ia namorar trajando roupas caras, jóias falsas, porém fora das suas possibilidades aquisitivas. A patroa raciocinou: só pode ser essa a ladra. Do raciocínio, passou o dedo em riste à acusação brutal. A mocinha pulou da janela: para provar, com o fato esmagadoramente irreversível, a sua inocência, ou simplesmente porque, durante toda a sua curta existência, apenas esperava esse sinal de hostilidade do mundo para desistir de viver?

Com o tempo, e o calor, o fato foi ficando menos interessante e todos seguiram os destinos próprios, na avenida cheia de sol cujas vitrines rebrilhavam.

13-12-1963

O Fla-Flu

O FLA-FLU é para ser visto no meio do povo, perdido no seio da massa rubro-negra, que é o próprio povo cheio de esperança e entusiasmo. Faltam três horas para começar o jogo e já não há lugar para mais ninguém nas arquibancadas. Mas sempre há lugar para mais alguém; o povo se comprime, se encolhe, pragueja, empurra e finalmente volta a olhar o gramado: mais um indivíduo que, ao entrar no estádio era uma pessoa com identidade e drama pessoal, se desmancha em multidão e se incorpora no grito imenso, mais claro e, de certo modo, mais terrível que o sol que nos ilumina. A multidão é um gigantesco organismo antropófago e devora quantas pessoas se aventurem no seu seio. No auge da impaciência (o sol nos olhos, o jogo que não começa, a hipótese razoável da derrota), os que chegam são devorados brutalmente. Inumeráveis braços erguem os que chegam e estes se despencam sobre as cabeças, rolando degrau por degrau, desaparecendo e ressurgindo, aflitos, atônitos, humilhados nos braços da multidão que solta risadas divertidas. É o próprio povo que brinca com cada um dos seus números. Como uma gata jamais esmaga o filhote sob a pata, o povo também finge destruir quando na verdade está incorporando. E, então, num lance da queda, duas partículas piedosas se afastam e uma nova pessoa perde a identidade: senta-se, respira fundo e é o povo.

Bandeiras tremulam, risadas, palmas, gritos iluminam a multidão colorida que vai sofrer e vibrar daqui a pouco. No meio de todos nós, botafoguenses convictos, cá estou eu, empunhando às vezes o estandarte do Flamengo confeccionado especialmente para o nosso amigo José Estelita. Torço pelo Botafogo, mas quando o Botafogo não joga, sou Flamengo. É fácil dizê-lo, mas é a pura verdade que agora me clareia e entusiasma: o Flamengo é o Botafogo do povo. Direis que o Fluminense é também o povo; mas o povo selecionado, uma parcela de povo que aspira a distinguir-se de todo: trata-se de uma coletividade que luta por uma ascensão diferenciada – uma espécie de ânsia de aristocracia – enquanto o torcedor do Flamengo almeja a perder-se, mais e mais, na massa de que é um pedaço.

Começa e termina o jogo, e nada sucede. A figura mais estranha num campo de futebol é o goleiro. O futebol existe para que uma bola chegue, de um modo ou de outro, a uma das redes. Mas o goleiro está ali, justamente, para impedir que tal aconteça. Quando tudo está pronto e basta um chute para que a bola entre, o goleiro interfere, salta, agarra a bola e começa tudo outra vez. Trata-se de uma entidade metafísica encarregada de fazer fracassar qualquer esforço humano. Quem inventou o futebol foi Deus, mas o goleiro, sem dúvida alguma, interpreta no campo a grande palavra de Franz Kafka.

Zero a zero – o Flamengo não ganhou, mas o Fluminense perdeu. É a lei: Flamengo campeão. A alegria da multidão arrebata, ninguém pode ficar indiferente. Mais tarde, numa rua da Zona Sul, um mulato embriagado passará cantando, erguendo sobre a cabeça a bandeira legendária. Os curiosos que dele se aproximem ouvirão esta engenhosa explicação para o fascínio que o Flamengo exerce sobre o povo:

– Quem torce pelo Flamengo e casa com mulher feia, dorme descansado. Com o Flamengo ninguém pode, mulher feia ninguém quer.

17-12-1963

Posto zero, Posto 6

Manhã

Quando amanhece em Copacabana o sol vem surgindo cor de gema de ovo no horizonte e também surge um navio no horizonte (sem fumaça na chaminé), e no Posto 6 os pescadores começam a puxar a rede auxiliados pelos boêmios que saíram da boate, que vestiram o calção e foram curar a ressaca com um mergulho, e ao longo da calçada um leiteiro conduz o seu carrinho, as garrafas de leite tilintam, um automóvel conversível com a capota arriada corre em alta velocidade levando quatro casais adolescentes, os quais passaram a noite no Jirau, e agora vão dormir, e lá vem um bêbado cambaleando no meio da bruma e da iluminação difusa do dia nascente, ele bebeu sozinho durante toda a noite e agora caminha trôpego, respirando fundo, indo atrás de um botequim onde beberá água com alka-seltzer, e pedirá depois um copo de leite, dois ovos quentes e uma cafiaspirina, para ver se aquela tonteira passa (mas a tonteira vai custar a passar), enquanto isso algumas luzes se acendem em janelas dos edifícios adormecidos – e, finalmente, enquanto a luz da manhã se irradia sobre o mar e as nuvens aparecem branquinhas, os globos dos postes, ao longo de toda a praia, se apagam.

Tarde

Durante a tarde em Copacabana, junto ao mar, os brotinhos passeiam nas calçadas de pedrinhas sinuosas, as jovens mães conduzem seus filhos em carrinhos brancos, os automóveis passam ofuscados pelo sol, namorados jovens se namoram nos bancos sem sombra, um turista sexagenário atravessa descalço o asfalto que o sol derreteu, os meninos jogam futebol na areia – e ao mesmo tempo, na avenida

Nossa Senhora de Copacabana, as mulheres mais elegantes do país estão fazendo compras nas butiques, elas cheiram bem durante a tarde (sabonete e, na orelha, *dioríssimo*), e elas usam sandálias e estão decotadas, e usam também óculos escuros, e param em todas as vitrines, e compram sem parar, e depois vão ao cinema carregando pequenos e coloridos embrulhos.

Noite

Quando anoitece em Copacabana, as mocinhas voltam a passear na calçada de pedrinhas, mas antes passam pelo Bob's, onde tomam um sorvete e fazem cabelo-sobre-o-olho, elas sorriem na flor da idade, pentearam-se descuidadosamente, os rapazes passam leves nas suas lambretas e nos seus automóveis à procura de namoradas, as crianças já foram para a cama e agora a noite pertence aos adultos. Os bares estão cheios de gente, o Lucas, o Miramar, o Alcazar, o Excelsior, a Fiorentina e até o Bolero (um bar família até às sete da noite, e depois...), em todos os bares os homens que vieram da cidade tomam cerveja em silêncio nas varandas. Todas as luzes se acendem para oferecer aos navegantes, do mar e do ar, a imagem batida da pérola da Guanabara. Haverá ainda um momento especial da noite, a partir das dez horas, quando as boates começarão a receber os seus fregueses habituais. Há em todas as ruas um sentimento, uma cor, um som de festa e felicidade. Estamos no bairro mais frívolo, o mais sofisticado, o mais cosmopolita do nosso amado Brasil. As indumentárias são coloridas, esportivas. Soam risos altos nos bares e nas esquinas. Começam novos amores, desmoronam velhas e sofridas paixões. Todo mundo parece pensar exclusivamente em amor. Todo mundo parece nutrir secretamente a opinião de que o mundo vai acabar amanhã. Alguém se suicida silenciosamente num apartamento de quarto-sala.

23-01-1964

Brasil, Pelé[8]

LÁ DO OUTRO lado está a multidão, com suas roupas multicores. Com as cores da multidão, poderíamos tecer as formas de todas as bandeiras. E lá no gramado está o menino negro, Édson, delicado toureiro. Lá no gramado está o menino negro, com os pés plantados no chão e a cintura em movimento circular. Um bamboleio dos rins, nada mais do que uma dança dos rins – os pés fortemente plantados no chão – e todo o desenho se desfaz no gramado, a bola é dele. Com a bola ele avança, galopa, o seu ombro é uma navalha e corta um lado dos adversários. A bola é dele e ele é da bola e dessa aliança nasce uma alegria e essa alegria nos arrepia. Hoje é só ele quem joga, o time não funciona, Gérson está pensando em outra coisa, Julinho deveria ter ficado na beira do rio a pescar, o Feola está com as mãos cruzadas sobre a barriga a pedir a Deus que a bola fique com ele. Então lá vai ele, com o ombro de navalha, a ponta do pé transfigurada em focinho de foca, passando por trás das pessoas e a bola pelo outro lado, a brincar de vamos fingir que vamos passar por aqui e vamos passar por lá, e – lá vai a bola aos pés de Rinaldo, e o chute de Rinaldo é um prolongamento do corpo de Pelé. Gol! Os sorveteiros lá do outro lado conduzem suas caixas amarelas em linha de colar ao longo da bandeira de mil cores que é a multidão amalgamada. Pelé se eleva do chão e, no ar, brande contra a noite o punho fechado em forma de tocha e em sinal de vitória.

Chove no mapa do Brasil; faz frio. Nos botequins do interior, chega pelo rádio a notícia do gol. Em pé, junto ao balcão, homens bebem cachaça, fazem careta, cospem no chão e passam a mão na boca molhada. Todos com a imaginação voltada para o Maracanã: a imaginação

[8] Sobre o 5 x 1 do Brasil contra Inglaterra, pela Taça das Nações, no Maracanã. Na final deu Argentina, contra a Inglaterra.

joga tanto quanto Pelé. Que é Pelé? Quem é ele? Pelé são todos aqueles homens que bebem cachaça em pé no balcão; Pelé são as notícias do Brasil para os que estão presos. Os doentes perguntam às freiras, nos brancos hospitais: "Quem vence?" – e as freiras: "Acho que Pelé está bem" – e, enfim, o Brasil prossegue, os doentes adormecem sobre o ferimento, as desavenças passam e o sentimento de consangüinidade permanece. Pelé nos une, não nos separa: Pelé é o mediador, nós nos encontramos nele.

02-06-1964

O eclipse

ENTÃO EU disse: bom, vou ao cinema ver *Tom Jones*, e estava uma noite nem fria nem quente e fui andando pela avenida Nossa Senhora de Copacabana, dobrei para a Barata Ribeiro e encontrei uma fila na porta do cinema, voltei a zanzar e disse: nunca mais vi o mar, e quando vi o mar eu vi o mar escuro azul profundo e um céu redondo azul mais leve, com poucas estrelas, e no alto a lua cheia com o pé machucado, isto é, bem enfumaçado o pé da lua, e no grande arco de areia havia fogueiras e crianças com blusas vermelhas e os balões subindo, e as crianças a pular e a gritar, e na calçada havia muita gente, crianças e mulheres e homens e todos com roupas festivas, e automóveis engarrafados sem impaciência, era uma festa, todos olhavam para o alto, para a lua com o pé quebrado como um ovo que se procura pôr de pé, e depois a mancha foi subindo, era o eclipse, na noite de 24 de junho de 1964, começava a apagar o balão de lua que algum anjo soltara de lá do outro lado do mundo para festejar São João e a gente na janela olhando, e homens barrigudos e solitários a consultar a lua por trás de seus binóculos, e as crianças perguntando por que a lua estava diminuindo, e as mães encabuladas – "é o eclipse", encabuladas por causa do eclipse, que é uma festa coletiva, gratuita, culta, duradoura e inesquecível, e as crianças perguntando que diabo vinha a ser um eclipse, e as mães dizendo que não sabiam, eclipse era eclipse e não havia outro modo de dizê-lo, e os engraçadinhos comentando que haviam cansado da claridade da lua, e outros ainda achando que ela tinha, afinal, entrado no plano de racionamento de energia elétrica do estado da Guanabara, o fato é que a nossa bela amiga foi apagando, apagando, ficou uma fatia de luz como um pedaço de melancia atirado na lata de lixo do firmamento, e os balões subindo e pegando fogo no alto, tangidos pelo vento nem quente nem frio, no ano de 1964, muito duro, de enigmático desdobramento, nessa noite em que as crianças vestiam roupas de roça no afã de reviver o mito da ingenuidade feliz dos camponeses, mito quebrado, ingenuidade desmentida e felicidade problemática, e todos nós ali, diante do mar, debaixo do eclipse, até que a lua apagou e ficou apenas uma rodela densa de escuridão, como uma rodela de lingüiça inserida numa fatia de carne assada, e tudo era escuridão, incerteza, tímida esperança, na beira do mar, o mar brasileiro, debaixo do eclipse.

26-06-1964

Manhã

QUE DIA maravilhoso! Devia haver uma lei considerando ponto facultativo uma segunda-feira assim. Sol e céu azul. As primeiras mulheres douradas do verão vindouro já estão circulando na manhã tépida. Um camarada vai de automóvel, sem camisa e com chapéu de palha, ao lado da mulher. As crianças estão no banco de trás. Pergunto ao motorista do táxi: "Como é que ele faz para ir à praia numa segunda-feira? De que é que ele vive?" O motorista: "Nós estamos trabalhando para ele, doutor". De fato. O motorista guia o táxi e me leva para a dura faina, enquanto aquele malandro vai à praia com a família. Enfim, quem sabe se não é um cronista? Pois dizem que os cronistas não fazem nada, nunca...

A Lagoa está linda debaixo do sol. A favela está linda debaixo do sol. Sabemos que há sofrimento dentro desses barracos de madeira; sofrimento, miséria, uma existência feia. Mas neste momento, sob o sol, é colorida e festiva a arrumação dos barracos; dir-se-ia que os seus moradores são felizes. O sol no céu azul é um luxo de que todos se aproveitam igualmente. As lavadeiras torcem as roupas na beira da Lagoa. Os meninos jogam futebol na beira da Lagoa. Pelo menos por fora, o Brasil é belo. Que país bonito para a gente ser feliz! Que lugar bom para a solidariedade! Há muita injustiça por dentro, mas por fora Deus é brasileiro.

O mar, o mar, o mar. A todo instante colidimos com o mar. Lá está ele, fervendo de indignação. De que se zanga o mar? Zanga-se, creio eu, por ser obrigado a trabalhar numa segunda-feira de sol, depois de um longo e tenebroso inverno. Zanga-se porque trabalha sem parar e ganha-se pouquíssimo... O mar é um desajustado social. É também um animal lascivo e com olheiras verdes. Vejam como ele lambe as pernas da loura que conheci quando tinha apenas quatorze anos, agora deve ter dezenove, está esguia como uma palmeira de cabelos louros e usa um biquíni com cores que lembram o Havaí, oh penugem dourada no lado de trás dos joelhos, pernas absolutamente corretas, pés grandes! Aquela moça casou e não fala mais comigo porque o marido é ciumento. Uma vez eu a encontrei num bar e ela me disse: “Vamos conversar um pouco enquanto meu marido não vem. Quando ele chegar, finja que não me conhece”. Estávamos sentados em tamboretes junto ao balcão. Ela estava severa, ciosa de ser casada e séria aos dezenove anos; estava um pouco triste, como acontece às pessoas que levam a vida a sério. Depois o marido chegou, fingi que não a conhecia, paguei a minha laranjada e fui-me embora. Mas, meu caro marido, você está muito bem servido, seu malandro! Estou vendo a sua jovem mulher no mar, nesta segunda-feira; o mar está acariciando as pernas dela... Toma cuidado, ciumento! Pois o mar é fogo!

Então, na avenida Nossa Senhora de Copacabana, em frente ao Rond Point, vemos uma outra mulher, morena, com vestido preto, gorro amarelo e uma flor vermelha na mão. Também é jovem, e o fato de estar com uma flor na mão lhe confere um prestígio fabuloso. Como a pomba com o ramo de oliveira no bico, ela anuncia a primavera.

25-08-1964

O solteirão

FOI UMA noite agradável, embora sem temperança. O homem acordou sem disposição para trabalhar, porém contente. Feliz e sonolento e meio encabulado por ter sido vulnerável durante a noite. Prometera solenemente nunca mais se mostrar vulnerável, e quebrara a promessa. Mas ele sempre se perdoava: era um homem muito compreensivo. E agora, perdoando-se, olhando-se no espelho e pensando: "não vou fazer a barba", ele estava contente. Afinal de contas, num país em que todo mundo toma toda espécie de providências, boas ou más, para o bem ou para o infortúnio da coletividade, deviam ser aplaudidos de pé os homens que de vez em quando perdem a linha, bebem além da conta, ciscam as senhoras alheias etc etc.

Depois de alguns dias de crise e criancice, aquele homem estava novamente crescido, senhor de si. Deliberara ser solteirão e ler o *Eclesiastes*. Nunca mais andaria no encalço das damas e nunca mais desperdiçaria sua alma em divagações inúteis. Acreditava ter nascido para ler, palavra por palavra, o *Eclesiastes*, em seu apartamento transformado em claustro, de costas para o mar e indiferente às penumbras musicalizadas em que os pares dançam.

Mas, oh, lembrou-se ele, está atrasadíssimo. O Adolfo Bloch te espera para trabalhares na revista dele. Tens que trabalhar bastante, se quiseres ter algum dinheiro para entregar ao Imposto de Renda. O marechal Castelo Branco[9] pensa que cronista e atacadista são a mesma coisa. Pensa que escrever palavras e vender feijão resultam no mesmo lucro. Há que trabalhar, portanto: ergue-te, brasileiro, e avança!

---

[9] Presidente da República após o golpe militar de março de 1964.

Desceu do elevador, e na rua viu as pessoas de sempre, nas atitudes costumeiras. Um homem com uma perna inchada exposta à visitação pública, na calçada, futucava um buraco do dente. Uma senhora que dorme na frente de uma loja estava acordando naquele instante, e bocejava. Outra senhora, muito asseada, tomava banho no pequeno lago que existe ali na avenida Princesa Isabel, embora no local todos possam ver uma placa avisando que há uma substância química na água. Indiferente a isso, ela, só de calcinha e soutien, apanhava a água numa lata de gasolina que pedira emprestado a um motorista de táxi, e jogava a água por cima da cabeça e se ensaboava em todos os lugares... É uma senhora pobre, mas limpinha. Todo dia toma banho ali.

O homem viu tudo aquilo – essas coisas habituais em Copacabana – e foi andando na direção do trabalho. Estava satisfeito, apesar de tudo. É muito difícil ficar aborrecido no Rio de Janeiro, rodeado assim de montanhas e ondas de mar.

08-10-1964

Olhos novos

TUDO COMEÇOU quando vim morar na beira do Leme. Pela janela vejo o lugar onde era o Vogue, e me lembro de algumas noites. Também me lembro do incêndio que destruiu aquele prédio, e me pergunto (ao mesmo tempo bato na madeira) como faria para descer do sexto andar em caso de bloqueio da escada. Realmente estranha cidade, essa nossa: aqui, todas as negligências são perdoadas no momento em que as tragédias saem das manchetes. Onde estão as escadas de incêndio? Depois do Vogue, tivemos o incêndio do edifício Flórida; e depois recomeçamos a vida imprudente.

Mas não se pode entreter por muito tempo tais pensamentos, e assim, depois de examinar por dentro e por fora o préio onde moro, minha curiosidade resvalou para os edifícios em geral, esquecendo o problema da segurança em geral que acaso ofereçam. Fui olhando as fachadas. Entrei num ônibus e viajei para o Centro, sempre reparando nas fachadas e nos tetos. De repente, num milagre devido a minha inconstância, a cogitação mórbida se apagou completamente e vi, maravilhado, a cidade do Rio de Janeiro. Tantos anos vivo dentro dela e ainda não prestara atenção às velhas casas que há pelo caminho, algumas tristonhas, porque em ruínas, outras carunchosas e sempre fechadas, e os morros de um verde vivo, no alto dos quais há bucólicas choupanas plantadas ao pé de árvores de redondas frondes, e a variedade de edifícios residenciais, alguns de arrojado traço, outros horrivelmente quadrados, e os parques por onde passamos sem prestar atenção ao estado das árvores, sem distinguir uma árvore de outra sob o olhar apressado e interesseiro, e...

As quatro estações se oferecem aos nossos olhos nesses sintéticos laboratórios que investem contra nós na curva do ônibus, e nós indiferentes! Pensei com alegria que os meus olhos estavam frescos como os de um turista, e que pela primeira vez via tudo o que se entrega à visão em nossa bela cidade. A paisagem circundante, tão repetida nas fotografias, ganhava subitamente um prestígio formidável. Lá estava o Pão de Açúcar, e até acenei com carinho para o Cristo do Corcovado, um dos monumentos mais feios que já passou pela cabeça do homem erigir.

E assim, a olhar, a olhar e a olhar, quedei-me diante do Teatro Municipal. Retiro tudo o que disse contra o Cristo do Corcovado: o Municipal é bem menos atraente. Lá no alto há cúpulas esverdeadas, enferrujadas, e uma grande águia absurda que se alça para o céu, e quatro senhoras de mármore: o Canto, a Dança, a Música e a Poesia. Todas quatro barrigudas e com úberes. A Dança tem um pandeiro na mão e está grávida de seis meses. E o Canto, com a beira da saia aberta sobre a fachada, é um tanto obscena, pois cá de baixo a gente vê tudo – ou imagina.

Vejam, vejam o Municipal. Façam como eu! Façam como os turistas que virão para o IV Centenário! É de fato um monumento extremamente feio – mas de uma feiúra que desafia os séculos, como diria um camarada que estivesse com a cara cheia de mescalina.

15-10-1964

O fígado magoado

NÃO ESTANDO bem do fígado, nem do coração, deixo-me estar em casa a ler e a pensar. Há anos não me permitia adoecer; esquecera o quanto é agradável esperar a volta da saúde. E, também, como faz bem ao espírito meditar sobre a fragilidade do corpo.

Amanheceu e vejo pela janela uma combinação de umidade, sol e vento. Depois das chuvas, o dia convalesce. A idéia de trazer no corpo um órgão que não funciona a contento me aborrece; a humilhação age como clorofórmio, sinto sono, meus ombros pesam. Quisera deitar e hibernar. Mas a manhã convalesce e me esforço para atender ao seu apelo. Desço; ando pelas ruas úmidas, as ruas douradas em que o vento agita os cabelos das meninas. Decido quebrar o jejum de modo completamente absurdo: entro na Colombo, peço cajus e laranjas cristalizadas, começo o meu dia com açúcar. Depois, torradas com mel e chá. Uma jovem prostituta, vestida de maneira abominável, entra no salão, fica um instante indecisa e finalmente avança na direção do mostruário de doces. Escolhe os doces que deseja. Os garçons relutaram um segundo, até que um deles tomou a iniciativa de atendê-la. Duas senhoras idosas olham espantadas para aquela figura.

"Então", digo eu, "agora deste para difamar os outros? Quem te autoriza a fazer um juízo sobre o procedimento moral daquela jovem?" Procuro vê-la com outros olhos, encontrar nela os sinais da pobreza limpa e honesta. Mas não há jeito: tudo, nela, evoca irresistivelmente a mais antiga das profissões. Ela apanhou o embrulho com os doces, pagou e partiu contente.

Volto por minha vez ao sol e ao vento. Como estou doente, ando devagar. Passa por mim um senhor de setenta anos redondos, alto, feições européias, apoiado numa bengala e tendo à cabeça um chapéu de cowboy. As incríveis meninas de Copacabana, com calças compridas e justas que se ligam às blusas por um cinto amarrado nos quadris, essas meninas de seios pequenos e calmos, colhidos nos jardins da infância, andam em todas as direções, olhando as vitrines, ajeitando os cabelos de meio em meio minuto e despertando a atenção indiscreta dos rapazes de camisas sem gola e calças Lee.

Vejo numa praça uma cena ridícula: um bonde parado, e algumas senhoras sentadas nos bancos, a viajar. Sinto uma vontade demoníaca de pular para o estribo e cobrar as passagens.

Novamente em casa. Sairei daqui a pouco para almoçar com uma boa amiga. Estando com o fígado arrebentado pelo excesso de gordura consumida nos restaurantes, ano após ano, sem contar com a ração de álcool dos fins de semana, sinto náuseas só de ouvir falar em comida. Mas ela me oferece uma galinha de resguardo, isto é, aquele frango com pirão que as mulheres comem depois que as crianças nascem.

05-11-1964

Um caso alucinante

NÃO HÁ OUTRA palavra: é alucinante o episódio ocorrido em Ipanema, no decorrer do qual a empregada estrangulou a patroa, uma jovem senhora grávida. A foto da assassina ainda me assombra: uma negra imensa, de formas descomunais – 1,85 m de altura, 140 quilos de peso – com braços e mãos contendo uma força também descomunal. Examino esse rosto gordo, no qual o pequeno queixo e os lábios grossos dominam a fisionomia típica de uma pessoa ao mesmo tempo bronca e voluntariosa; os olhos são ferozes. Então, a necessidade e a solidão dos indivíduos reúnem sob o mesmo teto uma jovem senhora de maneiras delicadas e uma assassina. Depois de matar a patroa, para roubar, Mariana se refugiou na zona da prostituição de Juiz de Fora. Insisto na solidão: é muito difícil saber se temos em casa uma cozinheira ou uma ladra. A falta de informação nos leva à imprudência: na dúvida, os espíritos bem formados preferem acreditar na honestidade e em condições mentais favoráveis. A assassina se apodera da chave da nossa casa. Para Mariana, a estranguladora, isso é quase mágica: basta tocar a campainha, apresentar-se, e ei-la transferida do *bas-fond* para a intimidade de uma família pequeno-burguesa. É simples e sem maiores formalidades; e logo ela se interessa pelas jóias, pelos vestidos da patroa.

Solidão, solidão! Solidão da patroa, solidão da empregada, solidão da cidade. Se esta mulher de estatura assustadora, de olhos ferozes, de queixo voluntarioso e lábios de idiota – se esta perigosa criatura é aceita sem maiores formalidades pela patroa, temos que convir que a patroa não olhou para ela. Ou seja: não olhou nunca para as empregadas que teve. Segue-se, naturalmente, que a distância que separa a patroa da empregada produz uma espécie de cegueira moral na patroa.

Pois devemos pensar em muitas outras jovens, pobres mas honradas, trabalhadoras e confiantes, que passaram pela mesma casa sem que a patroa as visse. Se somos cegos para a assassina, somos cegos também para as que são decentes. Nada sabemos sobre a vida e dificuldades das nossas empregadas. Elas nos são inferiores: seus problemas são próprios das pessoas inferiores, dos pobres; nosso egoísmo, às vezes, resulta em nossa morte.

Há assuntos difíceis de abordar. É muito difícil ver claro em determinadas ocasiões. Mariana, ao pedir emprego, não poderia ter ocultado de sua patroa as mãos de estranguladora. Ela confessou ter planejado friamente, longamente o roubo, de modo que qualquer pessoa poderia tê-lo surpreendido – ao plano – nos seus olhos dissimulados mas intrinsecamente ferozes. Bastava fitá-la nos olhos, como costumamos fazer quando tratamos uma pessoa de igual para igual. Mas quantas patroas olham nos olhos as suas empregadas? Quantas patroas consideram suas empregadas como seres humanos?

A jovem senhora morreu corajosamente, defendendo sua casa. A luta era desigual; a criminosa, muitas vezes mais forte – demasiado forte: raramente vemos um homem assim robusto – era também experiente, conhecia o *bas-fond*, vivia em contato com todas as misérias e crimes.

Todas estas palavras são apenas palavras, estou apenas perplexo e não vejo qualquer solução para o problema. Mas os sociólogos deviam ser consultados. A tendência é aumentar progressivamente a selvageria nas relações entre empregadas e patroas. As boas empregadas não perdem o emprego, raramente se oferecem, pois conhecem o valor que têm. A necessidade obriga a patroa a agarrar a primeira que apareça à sua porta. Imprudência que logo depois será agravada pelo preconceito social, pela desigualdade que dificulta à patroa fazer esse gesto elementar: olhar demoradamente, nos olhos, a pessoa que retém parte do comando em sua própria casa.

20-11-1964

Samba

AOS DOMINGOS, a partir de oito horas da noite, há grande movimentação na varanda do Hotel Miramar. Todas as mesas já estão tomadas, mas continua chegando gente. Rapazes e moças ficam em pé, ou sentados na amurada, à espera. Chegam automóveis, buzinam, deixam lá alguns passageiros e vão buscar outros. De repente, todos se erguem e ocupam uma fileira de automóveis, partindo para lugares determinados. Que significa tudo isso?

É simplesmente a juventude da Zona Sul que vai ao encontro do samba. Por um motivo qualquer, todos os que pretendem ir aos ensaios das escolas de samba marcam encontro no Hotel Miramar. Ainda que sejam freqüentadores do Castelinho, ou do Zeppelim, ou do Jangadeiros ou de qualquer outro bar, é sempre para o Hotel Miramar que eles convergem nas noites de domingo. Mistérios cariocas.

Domingo passado acompanhei uma dessas caravanas. Fomos ao ensaio do bloco Bafo da Onça. O público estava nitidamente separado. Nas arquibancadas, a turma do Catumbi e adjacências. Nas mesas de pista, os de Copacabana. E estes agiam como se fossem donos da casa, entrando no salão e tentando trocar passos com as cabrochas, sentando no chão por falta de cadeiras. Durante certo tempo a pequena guerra surda se declarou: a jovem loura estava sentada no colo do rapaz e o rapaz decidiu acomodá-la melhor. Ergueu-a nos braços, como faz o noivo com a noiva nos filmes de Hollywood, e transportou-a para o outro lado da pista, com acintoso desembaraço. Das arquibancadas se ergueu uma vaia. Os da Zona Sul, em represália, aplaudiram os seus companheiros. A moça se levantou e, cinicamente, agradeceu às arquibancadas os assovios de desaprovação. Copacabana não perde a classe.

E começou o samba. Os passistas do Bafo da Onça não são ortodoxos. Há muita sofisticação, malabarismo e contorcionismo. Mas a batucada é sensacional. Depois de duas horas de samba quente, o ensaio foi encerrado. Nesse momento, as moças e os rapazes de Copacabana invadiram a pista e se misturaram aos integrantes do bloco. A bateria mandou brasa. Foram cinco minutos de desenfreada alegria.

Mas a turma não estava satisfeita. Fomos ainda para a Mangueira, e lá tudo recomeçou. Em Copacabana grassa uma estranha calamidade: a fome de samba. Vejo essas jovens lindas a pular numa dobra de morro já legendária pela vibração da sua bateria e pela perícia dos seus passistas, e imagino um tempo em que a escola de samba não será um privilégio do morro e dos mulatos. Por que não a Escola de Samba Unidos do Castelinho?

02-02-1965

A capital do barulho

MAIS UM motivo de orgulho para o Rio de Janeiro: somos a capital mundial do barulho. Na minha rua, entre Copacaba e o Leme, é um inferno. Às sete horas da manhã começam as atividades nos numerosos prédios em construção. A qualquer hora do dia ou da noite os automobilistas dialogam com buzinas. É desesperador. E também sintomático. Falta-nos consideração para com os nossos vizinhos. Não nos conhecemos. Ninguém sabe quem mora no apartamento do lado. Conheço em Copacabana prédios perfeitamente familiares onde funcionam, não obstante, casas de prostituição. Em tudo isso eu vejo o sinal de uma solidão abominável, de um desamparo que às vezes merece o nome de egoísmo, e de um total desconhecimento das regras mínimas que regem uma cidade. Lembro-me de ter lido uma vez, no *Canard Enchainé*, o semanário humorístico de Paris, um artigo no qual Morvan Lebesque, amigo de Camus e ele próprio um homem revoltado, falava justamente sobre o barulho – deu-se que um homem assassinou uma mulher depois que o filho dela interrompeu suas divagações jogando uma bola contra a janela atrás da qual o assassino meditava. Então Morvan Lebesque dizia: "O barulho é político". Numa cidade civilizada, isto é, cujos habitantes paguem pelo direito de viver – e nós, no Rio de Janeiro, pagamos caríssimo – qualquer coisa fora dos eixos significa inevitavelmente governo incompetente. Aqui diante do mar, na parte da cidade tida por mais formosa e cujo padrão de vida é exemplo para todo o país, travo diariamente uma luta inglória contra os mosquitos. No entanto, pago impostos, sustento dezenas de funcionários aos quais caberia o dever de acabar com os mosquitos. Mas não adianta: para o carioca, entre o mosquito e o governo há uma distância intransponível. Esse estranho homem cordial costuma pagar a taxa de água ainda que as suas torneiras estejam secas. Não vive no nível elementar da política, que é a relação direta entre autoridade e cidadãos, mas numa esfera idealista, para não dizer demente – um paraíso internacional, ou inferno semelhante. Pensamos no mundo e esquecemos a cidade. Somos todos megalomaníacos, para não dizer imbecis.

Aproxima-se junho, e virão os foguetes e as bombas. É o mês do barulho. Diante dos hospitais as crianças explodirão suas bombas. Os doentes nada poderão fazer: é a tradição. Trata-se, a meu ver, da expressão mais requintada de um masoquismo característico do brasileiro. Pois o barulho afeta todos os ouvidos, e o motorista que comprime a buzina não está livre de ouvi-la. Em tudo eu vejo o sinal de uma selvageria nacional. E por isso vivo revoltado.

26-05-1965

O barulho

DE REPENTE me compenetrei de estar morando num quarteirão barulhento. Alguém, dois andares acima, martela incessantemente. Nos fundos, operários erguem um novo prédio. Por todos os lados passam dezenas de veículos produzindo os mais diversos rumores. Sinal vermelho: os freios rangem, as buzinas tocam impunemente. Sinal verde: escorre o rio dissonante. Moro a cinqüenta metros do mar e não ouço o mar.

É assim o dia todo.

Como podemos viver numa cidade sem silêncio?

Outra coisa são as grandes distâncias. Uma hora para ir trabalhar, uma hora para voltar. Sempre no meio do barulho, do nervosismo, da pressa.

Sabeis que não posso ficar aborrecido; meu fígado sofreria as conseqüências. Mas, justamente por isso, vejo-me hipersensibilizado, e considero com horror o tipo de civilização que estamos construindo. Vivemos uma vida sem finalidade: trabalhamos, ganhamos dinheiro, e com o dinheiro ganho nos alimentamos para trabalhar e ganhar mais dinheiro; só temos preocupações materiais. Ninguém respeita a solidão: ninguém suporta a idéia de ficar sozinho, longe do estrondo e da fúria da vida.

Vossa vida, senhora, vossa vida de senhora rica, vestida em Paris, como é triste!

E a vossa vida, jovem casal de comerciários, circunscrita a uma esperança mesquinha – os sorteios de automóveis Volkswagen... – como é triste a vossa vida!

E a minha também. Quero ler, quero escrever, mas me assediam as lancinantes eclosões do movimento e do trabalho que se faz lá fora, minha atenção é solicitada constantemente pela zoada, pela velocidade, pela falta de sentido dessa correria...

E os elevadores? Eles ganem, urram, gemem de baixo para cima e de cima para baixo, em todos os andares, pois está sempre entrando e saindo gente. Copacabana me faz neurótico.

De graça e beleza, vejo unicamente essas flores que as mulheres trazem da feira e que durante algum tempo enfeitarão um canto privilegiado da sala. Mesmo as flores, porém, a rotina acaba circunscrevendo: estão ali, no lugar adequado, e ninguém presta atenção nelas.

09-12-1965

Nos subúrbios

A PROVA de que o Rio já é uma cidade civilizada é que domingo fomos almoçar em São Cristóvão. Há ali um restaurante, o Rio Lima, com boa comida portuguesa e um excelente vinho da casa. Depois dos licores, acendemos cigarrilhas, e no automóvel, decidimos dar um giro pelos subúrbios cariocas. Como é bonita essa parte da cidade! Uma sucessão de sobrados antigos, de paredes descascadas, com suas varandinhas e amplas janelas: visões ligeiras de quintais com árvores e freqüentados pelo silêncio molengo dos domingos da infância; depois do almoço e em toda parte uma cordialidade provinciana, com os vizinhos sentados em cadeiras nas calçadas e conversando sem pressa, à moda antiga. Crianças sentadas nas calçadas; namorados em roupas modernas esperando o ônibus, debaixo do sol. Ali a vida é seguramente melhor que em Copacabana: mais verdadeira, mais honesta, humana, com cristaleira nas salas e copos e cálices que nunca serão usados: a mesa forrada com uma toalha de renda; o Sagrado Coração de Jesus na parede, ao lado de uma plaquinha de madeira com um desenho bem ingênuo, algo assim como uma jangada navegando na direção de coqueiros. E os casarões de velhos barões onde seguramente há uma pessoa bem velha que se balança na sombra de uma cadeira de balanço, e aqueles assoalhos que rangem, e aquele mistério, aquele sigilo, aquela recordação dos tempos que já passaram e aqueles retratos de mulheres pálidas com coques e babados brancos sobre os vestidos pretos, e algo assim como a recordação fugaz de bilros que se entrechocam, e aquelas primeiras comunhões de meninos ajoelhados e meninas com o véu sobre a franjinha, e aquele aposento mais sombrio e mais alto (a clarabóia confere à penumbra uma fosforescência quase religiosa) onde jaz o doente da família, e aqueles rádios compondo um barulho dominical de rojões, e gritos de gol, e tudo isso contido, guardado, acumulado, sedimentado nos subúrbios de um modo por assim dizer indestrutível, até que na praça Saenz Peña somos bruscamente arrastados para os dias presentes, com suas fachadas duras e utilitárias, seus hamburguers e coca-colas, seus letreiros, a sua pressa e uma solidão de condôminos.

08-09-1965

Mortes na Baixada

SEGUNDO as indicações disponíveis, ocorre atualmente na Baixada Fluminense uma nova manifestação, entre outras, da nossa capacidade de improvisar – capacidade que para uns é virtude, para outros defeito, mas na qual todos reconhecem uma característica nossa, talvez a mais brasileira entre todas. Não é difícil imaginar o encontro entre um Comissário e um Detetive, este último encarregado do chamado Esquadrão da Morte. A cena se passa em São João de Meriti:

Detetive – Olha, chefe, o depósito de presos está cheio e continua chegando mais gente. Creio que é preciso botar o Esquadrão para funcionar.

Comissário – Louvo o teu zelo, Motinha. Mas acontece que um deputado está querendo implantar a pena capital, os jornais estão fazendo uma onda braba, é melhor deixar as coisas aquietarem...

Detetive – Acho que não me fiz entender, chefe. Não estou propondo liquidar indiscriminadamente os meliantes por nós trancafiados. Penso somente nos incorrigíveis. Veja o caso do Geraldão Navalhada. Pegou cadeia há seis meses, depois de assaltar um casal na Rio-São Paulo; fugiu dois meses depois. Passaram-se alguns dias e conseguimos localizá-lo num bordel em Caxias. Desta vez ele subornou o guarda e deu no pé novamente. Outra vez foi apanhado, e agora está esperando a hora de fugir de novo. Se não dermos um jeito nele, vamos acabar passando a vida prendendo Geraldão, Geraldão fugindo, preso outra vez...

Comissário (depois de pensar longamente) – Bom, você sabe que eu sou novo aqui... Nunca tive vocação de policial, só mesmo os caprichos da vida é que poderiam me colocar sentado aqui neste Distrito. Como é que é afinal o trabalho do Esquadrão?

Detetive – Trabalho limpo, barra levíssima para todo mundo. Só cuidamos mesmo dos criminosos irrecuperáveis. Aplicamos uma boa surra, rasgamos os documentos do elemento visado, abrimos fogo de todas as direções (para não haver um responsável direto pela morte) e abandonamos o corpo num lugar qualquer. Posso assegurar que não se descobriu nunca nenhuma diferença entre os nossos métodos e os das quadrilhas que acertam as contas. Esta é, aliás, a razão do nosso êxito.

Comissário – Bem... Não quero interferir no seu trabalho. A sua folha de serviços é realmente espetacular. Pode fazer o serviço. Só lhe peço que esta conversa fique entre nós. Combinado?

Detetive – Grato, chefe.

Até agora surgiram seis cadáveres na Baixada Fluminense. Possivelmente surgirão mais. Trabalho limpíssimo – a barra continua leve para o Esquadrão. O que me fez lembrar aqueles versos de Drummond que retratam maravilhosamente esta querida terra: "No Brasil não há outono, mas as folhas caem".

Também não há pena capital – mas sempre é possível dar um jeitinho.

15-05-1966

O Maracanã e sua gente

A MULTIDÃO está constantemente interessada em seus próprios movimentos. Entre o avanço dos atacantes, no gramado, e uma dispersão colorida de torcedores no alto da arquibancada, do outro lado do estádio, os olhos preferem este último espetáculo. A multidão é arguta: a uma distância considerável e tendo como pontos de atração os diferentes grãos de si mesma que se dispersam em todas as direções, a atenção gigantesca colhe com nitidez as duas formas principais naquela congestão – os dois homens que trocam murros, e ao redor dos quais centenas de homens e mulheres se dispersam num giro retorcido de catavento.

A multidão é curiosa, sua curiosidade é maternal. Ela observa maternalmente os três gandulas, três meninos que avançam para o centro do gramado, de onde cumprimentarão respeitosamente o monstro de 80 mil cabeças, antes que cada um deles se dirija correndo numa direção determinada. Nesse momento a multidão lembra um tigre sem fome que, deitando na posição de esfinge, contempla com um sorriso na pálpebra a marcha escura de uma formiga com uma folha entre as pinças. Diante de cada grão de si mesmo que se individualiza no gramado, a multidão observa uma curiosidade maternal que revela, ao mesmo tempo, um sentimento de força. Ali na arquibancada há um punho que, uma vez acionado, poderia esmagar qualquer individualidade. A consciência dessa força gera o que há de materno na multidão.

E cruel. E caprichosa. E tirânica. Dos ídolos ela exige nada menos do que perfeição. Uma falha – uma vaia. Mas generosa: no momento em que a centelha da perfeição parece prestes a acender-se, eis que ela esquece toda as decepções anteriores e aplaude, vibra, pula, geme alegre.

A multidão odeia a autoridade que não cede aos seus caprichos. O juiz é ladrão: é que cada imperfeição sua é um roubo por ele cometido no patrimônio dela, na sua necessidade (e, tendo em vista a sua força latente, seu direito) – na sua necessidade de vitória. É próprio da multidão pensar que tudo lhe é devido – e o que é próprio da multidão não pode ser contestado, a não ser por uma série de regras por ela própria adimitdas.

Uma vaia de 80 mil bocas acompanha Pelé à boca do túnel, para onde ele vai depois de jogar mal. Assim, julga a multidão ministrar um afrodisíaco àqueles que ama. Para Pelé não esquecer que é amado – ele, um simples grão – pelo próprio areal. Para que mais tarde ele possa recompensar esse amor com um gol, defloramento, embriaguez que promove nas arquibancadas a milagrosa fusão de todos aqueles corações e esperanças.

22-05-1966

James e o suadouro

EXISTE no Rio – Praça Mauá e Copacabana, principalmente – uma organização de vigaristas especializada no golpe do suadouro. A modalidade clássica desse golpe tem ligeira semelhança com o flagrante de adultério; costuma ser aplicada a fazendeiros endinheirados e ingênuos, ou a estrangeiros que andem pela cidade à procura de aventuras amorosas. Creio que uma das últimas vítimas do suadouro foi o jornalista inglês James Cameron, correspondente no Rio do *Evening Standard*, de Londres.

O indício que nos leva a essa suposição está na estranha observação que ele fez: Copacabana é freqüentada por senhoritas acessíveis "apenas na propaganda", mas que não passam de "mulheres barulhentas e corpulentas, geralmente alemãs". Por que geralmente alemãs, e não turcas, japonesas, uruguaias? Resposta: James Cameron generaliza a sua experiência pessoal. Ele andou às voltas com uma alemã corpulenta em Copacabana... Estava atrás de mulher, zanzando pela avenida Atlântica, quando viu uma loura barulhenta e corpulenta. Ela o abordou, James topou a parada. Foram para um apartamento. Quando James Cameron estava a ponto de saber se as brasileiras eram acessíveis de fato, ou apenas na propaganda, a porta se abriu violentamente, e entrou pela casa adentro um indivíduo munido de um respeitável revólver.

– Que é que esse gringo está fazendo com a minha mulher? Que é que esse gringo está fazendo com a minha mulher? Eu mato esse gringo! – assim berrava o intruso, apontando o revólver na direção de James, enquanto a loura, "surpreendida pelo marido", se erguia atarantada e procurava, aos gritos, as suas roupas lançadas ao pé da cama...

Vendo-se assim em situação delicada, com um revólver nas fuças, em país estrangeiro, nosso correspondente nada mais pôde fazer senão gritar: "*Help! Help!*" Então, o "marido ultrajado" fez esta declaração edificante:

– Tu podes sair vivo daqui, seu gringo fedorento, mas o teu dinheiro tu não leva não!

No que ele falou, a loura se apossou das roupas de James, dela retirando todas as libras, dólares e cruzeiros existentes. Depois, a dupla expulsou o inglês do apartamento a tapas e pontapés. James teve que ir embora com as calças na mão, e não deu queixa à polícia porque não fica bem a um súdito de Sua Majestade fazer papel de otário no país do futebol.

Pobre James Cameron... Logo que se refez do susto, ele escreveu longo despacho para o *Evening Standard*, dizendo que nós aqui jogamos futebol para não enlouquecer, e que somos todos uns bons idiotas. À primeira vista, pareceria um desabafo de inglês perturbado pela complexidade da vida brasileira, mas não: ele se trai ao afirmar que as "senhoritas" de Copacabana são alemãs corpulentas e barulhentas. O que houve foi mesmo o golpe do suadouro.

Olha aqui, James: você foi otário uma vez e não deve reincidir. Senão, nós somos capazes de ficar zangados e acabamos deixando você outra vez com as calças na mão.

26-05-1966

Leblon

HÁ UM NOVO morador no Leblon. O Leblon... Não é Ipanema, não é Copacabana. Pode ser definido (sem qualquer malícia) como subúrbio de Copacabana – uma Copacabana atenuada pela intromissão do espírito de Ipanema, incomparável. Na praça Antero de Quental, há um coágulo de província pobre e um verdadeiro estilo suburbano: o parque de diversões, o pipoqueiro, os nordestinos da construção civil, as babás que, aos domingos, bem vestidas, pronunciam "Lebrão".

Mas há também um mistério que não se encontra em outros lugares: quando anoitece, as ruas são mais escuras e desertas. Há um sentimento de grandes distâncias a percorrer. Há ainda secreta necessidade de um perigo: não se vê um só policial no Leblon, mas as estatísticas falam de maior número de assaltos aqui do que em Copacabana. Aqui os assaltantes se movimentam na certeza da impunidade: meninos assaltam meninos, as senhoras perdem suas bolsas com o dia claro. Um novo morador toma providência elementar, sugerida pelo falecido Antônio Maria: não põe o pé na rua sem levar no bolso traseiro da calça o dinheiro do assaltante. Dez mil? Vinte? Trinta mil? Quinze mil cruzeiros, tidos como sagrados: "este é do assaltante". Assim espera ele escapar de um tiro ou de uma facada, já que não é homem de andar armado.

– Minha mulher estava na praia do Pinto, fazendo um trabalho de assistência social. Apareceram alguns crioulos. Um deles, rindo, pegou a bolsa dela: "deixa ver se tem dinheiro aqui, madame". Abriu a bolsa, viu que havia dinheiro; jogou a bolsa ao companheiro mais próximo, e este ao terceiro, que saiu correndo, como fazem jogadores de rúgbi. Parecia um balé; era um assalto.

– Meu filho foi assaltado por três meninos, mas felizmente aprendeu a lutar judô. Botou os três pra córner...

– Três senhoras foram assaltadas ontem de tarde na rua Cupertino Durão.

São conversas do Leblon. Lá os mendigos dormem na grama. O *trottoir* é feito na calçada da avenida Vieira Souto. Na areia há muitos que se amam atrás de pequenas dunas, outros dormem bêbados. E às sete horas da manhã, o Leblon acorda com aqueles mesmos barulhos que em Copacabana trituram os nervos, gerando as mais diversas neuroses. Martelos, picaretas, marretas que derrubam prédios (ou começam a construí-los), ônibus que rangem nas curvas, automóveis que buzinam sem necessidade. Um novo morador compreende, finalmente, o motivo pelo qual os cariocas ficam com o rádio ligado, a todo volume, de manhã até o fim da noite civil. O barulho domesticado é um refúgio contra os ruídos destruidores que rodeiam cada apartamento.

O Leblon não é uma cidade, e sim um acampamento. Como nos tempos do *far-west*, cada família e cada pessoa está só. Não é, contudo, uma fábrica de individualidades rigorosas; ali só se forjam inimigos.

09-08-1966

M.A.M.-sur-mer

DO VELHO amigo Marco Aurélio Matos:

"*Mon cher* d'Oliveira:

Li agora de manhã (são nove horas batidas) sua crônica sobre o Leblon. Quero de você a verdade inteira sobre o Leblon, não a meia-verdade que registrou no seu escrito de hoje.

Sua crônica está tão bem escrita, escrita com tal gosto que, por um sopro do diabo ipanêmico, transformou-se afinal numa obnubilação estranha que o inibiu de captar fundamente a verdade leblônica.

Há, realmente, um espírito do Leblon – que se não me falha a memória é dado pela nostalgia ou a timidez de se completar o seu verdadeiro toponímico: Leblon-sur-mer! Como falamos língua própria, diversa da francesa, e tomamos ao longo dos anos, pela mistificação escolar, horror aos chamados galicismos, então não nos arriscamos a dar as coisas e aos lugares a denominação que lhes convém. Anote bem: Leblon-sur-mer!

A partir daí você verificará que há por aqui um ar diferente, alargado, de perspectivas que lembram certas soluções pictóricas da Renascença italiana. Fui morador das três zonas que estruturaram a Zona Sul. Fui morador de Copacabana, que se transformou numa espécie de Sunset Boulevard; de Ipanema, que tem sempre aquele ar de ipê em menstruação cromática. E vim, pouco a pouco, chegando-me ao Leblon, onde hoje habito com sentimento peculiar dos que o habitam. Posso garantir-lhe que é outra civilização. Carrega as virtudes mais fortes e mais fecundas dos outros dois, e fornece às vezes imprevisivelmente o céu mais aberto e mais amplo deste país, com exceção talvez de Belo Horizonte, que em certos domingos era helênico. Devo lembrar-lhe que a avenida Ataulfo de Paiva é réplica perfeita dos Champs-Élysées, o que evidencia que para cá se transportou a alma cívica e calma do Olimpo. Eros e Logos são, atualmente, os patronos deste bairro.

Pedindo justiça para nossa paróquia, faço apelo para que você reconsidere sua conclusão em relação a este bairro – Você que é, fundamentalmente, um ontólogo nato, isto é, um homem que busca verdade nas coisas, sejam coisas, homens, mulheres ou pássaros.

Abraça-o na expectativa supra, o seu amigo Marco Aurélio Matos."

Muito bem, M.A.M. Obrigado pela crônica. Terça-feira, se não chover, contarei a verdade, com provas esmagadoras. Vocês do Leblon não perdem por esperar. E antes que me esqueça, já me mudei daquela sinistra paróquia, estando atualmente entre Copacabana e Ipanema.

14-08-1966

Abaixo o Leblon

ESQUECI de explicar aos leitores (faço-o agora) que o meu amigo Marco Aurélio Matos daria um excelente escritório de arquitetura: M.A.M. Aurélio. Trata-se de um cidadão mineiro e solteiro, mais solteiro do que mineiro. Lê Kant, fuma cachimbo, ouve Vivaldi e se vangloria de morar num tal de Leblon-sur-mer. Sabem vocês o que vem a ser Leblon-sur-mer? Explico: é uma vala com uma porção de prédios em volta. A paisagem ali é tão monótona que no Leblon só há restaurantes e bairros fechados. Os camaradas se trancam lá dentro e enchem a cara com a finalidade expressa de esquecer que moram no Leblon. No Leblon não há arvores frutíferas, não há canchas, nem uísque escocês. O Leblon tem Posto 6? Não tem. Tem avenida Atlântica? Tem Cinema Metro? Néris. Tem algum túnel? Nem velho, nem novo. Até a praça Serzedelo Correa preferiu ficar em Copacabana. Vejam bem: até a praça Serzedelo Correa!

Já morei no Leblon. Fiz no tempo devido a louvação do Hotel Carlton, uma verdadeira ilha de civilização e paz, em meio a um proceloso bairro confuso e difuso. Contei até mesmo a história do escritor inglês que passou meses e meses enchendo a caveira com gim, saindo para a calçada da rua João Lira e contemplando o Leblon com os olhinhos azuis, profundamente triste. Olhava e exclamava: "*My God*, que é que eu vim fazer aqui?" Uma vez lhe dei um tapinha nas costas e consolei-o: "*Sorry, sir*. É verdadeiramente constrangedor. Mas, por favor, não creia que todo o Brasil seja assim". O Leblon é, por assim dizer, uma página negra no livro das nossas atrações turísticas.

Outra coisa: acho particularmente detestável a estatística referente ao comportamento sexual do Leblon: em cada dez mocinhas de família, dez são verdadeiramente de família; em cada três senhoras casadas, duas são rigorosamente felizes e a terceira está fazendo psicanálise para se ajustar ao marido. Não é um bairro: é um almanaque de boas-maneiras. Você anda, anda e não encontra um só inferninho no Leblon. Os pecadores em trânsito por aqueles ermos são forçados a procurar a orla marítima, onde estranhas senhoritas cultivam a nostalgia do cais do porto. Coitadas: no Leblon não há marinheiros.

16-08-1966

A caravana ladra

MAIS UM pronunciamento na guerra que travo presentemente contra o Leblon (aquele terreno baldio que fica perto da Gávea, conhecem?). Desta vez, é o velho chapa Evandro Barreto, homem de publicidade e chope, autor de contos *et coetera.* Registro:

"Obrigado. Nós, os do Leblon, estamos profundamente gratos a você. E o nomeamos cérbero vitalício do nosso doce inferno.

Confesso que sempre temi a Grande Inconfidência. A possibilidade que algum cronista iniciasse os bárbaros quanto ao Último Refúgio me angustiava.

Porque vocês, jornalistas, têm a diabólica faculdade de revelar – logo, poluir – tudo que ainda resta de bom nesta cidade.

Primeiro, foi Copacabana. Até o bom Caymmi foi cúmplice do massacre, com o seu *Sábado em Copacabana* – o mais abominável dos hinos suburbanos. O resultado está aí. Inferninhos que desde os nossos vinte anos não mais nos deslumbram. Lojas, escritórios, quarto-e-sala onde moram 16. Cinema Metro, com a neta de Esther Williams nadando na mesma piscina e namorando o mesmo Walter Pidgeon. E o último recanto de paz e sombra que em Copacabana havia você tratou de destruir: o Abadia, com seu sanduíche de pernil, seu chope glacial e sua confraria de irmãos de copo, da qual eu participava com ternura e orgulho.

Depois foi a Estudantina, nobre e inviolada como um mosteiro tibetano, majestosamente negra como um verso de Senghor – até que a imprensa a descobriu. Como descobriu as Escolas de Samba. E o falecido Zicartola.

Hoje, vocês conspiram contra Ipanema. Já conseguiram acabar com o Mau-Cheiro, através de mais uma realização do sr. Abraão Medina.

Ameaçam, agora, o Jangadeiros, o Zeppelim, o Garden. Expulsaram para os confins da praia do Pepino as mais belas mulheres do outrora civilizado Castelinho. E agora querem transformar em Parque Nacional o derradeiro baluarte de um homem: a horta suspensa do Rubem Braga.

Continue virulento contra o Leblon, Carlinhos. Convença os nossos muitos marechais a interditá-lo. Não conte a ninguém o que o inglês do Carlton jamais desconfiou – que na rua João Lira, bem em frente ao hotel onde ele amamentava com gim os seus fantasmas, dá abacate em apartamento. Não conte que, bom, esta eu não conto nem a você.

Insista na castidade de nossas mulheres, na claustrofobia dos nossos bares, na sordidez do nosso *trottoir* (ainda que se concentre em Ipanema, nas imediações do Country, e você confunda a avenida Vieira Souto com a Delfim Moreira, erro muito comum entre os imigrantes de outros bairros e outras terras).

Sim, Carlinhos. Deixe o Leblon para os iniciados. Eu lhe serei eternamente grato. Um abraço, Evandro Barreto."

***

Meu bom Evandro, decidi nunca mais voltar ao triste assunto conhecido por Leblon, a menos que mude de idéia daqui a pouco. Às suas violentas declarações, oponho a minha altivez, sintetizada neste provérbio árabe do Ibrahim Sued (que é o general Costa e Silva de calças curtas): "Os cães passam e a caravana ladra". Adeus.

21-08-1966

Cena carioca

TRÊS HORAS da manhã. Um Volks desce da avenida Atlântica para a avenida Princesa Isabel, buscando a rua Barata Ribeiro. Ao volante, um amigo meu; ao lado, sua jovem esposa. Em frente à boate Drink, ele mal tem tempo de ver um anteparo de madeira contra o qual o carro investe sem alternativa, subindo um montículo de asfalto destroçado e projetando-se dentro de um buraco. No momento seguinte, o rapaz olha para o lado e vê sua esposa com o rosto ensangüentado, aparentemente desfalecida. Abre a porta para descer pela esquerda, dar a volta ao veículo e socorrê-la. Mas seu corpo se projeta no abismo. Instintivamente, ele se agarra com as duas mãos ao volante e ali fica balouçando, sem fazer idéia da profundidade do buraco que se abre aos seus pés. Pouco depois, o casal é retirado do veículo pelos porteiros da boate.

A polícia interfere. Tratando-se de acidente provocado pelas más condições reinantes na pista, parece que o procedimento legal se torna ligeiramente mais complicado. O casal é conduzido ao Distrito, onde fica cerca de três horas, prestando as mais diversas declarações, assinando papéis e esperando. Continuam ensangüentados, mas ninguém se preocupa em conduzi-los a um hospital, coisa que só ocorreria após liberados pelo comissário.

Na manhã seguinte, sábado, um guindaste é providenciado para retirar o veículo. Revela-se incapaz de fazê-lo, já que fora concebido para arrastar e não suspender automóveis. Um representante da Light, companhia que abriu o buraco, oferece um guindaste apropriado para aquela tarefa – desde que o proprietário do Volks assine um papel no qual fica declarado que a Light não tem nada a ver com o acontecimento. Para evitar maiores aborrecimentos o rapaz assina.

Isto aconteceu de sexta-feira para sábado, no Rio de Janeiro, em plena Copacabana. Toda a cidade, aliás, apresenta numerosos buracos, ao que parece, abertos por necessidade evidente, e portanto para melhorar a vida de todos. Mas não custava nada tomar em cada buraco as medidas que se impõem, e que são corriqueiras em qualquer país civilizado. Os anteparos, pintados em cores gritantes (não é o caso, no Rio), deveriam ser colocados a pelo menos 20 metros do buraco, cercando-o pelos quatro lados. Esses anteparos deveriam ser enfeitados por uma série de pequenas lâmpadas vermelhas que piscariam incessantemente. Nada disso se faz no Rio de Janeiro. Mais uma vez se confirma que no Brasil não se dá valor à vida humana. O jovem casal ficou bastante machucado, mas tanto ele quanto ela já se referem sorrindo à emocionante aventura da avenida Princesa Isabel...

14-09-1966

A valsa

QUANDO Inverno e Primavera se misturam, acordamos no paraíso. Está assim o Rio. Ou tem estado. Paredes geladas, mãos afiladas, e sol por toda a parte. Contaram-me que na avenida Rio Branco, ao meio-dia, andam dizendo: "Vamos passar para a outra calçada. Esta aqui está muito fria". Quem viu alguma vez o carioca preferir o lado do sol? E, como na Europa, há um súbito ar de prosperidade, sugerido pelas roupas de lã todas novas, porque raramente usadas. Nas praias só são vistos os turistas do exterior, que se sentiriam ridículos se tivessem que enviar cartões postais anunciando que não se toma banho de mar no Rio de Janeiro.

Naturalmente, nas favelas a coisa é um pouco mais dramática. O vento no alto do morro deve zunir com mais força, e além disso as pessoas não têm roupas adequadas. De noite, então, quando o negócio esfria ainda mais, só não deve ser um inferno porque, por tradição, o inferno é quente. Suponho que as criancinhas precisam de mais algumas camadas de molambos para não morrer.

Oh não, não estou verdadeiramente preocupado com isso. A temperatura ambiente é, às vezes, um doce tirano que nos obriga a sentir corporalmente a alegria que, por definição, o estado emocional de todo ser vivo. Imaginem vocês que acabo de acordar, e sabem o que foi que andei fazendo no entressono? Uma valsa. Ouviram bem: uma valsa. Compus a letra e a música de uma valsa e vi essa valsa em todas as vitrolas, em todas as boates, reproduzida no mundo inteiro. Vi casais no Le Bateau e no New Jimmy's, dançando agarradinhos e depois separadinhos, batendo palmas e girando graciosos ao som da minha melodia. Havia versos assim:

Se não valsa o José,
Valsa o Pelé.
Se não dança quem vai
Dança quem vem.
Palmas, palmas, palmas.
É a valsa que se valsa.

Eram mais de 50 versos, e a alegria se tornava frenética por imposição do ritmo.

Vamos valsar
Batendo com o pé,
Vamos valsar
Erguendo um só pé.

Acordei feliz com a vida e a valsa. Entretanto, agora, inutilmente procuro reconstruí-la. Ah, quando estamos nem acordados nem adormecidos, como somos felizes!

23-09-1966

A turma do surf

ANDANDO pelo Arpoador, neste feroz princípio de verão, tomei conhecimento de um pequeno conflito social. O primeiro sinal desse conflito estava em letras grandes no paredão que se prolonga na direção das rochas. Assim:

Abaixo a corja do surf

Inscrição, sem dúvida alguma, desenhada pela mão da intolerância. Ao sol, diante do mar excepcionalmente calmo, fiquei curioso em saber que espécie de gente é essa a que se qualifica de corja, e que, em seu conjunto, uma ou muitas pessoas preferem banir não apenas do Arpoador mas também, quem sabe, do mapa da vida. Indagando ao acaso, consegui que me apontassem alguns membros dessa estranha fauna, ou corja, ou turma do surf. Não, não era nada capaz de colocar em perigo as nossas instituições. Simplesmente rapazes, todos com mais ou menos 20 anos. Atléticos, saudáveis, inofensivos, querem apenas uma prancha e esperam da vida, apenas, que lhe forneça ondas oceânicas suficientemente altas para que nelas deslizem, de pé sobre a prancha, fazendo prodigiosos malabarismos. Atletas solitários e narcísicos, tal como convém a jovens de 20 anos cujos pais têm mais dinheiro do que os pais da maioria. Filhinhos de papai, enfim.

Contudo, não são iguais a nós, se levarmos em conta o aspecto exterior. Para começar, não usam calções, mas bermudas de diversas cores, colantes, indo até abaixo dos joelhos. (Um deles usava uma bermuda verde e amarela, o que me pareceu o cúmulo da sofisticação) Outra coisa, esta deveras surpreendente: todos oxigenam os cabelos. Então, vemos cabeleiras lisas (quem tem cabelo crespo vai alisá-lo no cabeleireiro) que rolam para os ombros. Em sua raiz, no alto da cabeça, o cabelo em geral é negro; mas vai descendo louro, louríssimo. Ao longe, quando avançam sobre a prancha, nós míopes julgamos ver mulheres sem seios. E aqui está mais um aspecto inesperado da juventude moderna, vária e caprichosa: são todos másculos, e produzem uma impressão fortíssima nas mocinhas, que compreendem esse estilo e julgam ver, nele, a própria linguagem da masculinidade.

De modo que não são uma corja, embora se compreenda o desprazer de um homem já vivido, ou por demais comprometido com algumas idéias e conceitos consagrados universalmente, diante desse espetáculo ambíguo, insolente e provocador.

Fui andando pelo Arpoador com o velho sentimento de estar ensanduichado entre um mundo caduco e um outro, ainda tão titubeante que parece beirar a loucura. Disseram-me que o ritual de iniciação, na turma, é dos mais selvagens, pois o novato tem que se deitar na prancha e dirigi-la para as pedras, de maneira a flagelar o peito na pedra. E que o trejeito até ontem feminino, de puxar os cabelos de cima do olho (pois todos eles se parecem com Veronica Lake), é um dos mais excitantes golpes de charme por meio dos quais esses rapazes conquistam o amor dos brotinhos...

05-10-1966

A arte de andar

HÁ DUAS formas de andar: com o espírito claro e com o espírito enfermo. Já andei neurótico; marchava quilômetros e quilômetros como a fugir dos sentimentos e pensamentos que então me perturbavam, mas eles me seguiam, me arranhavam, escureciam meus olhos. Agora, não; agora ando claro, é um exercício, uma medida de higiene. Primeiro sob as amendoeiras, no Posto 6, onde os banhistas jogam vôlei e os pescadores arrumam suas redes. Depois ao longo da avenida Nossa Senhora de Copacabana, principalmente num sábado pela manhã, quando centenas de mulheres de todas as idades percorrem as lojas, as feiras, em grupos ou sozinhas. Entro numa sapataria onde há uma botina que me agrada mas o estabelecimento anuncia uma liquidação. Impossível fazer o meu pequeno negócio naquela confusão de comerciários que abrem as caixas e de crianças que experimentam sandálias, e mocinhas que entregam o pé ao rapaz agachado... Mais parece uma festa, e estão todos felizes – os vendedores porque estão vendendo mais do que habitualmente, as compradoras porque imaginam estar comprando abaixo do preço, o gerente porque os lucros serão mais que razoáveis. Há nas liquidações uma lei segundo a qual as mulheres é que se sentirão estimuladas a comprar; as mulheres se sentem bem em multidões femininas, interesseiras, enquanto os homens, creio eu, só se amontoam em estádios ou bares, lugares em que não há problema de oferta e procura.

Reconheço que as feiras-livres criam uma série de problemas desnecessários e provocam um desgaste nervoso nos cidadãos já mais do que estraçalhados pelas distâncias engarrafadas, os ônibus superlotados, os buracos que se multiplicam, a falta de dinheiro, a guerra do Vietnã... Mas é bastante agradável andar pelo interior de uma feira-livre, apreciando os gêneros expostos nas barracas, ouvindo os mais diversos comentários, discernindo pequeninos dramas familiares e sociais no comportamento da madame com relação à pretinha encarregada de puxar o carro do bebê, flagrando um pivete no ato de contemplação amorosa de uma bolsa esquecida aberta no braço da mocinha generosamente delineada por uma calça Lee... As mulheres são belas ao meio-dia de sábado, antes que os cabeleireiros transformem suas jovens cabeças em esculturas grotescas. Saem sem pintura, com roupas modestas, sandálias abertas, e em cada rosto se desenha aquela curiosidade intensa, ardente, quase sexual, que empolga as mulheres em face de um artigo a ser comprado. Elas estão mais perto da realidade do que nós, machos abstratos e longínquos; elas olham o tomate de igual para igual, mantendo-se ao nível da percepção verdadeira, de que nós homens temos nostalgia.

Quilômetros e quilômetros de andança alegre e atenta. Volto para casa cansado e enriquecido de sensações.

07-10-1966

Chuva e sol

SÃO FAMÍLIAS inteiras que desaparecem. A longa agonia das moças emociona os bombeiros. Vivemos num clima de Velho Testamento. A cidade se deixa castigar pelas chuvas, depois recolhe os mortos, abriga de qualquer modo aqueles que perderam tudo e logo se põe a esperar, passivamente, um novo castigo. A resignação dos pobres é verdadeiramente olímpica. Ah, se eu tivesse nas mãos o chicote do velho Baudelaire, quanta gente seria por mim fustigada, e como brilharia no céu a moral dos mais valentes!

– Você é carioca?

Não, sou calamidense. Nasci no estado de Calamidade Pública.

Pequena humilhação em Copacabana, rua Sousa Lima. Almoçamos no Lucas, e depois seguimos praticamente a nado para casa. A indiferença, a inércia, a incompetência das autoridades conferem à chuva um aspecto grandioso. Ninguém se sente em segurança; não se tem aquele consolo de imaginar que representamos uma fração numa grande consciência vigilante que já se movimenta para assegurar a ordem e a segurança do povo. Somos órfãos solitários. Ainda não alcançamos um estágio verdadeiramente tribal. O lema é cada um por si e Deus contra todos. No entanto, na hora da cobrança dos impostos, tudo funciona maravilhosamente. No papel, somos uma civilização florescente. O mundo desaba em torno dos burocratas impassíveis, o mundo desaba e eles fazem discursos, medindo as águas centímetro por centímetro e assegurando que em janeiro do ano passado foi muito pior!

Humor negro: estou disposto a me fazer congelar. Os cientistas ficarão autorizados a me conservar assim, até que o governador Negrão de Lima descubra a cura para a chuva, essa doença periódica e misteriosa.

Pela janela vejo os inocentes de Copacabana. Crianças, senhoras, mocinhas, rapazolas de louros cabelos. Um dia esplêndido nasceu hoje para eles. O contraste é gritante entre esses boas-vidas e os favelados que perderam o pouco que tinham. Nenhum remorso: o rádio de pilha ligado, a revista frívola aberta, os corpos que se esfregam generosos ao sol. Para eles nunca chove o suficiente. Não têm o sentimento da cidade. Impossível desejar um egoísmo mais despudorado. E essa arrogância de certo modo os torna belos, terrivelmente poderosos e distantes. Até quando? A poucos quilômetros de distância, não faz muito tempo, uma criança chorava entre escombros, reclamando a sua boneca. Os cadáveres ainda insepultos, e Copacabana já renasce para a sua existência vazia. O espetáculo é assustador; não fecharei a janela.

22-02-1967

Hoje dá avestruz

ENQUANTO o general Jaime Graça denunciava a corrupção policial, o meu cassino predileto continuou funcionando a todo vapor. Não sou viciado em jogo; raramente faço uma fezinha; a Loteria Federal é que costumo acompanhar sempre que posso. Mas o meu cassino predileto, cujo endereço não darei, em primeiro lugar porque não gosto dessas coisas e, em segundo lugar, porque funciona abertamente, com o conhecimento e a tolerância da polícia, o meu cassino é pitoresco, folclórico, com todos aqueles homens sentados atrás de uma longa mesa e aqueles dois outros homens atrás dos guichês que lembram os guichês dos cinemas antigos, do interior. Ali funcionam várias modalidades de jogo, mas o jogo do bicho é o forte da casa, com três sorteios diários realizados no Rio de Janeiro e também com o resultado de Niterói. Você pode jogar separadamente no Rio e em Niterói, ou jogar simultaneamente nas duas praças, mediante uma operação que até hoje não consegui compreender. Você chega lá e faz o seu jogo com um dos homens da mesa. Em seguida, você apresenta a pule no guichê, paga e recebe o original, ficando o homem do guichê com a cópia em carbono. A freguesia é variada, seleta: homens de negócios, rapazolas que praticam surf, bebedores profissionais de chope, empregadas domésticas e operários. A organização sempre me pareceu exemplar. Muitas vezes, vimos também quando um carro oficial parou na esquina para receber a sua mesada diária. O único aborrecimento, em tudo isso, é quando você cerca pelos sete lados uma centena cotada, consegue ganhar duas vezes e acaba recebendo bem menos do que esperava. Explicação: os números cotados são aqueles que costumam dar com maior freqüência, de modo que muita gente joga neles e, se algum dia der e o banqueiro não tiver tido o cuidado de cotar esse número, a banca explode, o banqueiro vai à falência e tudo o mais.

Minha centena predileta é o 718. O número 18 é uma das dezenas do cachorro. Se o leitor não iniciado quiser descobrir qual é a dezena correspondente a cada bicho é só multiplicar por quatro o número do bicho. Por exemplo: cachorro é número 5. Multiplicando por quatro, temos as dezenas 20, 19, 18 e 17, todas pertencentes ao grupo do cachorro. É o jogo mais fácil que existe, e sem dúvida o único que apaixona a alma popular, pelo fato de se movimentar entre símbolos e sonhos.

Ainda se joga no meu cassino predileto. Passei por lá há cinco ou seis dias e mandei apanhar o resultado. Creio que naquele dia deu porco. Não sou contra os que jogam, inclusive não sou contra a proibição, num país em que o governo explora outros tipos de jogo. Mas que se joga abertamente no Rio de Janeiro, ninguém pode negar. Negá-lo, aliás, seria um bom palpite para o avestruz, bicho que corresponde ao número 1 e às dezenas 04, 03, 02 e 01. Façam seus jogos, senhores e senhoras.

01-03-1967

A bolsa e a vida

LEBLON, quarta-feira, sete horas da noite. A correria começa na rua Cupertino Durão e vai acabar lá para os lados da praia do Pinto. Uma senhora ia tranqüila para casa, quando um adolescente lhe tomou a bolsa e saiu correndo.

Alguns minutos depois, num bar, quatro ou cinco homens comentaram o acontecimento. Vou anotando as observações:

– Eu já não me emociono com isso. Dou só uma olhada e volto para a minha mesa. Afinal de contas, isso acontece quase todos os dias.

– Coitado, o garoto está com fome. Ele tem que arranjar dinheiro para comer. É muito grande a tentação: a bolsa na mão da madame, a rua quase deserta.

– O pessoal da polícia reclama que, quando eles vão dar bolos de palmatória nesses meninos, sempre chega o Juiz de Menores. Outra coisa que eles não compreendem é que o retrato desses garotos não possa sair nos jornais.

– Outro dia, uma amiga minha ficou sem a bolsa. Ela disse: "O dinheiro até que não tem importância. O chato são os meus documentos, que também estavam lá dentro". Então nós fomos à praia do Pinto e acabamos encontrando o diabo da bolsa no meio do mato. Ela ficou feliz.

– Você pega um menino de quinze, dezesseis anos, na hora exata em que ele ia apanhar uma bolsa. Na delegacia, a mãe dele acaba aparecendo e começa a chorar: que ela é pobre, que sempre pediu ao filho para ter juízo. Tudo fingimento.

– Coitada, ela tem mesmo que fazer vista grossa. Quando a barriga está roncando a gente deixa de levar certas coisas em consideração. De repente o filho aparece com dinheiro, e ela finge que não sabe de onde veio a sorte grande. É humano.

– O problema da favela da praia do Pinto, segundo me disseram, é ser uma favela plana. Se fosse um morro, seria mais fácil pegar o delinqüente. Ele ficaria visível, durante toda a fuga, para aqueles que estivessem em baixo. Já na praia do Pinto, é só chegar e desaparecer. A solução seria cercar aquilo, deixando apenas uma ou duas passagens.

– Mas assim ficaria parecendo campo de concentração, não é mesmo? Além disso, não vamos botar a culpa naquela comunidade de favelados. Muitos desses garotos podem muito bem morar em outros lugares, outras favelas...

– É. Isso apenas prejudica o bom nome do Leblon.

– Vocês querem saber de uma coisa? Eu acho até divertida essa guerra permanente entre os meninos pobres e a classe média, em sua porção mais frágil. Menino contra mulher. Fome contra dinheiro curto.

– Você diz isso porque não leva em consideração que eles estão crescendo. Quero ver o que você vai dizer quando esses meninos arranjarem um revólver.

– É mesmo. Não vai ser sopa, não.

14-04-1967

Almoço

MINHA INTENÇÃO era só entrar no Palácio Guanabara quando fosse para assumir o poder. Tenho minhas idéias a respeito de como esburacar cidades, deixar as ruas despoliciadas e providenciar para que os automóveis fiquem impossibilitados de arrancar. Mas as eleições demoram, não é do meu feitio chegar ao governo por meio da força, e principalmente alguns amigos meus foram convidados a almoçar com o governador. Havia um lugar vago na mesa, alguém sugeriu que me chamassem para sentar lá. Sentei.

O Palácio Guanabara é um belo edifício cor de creme cujas portas se abrem para um amplo e maravilhoso parque. Um dos comensais, Carlos, cujas costeletas grisalhas eu via pela primeira vez, me disse que esse palácio tinha sido o dote da Princesa Isabel quando se casou com o Conde d'Eu e havia custado 800 contos. Depois disso fomos para o pequeno salão de refeições, muito simples e confortável, e nos serviram peixe e galinha. Come-se bem no Palácio Guanabara.

O governador Negrão de Lima, na cabeceira, comanda uma conversinha mineira, calma, rolando ao sabor das alternativas da própria fala. Nosso governador é um homem com uma faixa de cabelos brancos no alto da cabeça – e enquanto fala, distraidamente, destrói pedaços do pão que tem ao alcance da mão. Somos oito jornalistas e estamos interessados em saber como vai nossa cidade. Vai mais ou menos. Não há dinheiro no caixa. Mas estão fazendo coisas. A rua Frei Caneca desapareceu do mapa, as transversais que conduzem à Salvador de Sá também já sumiram, mas tudo isso são coisas da Light e da Telefônica. O problema das favelas deve ser resolvido a longo prazo, tendo em vista a situação especial dos favelados, pois não se pode, num passe de mágica, removê-los para longe de seus locais de trabalho. A ponte

Rio-Niterói é mais federal que estadual: o túnel é que será construído por iniciativa do estado. As feiras-livres, naturalmente, prejudicam o trânsito, tornam a cidade mais feia e mais suja, e mais cedo ou mais tarde serão extintas – se bem que as donas-de-casa, em surpreendente maioria, se manifestem contra essa medida.

Na maciota, o governador vai-nos mostrando as vantagens de pertencer ao PRP – Partido das Relações Pessoais. Êta conversinha boa de fato! Se isto não fosse um palácio, o dia não fosse útil e o anfitrião não tivesse que cuidar de uma porção de problemas, bem poderíamos ficar ali ao longo da tarde, como sucede nas casas habitadas pela boa gente de Minas. Um cafezinho agora, outro daqui a pouco, e lá iríamos nós gestando o nosso precioso tempo numa tarefa verdadeiramente útil. Esses mineiros são de amargar. Tenho a impressão de que o sr. Negrão de Lima poderia ser definido como "um Otto Lara Resende sem bigode".

Terminou o almoço. Boa tarde, sr. governador, muito obrigado, tome conta da cidade que ela está em pandarecos, cuide bem da paisagem porque os homens do FMI estão chegando.

Heron Domingues me dá uma carona, e no caminho – escravos que somos da cordialidade – começo a rir pois me invade a suspeita de que Otto Lara Resende não usa bigode.

27-08-1967

A arte de paquerar

TENHO um primo, Robertinho, bonitão, solteiro e rico, que bem merece o título de rei da paquera na Zona Sul. Do Leme ao Leblon, dois brotos em dez, uma balzaquiana em cinco, quatro coroas em sete já passaram pelo crivo amoroso desse infatigável caçador. Nada mais natural, portanto, do que consultá-lo, nesse grave momento em que os policiais da terceira sub-seção de Vigilância estão dispostos a moralizar a paquera. Esses senhores, conforme vocês sabem, andam observando e, quando necessário, punindo os galanteadores de Copacabana. Para eles, gracejos grosseiros e propostas indecorosas constituem delitos de primeira ordem, em pé de igualdade com os assaltos à mão armada, golpes do suadouro e homicídios qualificados. Pedi a opinião de Robertinho e ele me enviou o bilhete que transcrevo a seguir, e que espero edifique tanto os policiais quanto os paqueradores:

"Meu caro primo: a paquera, ou arte de paquerar, tem sua origem na palavra paqueiro, que qualifica o cão que sabe caçar pacas. Ora, quem não tem cão caça com gato; e quem não vive no mato procura presas mais saborosas. A paquera é uma escaramuça verbal de efeito fulminante. Aproximar-se de uma bonita desconhecida, passar-lhe uma boa conversa e conseguir o seu coração, é considerado mais difícil e tão fascinante quanto destruir os aviões árabes antes que os mesmos se ergam do solo.

Só há dois tipos de paquerador: o motorizado e o de esquina. (Eu, modéstia à parte, acumulo). O motorizado encosta o automóvel na calçada da avenida Atlântica e segue docemente a sua vítima, dizendo-lhe coisas interessantes e fazendo discretos convites. Assim:

– Meu bem, você é a coisa mais linda que existe na orla marítima, em pé de igualdade com o farol da ilha Rasa e com o próprio mar...

Você, tão lourinha e andando a pé, em 1967! Não seria melhor dar uma volta no meu carango? Pode fingir que não está gostando, beleza... Eu seguirei você até o fim da rua, até o fim dos tempos, até o meu apartamento...

– Ah, não amola! – diz ela, quase correndo, quase atravessando a rua e assim arriscando a sua preciosa existência. Mas quando elas dizem "não amola" o contato foi estabelecido; o resto é uma questão de paciência e sorriso.

Já o paquerador de esquina funciona, em geral, na esquina de Copacabana com Santa Clara. Entre três e seis horas da tarde, ali encontramos a própria meca da paquera, a verdadeira esquina do pecado. O paquerador fica parado a contemplá-las – dezenas, centenas, milhares de mulheres lindas, de todas as idades que vão e vêm na calçada, fazendo compras, olhando vitrines, tomando sorvete, estudando os cartazes dos cinemas antes de se decidirem por um filme. O paquerador escolhe a sua vítima, fita-a demorada e insolentemente, dá-lhe cinco metros de vantagem e se põe, calmamente, friamente, inexoravelmente, a persegui-la. Quando finalmente se encontram lado a lado, ele faz menção de ultrapassá-la, ocasião em que deixa cair uma frase qualquer, quase inaudível, mas que fica na orelha desejada, como um formigamento ou a recordação de um besouro. Assim:

– Há muito tempo não vejo um tipo de mulher tão selvagem...

Ela naturalmente fica interessada em saber o que é que há em si de tão selvagem; vai andando, já voando nas asas do sonho, quando o paquera diminui o passo e espera que ela se aproxime. Neste momento, sem encará-la mas andando ao seu lado, como se não a visse nem desejasse, ele despeja tudo o que aprendeu em anos e anos de exercício da paquera em horário integral.

– Pensando bem, formamos um belo casal... No meu horóscopo estava escrito que hoje à tarde eu iria emparelhar com a mulher da minha vida... Por falar em horóscopo, eu sou virgem... E você?

O problema é colocar os problemas na cuca da moça. Fazer ela pensar. Criar interrogações em seu espírito e pequenos sustos em seu coração.

O resto é... silêncio. Mas tão entrecortado de suspiros!"

27-08-1967

Improviso em Copacabana

QUANDO amanhece depois de um aguaceiro, os pescadores do Posto 6 puxam a rede com os pés enfiados na areia molhada, e o mar e o céu também parecem molhados. Lá vai o leiteiro empurrando a carrocinha, descalço e com as pernas das calças arregaçadas até os joelhos. No Leme os velhos já estão tomando banho de mar; e na outra extremidade do arco de cimento armado, em frente ao Forte de Copacabana, as sentinelas fatigadas se rendem. Se você vive sem destino, dormindo durante o dia em pequenos hotéis escolhidos ao acaso e avançando ao entardecer para dentro da noite que é uma festa e também uma espécie de suicídio, então a hora mais bonita é esta em que as janelas se abrem e numerosas, tristes pessoas começam, nas ruas, a andar em todas as direções, movidas pelas mais extravagantes necessidades. Se você fosse leiteiro – e é esta a sua nostalgia – você teria que pegar um trem lá longe, numa estação cheirando a urina, e depois você viria sacolejando num vagão cujo odor natural é também o da urina dos homens, e depois pegaria um ônibus e nele avançaria para dentro da manhã dos ricos adormecidos e das belas adormecidas nos braços dos ricos, e seguiria com a sua carrocinha tilintante, ao longo do mar, isso depois de arregaçar as calças até os joelhos, como deve fazer um bom leiteiro. Depois disso você comeria feijão com arroz na marmita, e depois disso você seguiria no mesmo trem para a mesma estação malcheirosa, e dormiria nos braços da sua mal cheirosa mulher, até ser acordado pelo velho grito imperioso de uma locomotiva ao longe, e para dentro desse mundo de estações fedorentas em que os leiteiros hão de ser lançados para todo o sempre pelos gritos imperiosos. Então você seria um homem, meu filho, e poderia morrer num desastre ferroviário com a satisfação de ter cumprido o seu dever, e seria enterrado num desses cemitérios que cheiram a urina, exclusivos de leiteiros, em vez de ficar assim andando ao longo do úmido amanhecer, sem saber para onde ir. E se você tivesse nascido um simples vagalume do Metro Copacabana seria igualmente sensacional; e se você tivesse nascido de qualquer outro jeito também seria bem melhor; e, finalmente, está na hora de procurar um desses hotéis bolorentos em que as prostitutas de calçada se refugiam com os paraibanos da construção civil, e em cujos lençóis adocicados os andarilhos de uma espécie em vias de extinção se esquecem de si.

09-09-1967

Zona Sul de A a Z

ATLÂNTICA *(avenida)* – Seis quilômetros de biquínis estrategicamente protegidos por dois fortes militares.

Antonio's – restaurante ao qual todo mundo começou a ir a partir do momento em que deixou de ter mesa vaga. Quem consegue sentar no Antonio's não entende nada de Antonio's.

Alvaro's – Alternativa para o mencionado Antonio's. Meio botequim e restaurante. Os alcóolatras bebem do lado de fora, num balcão bem bolado.

Biquíni – Duas tiras de pano recheadas de mulher.

Bateau – Clube fechado que vive aberto.

Bistrot – Restaurante caro com nome de restaurante barato.

Barbarella – Boutique subversiva, onde Tanit Galdeano ministra aulas de guerrilhas e Tânia Caldas vende metralhadoras vip.

Boliche – Arte de derrubar garrafas sem ficar bêbado.

Barata Ribeiro – Uma rua na qual cada prédio poderia abrigar a população do Sergipe.

Copacabana – Bairro que abre às sete da manhã e fecha às sete da manhã seguinte. Seu nome é Copa porque a maioria de seus edifícios têm copa mas não tem cozinha; e Cabana porque esses mesmos edifícios são verdadeiras cabanas de cimento armado.

Cinema Novo – Quinze intelectuais embevecidos na platéia.

Chuva – Desfaz em janeiro o que o governo fez no resto do ano.

Chope – Cerveja com pressão. Chinite (do alemão *schnitt*): chope em minissaia.

Carnaby Street – Aquilo que a Visconde de Pirajá gostaria de ser.

Carnaval – Quatro dias do ano em que os bôemios amadores se divertem. Os profissionais descansam.

Esquerda festiva – Jovens rebeldes que quando vão ao teatro acreditam estar ajudando a derrubar o governo. Quando vão ao cinema, idem. Nos bares, a mesma coisa. Em Petrópolis, sentem-se na Sierra Maestra.

Fossa – Um chato em crise existencial.

Genial – Na Zona Sul, qualquer coisa excepcionalmente boa, ótima, muito boa, mais ou menos ou péssima.

Hugo Bidet – Escrevente juramentado, Miss Brasil por um dia – durante o desfile do bloco do Jaguar. Recebe cartas de mulatas saudosas em vilegiatura pela Europa.

Homo Copacabanensis – Sujeito que prefere morrer a atravessar o Túnel Novo.

Ipanema – Habitat natural das mais belas garotas do mundo. Região mitológica inventada por Vinicius de Moraes e Tom Jobim. Lugar avançadinho.

Jangadeiros – Bar que, aos domingos, fica atravessado entre a intenção e a praia. Resultado: a praia vazia e o bar superlotado de banhistas.

Jaguar – Humorista que só leva a sério os bailes realizados em gafieiras.

Leblon – Bairro que livrou Ipanema do trabalho de ir até a Gávea. As empregadas domésticas pronunciam "Lebrão".

Lar – O lugar onde você faz tudo para não voltar para lá.

Leão-de-chácara – Profissional encarregado de convencer o freguês de que este não tem razão.

Leme – Por motivos desconhecidos, foi o lugar escolhido como ponto final do ônibus que vem de Triagem.

Lima – Discotecário do Sachinha's. Toda noite inventa uma bossa diferente. Proprietário do único automóvel psicodélico do mundo.

Mário – Restaurante da Ataulfo de Paiva, apreciado pelas iguarias que serve, pela gentileza do *maître* e, sobretudo, pela beleza da discotecária. Freqüentá-lo amiúde significa que o freguês teve um bom aumento de salário ou assinou um contrato particularmente vantajoso.

Montenegro – Uma rua de Ipanema que desemboca num pedaço de praia.[10] Nesse pedaço de praia, a partir de duas da tarde, amontoam-se artistas, grã-finos, garotas espetaculares, boêmios, enfim, toda a fauna

[10] Atualmente rua Vinicius de Moraes.

que, por obrigação profissional ou simples esnobismo, não dorme a não ser quando o sol aparece. São pessoas que nunca pagaram uma entrada de teatro porque são invariavelmente convidadas para a pré-estréia.

Mulher – Preocupação principal dos homens da Zona Sul. Mulher Alheia: a mais desejada das mulheres.

Minissaia – A maior descoberta do século. Mais importante que a locomotiva a vapor e o tílburi.

Miéle (Luis Carlos) – Ronaldo Bôscoli com as barbas de molho.

Miramar – No bar do hotel é possível paquerar garotas de todas as partes do mundo.

Neurose – Estado normal dos habitantes da Zona Sul. "Ela é neurótica às pampas" significa o mesmo que "Mas que garota interessante!"

New Jirau – Está cheio quando o Bateau está vazio e vice-versa. Às vezes empatam.

Nino – Ponto de encontro dos sócios beneméritos do Vasco da Gama.

Noite (vida noturna) – Indústria de ilusões (e desilusões), posta em funcionamento por um batalhão de *maîtres*, garçons, cozinheiros, porteiros, faxineiros, cigarreiras, pistoleiras, cantores, discotecários, floristas, guardadores de automóveis e choferes de táxi. Aqueles que trabalham de dia ignoram, por egoísmo, que a utilidade dessa indústria é alimentar, divertir e consolar um outro batalhão de pessoas que trabalham de noite (jornalistas, artistas de teatro e televisão, viajantes sem companhia, portadores de insônia crônica, empresários à procura de talento, homens de negócios que viajam de madrugada e sobretudo maridos enganados, noivos abandonados, casais em bodas de prata, namoradinhos que dançando se aproximam...). Fábrica de ilusões, disse eu – mas que sendo fechada em si mesma, resulta menos perniciosa do que certos programas de televisão.

Ócio – Preguiça bem remunerada.

Opinião – Aquilo que a esquerda festiva pensa.

Onda – Penachos do oceano. Mentira, boato (Isto é onda). Programa de determinada turma: "Eu também estou nessa onda".

Paissandu – Cinema de arte. Eufemismo que permite a entrada de menores.

Papo furado – Conversa desagradável com um chato que, por qualquer motivo, não se conseguiu evitar.

Paquera – Arte de abordar desconhecidas

Pendura – Maneira simbólica de pagar a despesa.

Psicanalista – Sujeito que ganha um dinheirão para fingir que não está interessado no que o cliente lhe diz.

Pub – Pequeno bar que fica no Leme, administrado pela suave cantora Walesca. Frequentado por compositores e cantores tímidos que fundaram a Pontifícia Universidade dos Boêmios – e que confessam-no de bom grado, ali cultivam uma fossa sem fim.

Podre – Qualidade suprema de alguma coisa. Podre de rico, podre de chique.

Ricardo Amaral – Gordo, de óculos, sorridente, malicioso, tomou conta da noite da Lagoa e invadirá Ipanema ainda este mês, reabrindo o Zeppelim de saudosa memória. Tem um tino artístico e comercial fora do comum.

Rio de Janeiro – Cidade que começa no Túnel Novo e termina no Leblon.

Serpentina – Garganta de boêmio. Ele chega ao bar e pede "um chinite para lavar a serpentina".

Sacha's – Na intimidade, Sachinha's. Divide com o Zunzum e o Bateau o domínio da noite psicodélica. Na parede são projetados slides audaciosos, com nus, paisagens.

Sucata – Segundo Carlinhos Niemeyer, lugar ideal para um baile pré-carnavalesco.

Surf – Jangada de playboy.

Tom – (Antonio Carlos Jobim) – Testemunha ocular do célebre encontro de Irene Singery e Frank Sinatra.

Tarso de Castro – Rapsodo do célebre encontro acima mencionado.

Teresa Sousa Campos – Considerara a mulher de maior classe, e de presença magnética, nos círculos mundanos cariocas.

Veloso – Bar em Ipanema. Antigo Bar Montenegro, atual Garota de Ipanema. Mas todos o conhecem por Veloso. Recentemente mudou de dono, o serviço piorou, mas ainda recebe, ao entardecer, os chamados boêmios "da pesada".

Visconde de Pirajá – Uma rua chamada pecado. É o rio de asfalto que atravessa Ipanema. O Sena dos pobres. O Zeppelim fica na *rive gauche*. O Jangadeiros, na *rive droite*.

Viagem – Mergulho para dentro de si mesmo, propiciado pelo LSD. Moda na Califórnia. No Brasil é apenas um nome.

Ziraldo – Cidadão que tem uma luneta com a qual surpreende as vizinhas incautas. Autor da capa de um excelente livro intitulado *A revolução das bonecas*.

Zeppelim – Cervejaria tradicional da rua Visconde de Pirajá. Atualmente tem sua freguesia renovada pelos jovens cineastas, atrizes e atores. Convém gostar de Jean-Luc Godard e Glauber Rocha

Zunzum – A boate de Paulinho Soledade continua navegando firme. As luzes perturbam e embriagam. O som é capaz de enlouquecer qualquer coroa.

22-12-1967

Quando entardece

AO ENTARDECER no Leblon, as meninas passeiam. Na calçada elas riem, correm, brincam com os meninos que passam de bicicleta. Uma delas, sempre de minissaia e miniblusa, destaca-se das colegas porque, visivelmente, está sofrendo a nostalgia da própria meninice. A eclosão dos seios – catástrofe macia – torna-a obsoleta em meio às canções de roda.

Há também uma loja de roupas na qual nunca ninguém entrou. Muita gente, passando, dá uma espiada na vitrine, mas entrar ninguém entra. Todos os dias a dona da loja abre o estabelecimento e fica à espera dos fregueses que não virão. Tem até uma jovem comerciária que, quando já vai escurecendo, recolhe o toldo de lona verde. É que a loja abre e fecha como se fosse uma verdadeira loja; mas entrar ninguém entra.

Temos também um senhor muito velho, mas muito velho mesmo, com os cabelos todos brancos e tão magrinho, coitado. Ele aparece na porta do prédio com aquelas calças pretas que caberiam dois velhinhos lá dentro, e os suspensórios. E o velhinho vai andando assim, feito um bonequinho de corda, vai até a esquina, cumprimenta o jornaleiro e volta. Parece que lhe dão corda todas as tardes, para ele fazer êsse passeio absurdo de vinte metros – o equivalente de uma viagem de ida e volta à lua, já que lhe faltam todos os requisitos para continuar existindo. Ele já tem o nariz afilado dos mortos, e seu hálito gelado pede, com urgência, uma chuva de pétalas de rosas. Coitadinho, tão velhinho e ainda não sabe morrer.

Temos também as moças de biquíni que vão ao banco descontar cheques. São moças daquele tipo que só se fabrica atualmente, com aquela penugem dourada em torno do umbigo. Os cabelos molhados, enferrujados pelo sal.

Temos também a jovem senhora, mãe de duas crianças, que sempre muito bem vestida vai comprar coisas no supermercado. Seria igual às outras, se não fora uma tristeza especial. Ela não olha para ninguém, não sorri, carrega os seus filhos com uma indiferença ou languidez peculiar. Em nossa gíria de boêmios, ela é "a mulher de um homem só".

Temos a negra de pele luzidia, dentes alvíssimos, sempre bêbada, com aquele riso idiota num rosto tão bonito. Toma banho de mar de vestido e tudo, e depois vem cambaleando com a roupa colada à pele.

Os homens de paletó e gravata vão chegando da cidade. "A cidade está um inferno", declaram eles. E pedem uísque. E telefonam para aquelas antigas mulheres que já nem se lembram deles, aquelas mulheres para as quais a gente telefona em desespero de causa.

Quando entardece nós temos todas essas coisas, e ainda outras.

31-01-1969

A lógica dos cariocas

QUEM DISSE que o carioca é surrealista está muito enganado. Somos o povo mais racional que existe. Para tudo temos uma explicação lógica, fundada em fatos rigorosamente verificados e comparados. E para prová-los vou dar alguns exemplos, colhidos ao acaso nos jornais, todos os dias.

Quando faz calor e falta água, é porque o povo anda tomando dois a três banhos por dia, a fim de atenuar os efeitos da canícula. Quando chove muito e falta água, é porque a violência das chuvas arrebentou a represa.

Se há um grande engarrafamento, a culpa é dos buracos abertos para melhorar a rede elétrica. Dizem os céticos: o melhoramento da rede elétrica não vai terminar nunca, pois os buracos são cavados com uma lerdeza impressionante. Está certo. Mas não se trata de desleixo, e sim de espírito público. As obras de melhoramento da rede elétrica foram paralisadas para que o problema do engarrafamento possa ser resolvido de uma vez por todas.

Os morros desabam porque a falta de árvores ocasionou a modificação (para pior) das condições geológicas do terreno. Ninguém nunca plantou árvores nos morros por falta de verbas. Não há verbas porque estas foram desviadas para o programa de reeducação dos presidiários.

Quando a tempestade destroça os principais centros de distribuição de energia elétrica, é lógico que falta luz durante algumas horas e mesmo durante alguns dias. Mas pode acontecer também que estejamos no outono, ou no inverno: então, as manhãs mais curtas e as noites mais longas ocasionam o chamado fenômeno de desmoralização do sistema distribuidor de energia elétrica. Os cariocas passam a acender a luz às quatro horas da tarde e só vão apagá-las às sete da manhã seguinte. O aumento do consumo provoca, automaticamente a diminuição do produto.

Pedestres são atropelados aos montes nas pistas do Aterro? Mas, meus senhores, que culpa tenho eu se os pedestres não gostam de utilizar as passagens para pedestres?

Os bancos estão sendo assaltados porque os banqueiros ainda não organizaram um sistema de policiamento interno. Quanto ao policiamento externo (público), não existe por falta de homens, verbas e material.

Aumentou o preço dos produtos hortigranjeiros? Mas meu Deus, era a única solução para minorar o sofrimento dos produtores, prejudicados pelo excesso de chuva e de sol – e portanto em permanente estado de prejuízo.

Não há epidemia de gripe na cidade. Mas, doutor, eu estou gripadíssimo!

– Também, pudera. Quem mandou permitirem a entrada no Rio daquele cidadão que chegou ontem de Hong Kong e que foi visto espirrando no Galeão. A culpa é das autoridades alfandegárias.

28-03-1969

Sábado

ESTOU SOFRENDO uma pressão dos diabos. Os flamenguistas querem que eu volte a torcer pelo Flamengo. Dizem eles que tenho tudo para ser rubro-negro. Acontece que fui um fã ardoroso do mais querido até os 19 anos de idade. Nessa época me libertei de todas as crenças e paixões adquiridas por inoculação. Fiquei sem Deus e sem time. E num domingo, em frente ao cinema Metro Copacabana, descobri que a minha sina era botafoguense.

Uma vez Flamengo, sempre Flamengo. Assim diz o hino e assim gritam aqueles que desejam me reconverter, e que são numerosos. Resisto. Mas é num fusca com quatro flamenguistas que vou ao Maracanã, sábado à noite. Tomamos posição lá em cima, perto da cervejaria. Flamengo e Bonsucesso começam a jogar. À minha esquerda uma multidão de bandeiras rubro-negras se agitam. Anoto o que todos já sabem, mas que não foi ainda escrito: determinado palavrão se incorporou à linguagem popular. Pessoas de ambos os sexos e de todas as idades entoam em coro a palavra outrora proibida.

Primeiro gol do Flamengo: Onça. Sou abraçado pelo meu amigo Válter, como se fosse eu o autor do tento. Biguá, Bria e Jaime, recorda um menino dentro de mim. Devo esclarecer que, embora botafoguense, nunca torci contra o Flamengo. A camisa de listras prêtas e vermelhas ainda me dizem alguma coisa. Segundo gol: Dionísio. Desta vez o aliciamento se torna quase irresistível. Carlos Henrique do Amaral Peixoto sobe quatro degraus entre as cadeiras especiais e me envolve num abraço entusiasmado. A vitória sorri ao Flamengo, graças a dois gols feitos por mim.

Mas agora chegou a vez do Botafogo. Como joga bem o meu time! Os jogadores do Bangu parecem desarvorados. Vencemos por seis a zero, estamos fartos de gols. Em geral o craque tem carinho pela bola; Gérson não, Gérson lhe tem respeito. Ele sabe que ela não gosta de correr em vão. E assim Gérson a encaminha sempre para o gol, seu destino.

Terminou. Vamos agora a toda velocidade na direção das pernas de Maysa. O Canecão sábado à noite tem quase tanta gente quanto a capital do Piauí. Maysa de longas pernas magras dentro de meias pretas, Maysa está cantando e ninguém ouve nada. Logo que ela pronuncia o primeiro verso de qualquer canção, o público se põe a aplaudir delirantemente. Sábado é justamente um bom dia para observar a platéia heterogênea do Canecão – famílias inteiras bebendo cerveja e batendo palma. Os pais de família da classe média perdem por um instante a compostura, sobem nas cadeiras, gritam: "É a maior!" "Nosso barraco no morro do Salgueiro tinha o cantar alegre de um viveiro..." As palmas ensurdecem o imenso recinto. O povo está feliz porque Maysa lhe ofereceu uma canção antiga, alguma coisa que ele conhece e estima, que inflama as suas recordações mais agradáveis. Eles é que são o espetáculo, de modo que terça-feira, finalmente, iremos ouvir Maysa.

27-05-1969

Domingo no Maracanã

ESTA É UMA semana essencialmente futebolística. A grande preocupação da cidade é saber quem vencerá domingo – Flamengo? Botafogo? Os amigos mais chegados se desentendem nas fábricas, nos escritórios, nos colégios, nos bares. Tudo é motivo para discussão. Sendo o Botafogo candidato ao título de tricampeão, todas as demais torcidas estão contra ele. Se o bicampeonato já era uma forma de ser antipático, imaginem o tri.

Conta o Flamengo com um goleiro teoricamente inexpugnável e com dois atacantes aguerridos e inteligentes, Fio e Doval. O Botafogo tem uma orquestra regida pelo maestro Gerson, no qual o instrumento mais dissonante é Paulo César, porque ninguém consegue acompanhá-lo no entusiasmo, na velocidade e na eficiência.

Vale a pena ir domingo ao Maracanã, nem que seja só para apreciar o confronto das duas torcidas. Em noventa por cento do estádio se agitarão as imensas bandeiras rubro-negras, tricolores, as cruzes de malta – a multidão compacta unida não propriamente a favor do Flamengo, mas contra o Botafogo. Contudo, com dez por cento de espaço e de adeptos, o Botafogo forma também a sua multidão, igualmente fanática, neuroticamente subjugada pela estrela solitária.

Dois campeonatos do mundo, com Didi, Garrincha, Zagalo, Nilton Santos, acenderam em uma geração inteira a chama botafoguense. E assim nós temos uma torcida jovem, salpicada de mulheres bonitas. Em quantidade o Flamengo ganha fácil, mas em qualidade o páreo tem sido duro. Mesmo nas gerais, onde ficam os torcedores pobres, é cada vez maior o número de bandeiras alvinegras.

Constituindo ele próprio um espetáculo à parte, Sua Excelência o juiz Armando Marques será provavelmente o homem encarregado de disciplinar a partida. Sua autoridade em campo se afirma com rigor nunca visto nesta cidade inconstante, improvisada, anárquica. E nas arquibancadas o povo manifesta por ele uma admiração amedrontada, se bem que de vez em quando esse medo se transforma em grotesco desafio. Por causa de Armando Marques e das lendas que o cercam, uma nova palavra se incorporou aos gritos irracionais do Maracanã.

A febre carioca se manifesta num episódio vivido pelo caricaturista Otelo Caçador. Nas segundas-feiras, Otelo faz a crônica humorística do campeonato. Mas no seu coração irreverente há um cantinho sério, ardente – a sede do Flamengo. Fiel à sua paixão, Otelo resolveu secar o Botafogo. Quer isso dizer que ele está desenhando os craques do Botafogo envolvidos pela faixa do tricampeonato. Segunda-feira passada, essa honra coube a Gérson. Mas ao pé do desenho havia um trevo de quatro folhas cuja autoria não era de Otelo. Este se dirigiu, furioso, ao homem que faz os clichês, seu amigo de todas as horas – menos nas horas em que se decide o campeonato.

– Como é que é? – disse Otelo – Estão brotando trevos nos meus desenhos?

– Pois é, respondeu o outro, cujo nome é Nélson. O senhor está querendo secar o meu time, mas eu com aquele trevo de quatro folhas neutralizo qualquer feitiço.

Nélson é botafoguense doente.

31-05-1969

Uma loura especial e um homem geral

JOGA O FLUMINENSE contra o Bonsucesso. Uma loura meio maluca (atualmente quase todas as louras andam meio malucas) me empresta o seu rádio de pilha. Enquanto escuto o palavreado complexo do locutor, ela põe cerveja no meu copo.

Gol do Fluminense. Os estandartes tricolores se agitam, rojões explodem na tarde clara. A loura comemora a festa com os braços erguidos, tão esquecida de si que dois botões na camisa se soltam, ela possui seios gorduchinhos. Estou sentado, sereno, com o copo na mão: atividade suspeita, seguramente, pois eis que a loura me interpela:

– Como é? Você não festeja não? Qual é o seu time?

– Botafogo.

Ela fica transtornada ante essa informação.

– Ah, mas você não é Fluminense? Então o que é que está fazendo aqui? Não quero mais você aqui perto de mim, não.

Nas mãos gorduchinhas ela aprisiona a minha mão esquerda, na qual rapidamente enterra suas unhas, continuando a falar:

– Vai torcer pelo Fluminense ou não vai? Diga logo. Vai torcer pelo Fluminense ou não vai?

– Está bem, vou – respondo sem convicção. Na minha mão libertada as unhas da loura estão impressas. Em compensação ganho um beijo meio maluco e mais um copo de cerveja. Agora a loura ergue a garrafa para beber no gargalo.

Estamos nas cadeiras especiais – um amontoado colorido de moças bonitas, crianças com bandeirinhas e homens nervosos. Lá em cima, no bar, a turma do Jovem Flu discute com um aguerrido flamenguista. O Fluminense fez o gol número dois, a loura não quer mais saber de futebol.

Vasco e Flamengo no gramado. As duas torcidas deliram. A massa rubro-negra ocupa mais da metade do estádio, e suas bandeiras são cada vez maiores. Um urubu se lança num vôo infeliz, suas asas foram mutiladas, ele tomba na grama e se arrasta, capenga, desorientado. Imagino a humilhação do pobre animal, encerrado nesse gigantesco anel formado pelos outros animais, os inteligentes, que produzem um barulho assustador.

Gol do Vasco. O silêncio da torcida rubro-negra inquieta e entristece aqueles que amam outro clube. Sente-se que a vida se tornaria melhor para todo mundo se o Flamengo ganhasse sempre. Observemos, por exemplo, aquele mulato anônimo, perdido na multidão humilde das gerais. O único tesouro que lhe coube, na partilha injusta destes tempos, foi aquela paixão insana, imortal, pelo Flamengo. Domingo ele viaja em pé num vagão cercado por todos os lados pelos seus iguais, os flameguistas. Está em casa; é o povo. No estádio continuará em pé, horas seguidas, esticando o pescoço para ver o que se passa lá em cima, no gramado.

Ninguém lhe pediu que assim procedesse; mas aquilo é uma troca e não um sacrifício sem sentido. A viagem desconfortável e a apreciação desconfortável do espetáculo têm o dom de transformá-lo em alguém. "Mengo! Mengo!" grita ele, e não está só. O vento da solidariedade arrepia sua espinha. Quando o Flamengo empata a partida, ele tem lágrimas nos olhos. Por que iria eu desejar a derrota do Flamengo, se a vitória é capaz de devolver àquele homem uma série de bens que lhe foram tirados? Se a sua vida atinge a máxima significação quando o Flamengo vence?

Terminou. A loura está quieta. O homem das gerais já vai saindo a caminho do trem. Domingo ele estará aqui de novo, à procura da esperança quase desmedida.

10-06-1969

Fla-Flu

DOMINGO ao meio-dia estou perdido numa rua do Leblon. O cara que ia me dar carona já se mandou. Acreditando piamente na minha capacidade de resolver, sem um gesto, qualquer problema teoricamente insolúvel, fico encostado num poste. E eis que as coisas entram nos eixos. Um automóvel roça o meio fio, vejo Roberto ao volante, ele pergunta: "Para onde você quer ir?" Respondo: "Para o Maracanã". Agora vejam como as coisas são simples Ele diz: "Então entra aqui que eu te levo", e me leva para o Country Club. No Country me transfere para um Volkswagen e seguimos afinal para o maior estádio do mundo.

No maior estádio do mundo sou anexado à turma de sábado: a Regina, o Marcos, a Maria Lúcia, o Bebeto, a Claude, o Carlos Henrique e o Claudinho. Hoje vou torcer pelo Flamengo, estou sentado junto à grande e esperançosa torcida rubro-negra. Sob o céu azul, o Botafogo joga um futebol tristonho com a Portuguesa.

Agora vai começar o espetáculo. Nunca houve nada igual no Maracanã, nem em parte alguma. Imensas bandeiras se agitam. Os torcedores do Fluminense desaparecem sob uma nuvem de pó-de-arroz. Os rojões se erguem numa trajetória de fogo, e os balões balouçam, titubeantes, sobre a multidão que neles lê o próximo desenrolar da partida.

O Fluminense ganha. O Flamengo empata. O Fluminense ganha. O juiz expulsa de campo o goleiro do Flamengo. Era só o que faltava para tornar inesquecível este anoitecer. Momentos antes, Domingues, o goleiro argentino que todos consideram excepcional, havia deixado as redes à mercê da bola. A bola foi quicando, brejeira, para dentro do gol. Sentado na grama, a cabeça entre as mãos, Domingues seria a própria imagem do desespero se já não tivéssemos visto essa mesma cena em jogo anterior. Desta vez a memória reconhece: ele está blefando. E como todo bom farsante, uma vez desmascarado, irá às últimas conseqüências na tentativa de restabelecer o domínio da mentira sobre os ingênuos. Ei-lo que atravessa o campo para insultar o juiz. Depois de engolir um frango, luta pela própria expulsão. Dir-se-ia um jogador do Fluminense.

O Flamengo empata. Um homem à minha frente chora. O Fluminense faz o terceiro gol. Alguém vai descendo os degraus de cimento e chegando ao mesmo lugar, observa: "O estádio está silencioso." A observação é feita num tom de pêsames. A alegria dos tricolores não dá para quebrar o silêncio compacto do estádio. Se ao menos a derrota fosse injusta, se o juiz fosse ladrão...

Uma festa como nunca houve termina num desalento sem igual. Mengo! Mengo! Perdemos este campeonato, mas no próximo... Já a esperança começa a agitar suas bandeirolas – o Flamengo, que há instantes era um time, volta a ser uma religião.

17-06-1969

O Jovem Flu suspenso na marquise

DOMINGO à tarde, no Maracanã. A porta do elevador se abriu no sexto andar e o Jovem Flu se dirigiu ao seu lugar de sempre, nas cadeiras especiais. No caminho, porém, caiu nas garras de um locutor esportivo, seu particular amigo.

– Jovem Flu, meu querido! Vem cá comigo. Vamos subir à marquise. Lá de cima faremos uma entevista.

– Você está maluco! – protestou o rapaz – Estou completamente descalibrado, e ainda por cima tenho vertigem de altura. Sem essa!

– Ora, deixe disso, meu chapa – insistiu o outro. – Hoje é a festa do Jovem Flu. Vai ser sensacional, nós dois conversando lá no alto, bem em cima da torcida tricolor.

O locutor se fazia acompanhar de dois auxiliares. Esses dois amigavelmente agarraram o Jovem Flu pelos braços e, enquanto o empurravam, diziam:

– Vamos lá, rapaz. Homem que é homem não tem medo. Você não é nosso amigo? Então: amigo tem que ajudar a gente a garantir o leite das crianças.

Com essa conversa macia, o Jovem Flu se deixou tanger para a marquise. Subiram uma escada, abriram uma portinhola e eis os quatro sobre a marquise. Quando viu aquela imensa estrada circular de cimento armado, com o céu por teto e a multidão a seus pés, o Jovem Flu fechou os olhos, agarrando-se fortemente à portinhola e gemendo:

– Pelo amor de Deus! A minha vertigem não é passiva, ela se manifesta na forma de uma compulsão! Um demônio dentro de mim tem fascinação pelo abismo! Meu analista cobra uma nota altíssima pela minha fobia! Quero descer!

– Que é isso, rapaz – disse paternalmente o locutor, abraçando-o. – Vem cá, vem. Olha, eu estou aqui em pé e não sinto nada.

– Mas eu sinto!

– Sente não. Vai ser um negócio rápido. Vamos andando até à beira da marquise, em cima da torcida pó-de-arroz. E vamos bater um papinho ligeiro, tá?

Encabulado, sentindo-se um covarde, o Jovem Flu se arrastou alguns metros na superfície dura. Só experimentava algum conforto quando seus pés se deixavam prender nas reentrâncias do cimento. O locutor começou a falar ao microfone:

– Prezados ouvintes, estamos no alto da marquise do colosso de cimento armado! Aos nossos pés se agitam milhares de bandeiras! Vou dar a palavra agora a um dos líderes do Jovem Flu – e disse o nome, conhecidíssimo – um desses rapazes que se tornaram um pouco responsáveis pela conquista do campeonato! Que é que você está achando dessa festa toda?

Sentado, de costas para o abismo, a mão escondendo os olhos, o Jovem Flu falou:

– É verdade, estou um pouco afobado. Avião eu tiro de letra, mas, num ambiente muito alto e aberto como este, perco o rebolado. Nós da Jovem Flu estamos felizes. Somos campeões, fomos a equipe mais regular em toda a campanha. Logo mais beberemos chope e começaremos a pensar no bi. Obrigado.

Da cabine de transmissão, o comentarista interfere:

– Um momento! Eu quero falar com ele!

– Pelo amor de Deus, não! – repeliu o coitado – Me deixem ir embora.

– Mas eu só quero fazer uma perguntinha. Em primeiro lugar, como flamenguista, quero dar os meus parabéns pela brilhante jornada. Agora eu gostaria de saber: que é que vocês farão, no caso de Flávio ser mandado de volta a São Paulo?

– Tocaremos fogo na sede!

– Grato. Era só isso que eu queria saber.

– Obrigado, Jovem Flu – prosseguiu o locutor – E agora nos encaminharemos para a beira da marquise, de onde se descortina o espetáculo deslumbrante, a grande festa que é o futebol brasileiro!

Locutor e auxiliares se dirigiram efetivamente para lá, deixando o Jovem Flu abandonado à própria sorte. Este, então, iniciou a dramática volta. De joelhos, em lamentável estado emocional, arrastou-se para a portinhola da salvação, a quase cem metros de distância. Foram esses os minutos mais penosos de sua existência.

Segunda-feira, bem cedinho, ele se deitou no sofá do analista e recomeçou aquele plá.

25-06-1969

O Solar da Fossa

PARA ONDE irão agora os artistas pobres, os provincianos, as meninas desquitadas? Quem escreverá a história do Solar da Fossa?

Essa estranha pensão surgiu ninguém sabe como, e agora desaparece de forma melancólica. Tinha sobre as antigas pensões do Catete a vantagem de constituir uma comunidade. Era o ponto de convergência daqueles que, todos os dias, desembarcam no Rio com a cara e a coragem. Nasceu simultaneamente com a expressão "fossa", fabricada em Ipanema para designar depressão, angústica, saudade, dor-de-cotovelo, falta de dinheiro, tédio. Jornalistas, escritores, compositores, cineastas encontravam ali um lar provisório – a transição entre a adolescência e a idade adulta, entre a província e a metrópole, entre a segurança e o desamparo. Era uma escola onde se aprendia a viver.

Acabou-se. Cumpriu-se a ordem de despejo. Meninos e meninas lutarão agora dispersos, cada qual para um lado, sem o consolo da solidariedade. Não mais passarão fome juntos, ao som de um violão, acariciados por uma canção nunca ouvida antes.

Boa gente, essa minha família! São os diferentes, os delicados, os sonhadores. Carecem de espírito prático. Desprezam o dinheiro. Pintando as unhas, sentada na cama, a garota famélica promete à companheira de Solar e de infortúnio: "Algum dia hei de ser a maior atriz do cinema brasileiro!" Enquanto isso, no pátio, dois rapazolas partilham o futuro: um deles será o maior romancista de todos os tempos, cabendo ao outro a glória na poesia.

São rostos que se destacam na multidão. Moralmente imprecisos, psicologicamente perturbados, sexualmente ambíguos. Nunca irão à lua por falta de disciplina; dentro de suas cabeças palpitam cérebros monstruosos, são corruptos e subversivos; esta é, pelo menos, a opinião corrente nas respectivas famílias. E contudo sofrem mais que a média, pois é no coração que examinam todas as coisas. São artistas no sentido amplo da palavra: verdadeiros artistas, ou vagabundos, hippies, suicidas em trânsito.

Em trens, navios e ônibus, eles chegam todos os dias. Na bagagem, uma esperança desmedida. Valentes, ambiciosos, grotescamente vaidosos... E nós, os mais velhos, sentimos na boca um sabor de morte. Ei-los que surgem, nossos substitutos! Estamos velhos, nossos sonhos quebraram-se, outras imaginações pedem passagem. Somos a desorganização estabelecida, eles querem fracassar de outra maneira.

"Valerá a pena?", perguntará um cético. Eles então articulam bem alto a voz do poeta: "Tudo vale a pena, se a alma não é pequena..."[11]

23-07-1969

[11] A ordem de despejo foi suspensa por um Juiz e a batalha judicial continuou até julho de 1970, quando o Solar foi desativado e seus 250 moradores despejados.

Vento e areia

ALI PELAS nove horas da noite, saindo do cinema na praça Nossa Senhora da Paz, fomos surpreendidos por uma noite fantástica. Um vento gelado rodopiava nas árvores; um redemoinho de poeira na calçada envolveu-nos por inteiro, batendo seco em minha boca e nos olhos. Conseguimos um táxi e dei ao chofer a direção do Leblon, entrando pela Prudente de Moraes. Mas ele seguiu na direção da praia, enquanto eu tentava inutilmente corrigir o trajeto: "Não é por aí... Era para dobrar à esquerda... Agora, não adianta mais... Vamos seguir em frente..." O homem se desculpou: "É melhor o senhor ir me ensinando mesmo, porque eu não trabalho por estes lados". Azar dele, conforme se verá, e sorte nossa.

Sorte nossa porque fomos apanhados no bojo do vendaval. Rodopiando em grande velocidade, o vento agitava o mar escuro e depois erguia em ondas sucessivas a areia, atirando sucessivos borrifos de areia contra tudo o que encontrava pela frente. Era ao mesmo tempo assustador e alegre e algo tristonho, como num conto de Katherine Mansfield. O impacto do vento no lado esquerdo do Volkswagen de quatro portas produzia o mesmo som poderoso e taciturno de vagas que se arrebentam a bombordo de um barco. E da mesmao forma o carro era empurrado para a direita, enquanto a areia, a despeito dos vidros fechados, se infiltrava pelas frestas que não víamos. O chofer avançava cauteloso, controlando com dificuldade o volante: e na sua ingenuidade cabocla fazia uma comparação inteiramente despropositada, embora perfeitamente de acordo com os seus sentimentos:

– Mas isto aqui até parece o deserto do Saara! É igualzinho a uma tempestada no deserto do Saara!

Ipanema estava linda, os lampiões tremelicantes, e eu sentia falta apenas de uma bela mulher apanhada de surpresa na calçada. Seria lindo vê-la, a lutar com as mãos contra o vestido que insistia em voar! E quando a lufada de longos cabelos cobrisse seu rosto, acrescentando uma nova camada de cegueira sobre os olhos já entrefechados pela areia, teria que soltar uma das mãos para puxar o cabelo do rosto, e então o vento triunfaria em um lado da perna, e veríamos a longa perna surgir por inteiro! Há quanto tempo eu não me sentia um adolescente!

Chegamos. Estávamos com os cabelos e as roupas cheios de poeira. Nessa hora o chofer descobriu que fora um grande azar entrar na rua errada.

– E agora o que é que eu vou dizer em casa! – queixou-se ele. – Essa maldita areia está toda pousada no meu couro cabeludo. Como é que eu vou explicar à patroa que não andei com outra mulher numa praia deserta?

Moral: quem casa com mulher ciumenta não deve entrar na rua errada.

Escrevo agora este croqui ao som da ventania, que literalmente ruge nas janelas. Ela mexe com os nervos, eletriza o espírito. Assustadora, alegre e tristonha como num conto de Katherine Mansfield.

–

P.S.: Ontem, pela manhã, soube pelos jornais que a ventania matou uma pessoa, feriu outras e destruiu um bocado de coisas. Mas me consolei pensando no chofer. A mulher dele há de ter ouvido o ar uivando na janela.

08-08-1969

Devemos demolir a avenida Atlântica?

FALANDO a *O Pasquim*, entre outras coisas, sobre a avenida Atlântica, Di Cavalcanti considerou-a uma monstruosidade. Disse que é uma falta de imaginação e de senso de perspectiva da paisagem construir uma rua infecta como aquela, onde para ir à praia se está sujeito ou a queimar os pés ou a ser atropelado. E no seu estilo crítico e irônico, acrescentou:

– Considero fazer obra na avenida Atlântcia sem nenhum propósito, pois sai mais barato botar toda aquela gente para fora e demolir tudo. Sou contra o alargamento, vai ser um negócio horroroso, pior do que é hoje. Sou contra a avenida Atlântica e não admito que se considere como um lugar de turismo. O turista deve se sentir cretinizado lá, uma rua estreita, mil carros passando, todo mundo aos pulinhos tentando atravessar para ir à praia, os hotéis horrorosos, não tem um restaurante na praia. Não tem nada, enfim, a avenida Atlântica devia ser fulminada.

Enquanto me divertia com essa sugestão catastrófica, julguei descobrir o fundamento do horror que Di Cavalcanti experimenta – e eu também. Copacabana inteira não é um bairro residencial, não foi feita para abrigar famílias. Trata-se da primeira falésia construída pela engenharia. E justamente por ter o aspecto de uma falésia, maciça e inóspita – milhares de pessoas moram lá, mas não vivem – Copacabana teria que redundar numa pista selvagem de asfalto. Para construir a avenida Atlântica seria necessário imaginar que os seus edifícios são ninhos de gaivotas, ou então que ali moram anjos com suas asinhas, capazes de alcançar o mar por via aérea. Aquilo não foi feito para o verão de seres humanos. Sob o sol, o asfalto derrete e você queima os pés; e tem que ir pulando, não só por causa da dor, mas também para se livrar dos automóveis que vão para o Leme e para o Posto 6, sem contar com os que desembocam nas ruas transversais. Se um estrangeiro me pedisse a prova de que não somos uma cidade humana, eu lhe mostraria tanto uma favela quanto Copacabana, indiferentemente.

Di Cavalcanti acha que com umas boas toneladas de dinamite o problema se resolve. Risca-se o bairro do mapa, transferindo a população para uma espécie de Vila Kennedy dos ricos. Essa utopia me agrada, mas sabemos que nunca será possível alcançá-la. Muito bem. Os projetos em estudo são todos monumentais – no papel.

Transformar a avenida Atlântica em outro Aterro do Flamengo equivale, a meu ver, a persistir no erro. Supõe uma cidade rodoviária, feita para você passar por ela em alta velocidade. As passarelas para pedestres testemunham de maneira gritante a vitória da selvageria, a suposição de que as ruas são para as máquinas.

Querendo bancar o humanista, muitas vezes ofereço um triste exemplo de mentalidade retrógrada. Azar, azia, azeite! Continuo achando que, com ou sem alargamento, a avenida Atlântica só merecerá a praia que tem no dia em que for proibida a circulação de veículos diante do mar. Ou então que os arquitetos imaginem um viaduto gigantesco, erguido acima dos arranha-céus, para uso de automobilistas... Ou, quem sabe, um metrô para automóveis?...

A atual filosofia, que reduz a problema de engenharia o que é na verdade uma questão de respeito pela vida humana, é que não pode continuar. A menos que o Rio de Janeiro seja definitivamente uma cidade sem vocação para o turismo – ou seja, condenada a desaparecer por não saber explorar aquela que será a sua grande fonte de renda do futuro. Enfim, danem-se! Pois eu, no verão, só tomo banho de piscina.

11-08-1969

Reflexão ipanemenha

O TERRORISMO, denunciando com violência a divisão no seio de uma sociedade, desencadeia também a divisão nas consciências inocentes, quer dizer, não comprometidas na luta. A mania de perseguição, objetiva e universalmente visível, acorda a agressividade reprimida, e marchamos para a esquizofrenia benigna.

Meu ambiente é aquele trecho da Zona Sul que começa em Ipanema e termina no Leblon. Minha jurisdição afetiva. Bairro de boêmios e de mulheres bonitas, vagabundos, artistas, grã-finos, turistas, interpretados sob um ângulo dourado na literatura, nos jornais, na música, no cinema, no teatro. Aqui a esquerda festiva conheceu os seus dias de esplendor. Éramos um paraíso liberal; na mesa do bar, o direitista fanático e o intelectual comunocastrista discutiam se a moça da mesa ao lado estava ou não dando bola para eles. Coisas que em outros bairros são feitas meio na clandestinidade, ali se fazia abertamente. Éramos moderninhos, praticávamos o amor livre, jogávamos no bicho, fumávamos maconha, bebíamos dia e noite, vivíamos sem trabalhar, freqüentávamos as clínicas psiquiátricas com o desembaraço e a regularidade de quem vai ao cabeleireiro, admitíamos o convívio de homossexuais de ambos os sexos, e assim por diante. Tudo era permitido em Ipanema, tudo era chique, inclusive o tédio de ser ipanemenho, que engendrou a arte tropicalista vidrada no Chacrinha, nostálgica de uma pequena casa suburbana com seus utensílios e bugingangas, do urinol à estatueta do Gordo e do Magro.

Súbito, as bombas explodem, os bancos são assaltados. Antes disso, as passeatas estudantis já haviam evidenciado a insuspeição ipanemenha. A rapaziada de cabelos compridos, os barbudos com camisas de colorido extravagante e calças Lee, as meninas de minissaia, com os dedos todos tomados pelos anéis rústicos, tudo isso constituía e simbolizava a geração dourada. Após as passeatas, essa elegância tumultuada passou a ser vista como uniforme adotado por uma organização paramilitar; o cabelo comprido era um distintivo, a barba grande fora adotada após demoradas discussões secretas, a própria minissaia já se podia considerar um instrumento de agitação.

E eis que as bombas explodem, os bancos são assaltados. Ipanema se inquieta. Roubam-se carros em Ipanema, que são usados para assaltar bancos em Ipanema. Em Ipanema é descoberta uma estação clandestina de rádio. Uma das mensagens dos seqüestradores do embaixador americano foi colocada num supermercado do Leblon, situado quase em frente ao banco em que trabalhava o gerente subversivo, o bom burguês...

Que maravilhoso sentimento de culpa esses acontecimentos são capazes de suscitar! Pois nos sentimos culpados porque não somos e porque somos. Estamos perplexos, paralisados. Ipanema é hoje uma cidade fantasmagórica, em cada esquina se esconde um monstro de duas faces: tanto pode ser um terrorista, quanto um caçador de terroristas. De qualquer modo, não se pode viver tranqüilo.

Ou melhor, já não há Ipanema. Os cronistas do cotidiano se transformam em memorialistas, é preciso reconstituir o tempo perdido. O que o futuro nos reserva é a melancólica, mas ainda assim saborosa, recordação dos belos tempos passados.

09-09-1969

Choferes e bandidos

UM TIPO de criminoso particularmente repugnante é esse que assalta choferes de táxi. Não se pode imaginar covardia maior. O motorista é reduzido à situação de escravo; tem que trabalhar para o homem que daqui a pouco lhe encostará um revólver na nuca. Além disso, deve-se colocar numa situação psicológica intolerável, é preciso examinar cuidadosamente, mas numa fração de segundo, a pessoa que deseja os seus serviços. Nessa fração, os seus bons sentimentos entram em luta com suas ansiedades, agressividade e mania de perseguição; o vencedor, que será sempre uma subjetividade integral, sem qualquer apoio na realidade, decidirá: "É um passageiro"; ou "é um assassino". Se conduz um passageiro suspeitando conduzir um assassino, a viagem será insuportável para ambos, terminando num suspiro de alívio de parte a parte, pois nada se troca mais rapidamente que o medo entre os animais; e se conduz um assassino julgando estar levando a bordo um honrado passageiro, perderá aquele grão de vigilância e desconfiança que talvez lhe permitissem escapar são e salvo. "Seja o que Deus quiser" é a única solução; de modo que para guiar um táxi à noite o profissional tem que, antes, se arrepender dos seus pecados e deixar os papéis em ordem, para o que der e vier.

Esse estado de coisas justifica plenamente o espetacular protesto dos choferes. Suas buzinas foram ouvidas uma noite, e pareciam os gritos de crianças apavoradas: há um ladrão no dormitório. Um por um, eles se vão recusando a trabalhar quando anoitece. O sindicato da classe, paradoxalmente, se mostra contrário ao espalhafato e condena o protesto dos braços cruzados. E como não se pode obter proteção policial pela simples razão de que não se encontra um único policial ao longo de toda a escuridão carioca, o sindicato pensa numa polícia particular, composta de motoristas profissionais, legalmente reconhecida e devidamente armada. Uma utopia totalitária. Mesmo porque o mais elementar bom senso nos leva a reconhecer que temos polícia até demais. Tão logo entrou em vigor a lei do silêncio, curiós e cachorrinhos de estimação começaram a ser autuados. Até para essa gentil atividade temos polícia. Mas o problema é proteger a vida humana onde ela esteja realmente ameaçada, e para isso agiríamos melhor se deixássemos em paz os curiós e o colocássemos em cada esquina necessariamente escura, porque todas as ruas do Rio são escuras, ao menos um homem com sua farda e suas boas intenções.

Enfim, como só conheço superficialmente o assunto, além de sentir um certo desgosto quando alguém pronuncia a palavra ordem, só me resta desejar que os entendidos descubram uma solução plausível, quanto mais cedo melhor. E, inveterado passageiro de táxi que sempre fui, bem tratado 93 vezes de 100, ofereço o que posso aos motoristas profissionais, com ou contra o respectivo sindicato: quer dizer, minha solidariedade.

05-11-1969

O buraco e o caniço

ZOÉ:

– Meu amor, o verão chegou na base da brutalidade. Não se tem brisa, nem sossego. Na quinta-feira julguei que ia morrer. Meu coração ficou taque-taque-taque-taquicárdico, o sangue doendo nas veias, e eu a pensar: "Morrer sem ver Zoé, quem o faria?" É fim de soneto, mas foi sinceramente perpetrado.

O calor funde as cucas, as pessoas estão irritadiças. Não se entende mais nada. De vez em quando nos reunimos, alguns amigos do peito, e descansamos. Pessoas saudáveis: Geraldo, Dulce, Geraldinho, Betinha, Teresa, Tom, Paulinho, Cota. Betinha, tão linda, toca piano. Uma festa sem chateação, sem discussão, improvisada. No fim da noite estamos tão felizes que o Tom me dá um sabiá. Que passarinho bonito, que olho inteligente, que papo de pombo ele tem! Fecho a porta do escritório: o gato Taborda descobriu alvoroçado o sabiá! Os dois só podem conviver em aposentos contíguos.

O Rio de Janeiro continua lindo e surrealista. Segunda-feira de manhã, passando pela rua Francisco Otaviano, percebi um grande buraco no asfalto, quase em frente à rua Raul Pompéia. Era um buraco redondo dentro do qual um operário cavoucava. Para você ter uma idéia do tamanho: quando o operário estava em pé, apenas a cabeça dele aparecia à flor do asfalto. Cinco metros adiante, três outros operários, empunhando picaretas, furavam mais um buraco. Imaginei que pretendiam fazer um túnel ligando os dois buracos; seria uma brincadeira como qualquer outra. Mas no dia seguinte, passando outra vez pela Francisco Otaviano, encontrei os dois buracos tapados. Tinham sido abertos para que pudessem ser tapados em seguida. A lógica é rigorosa: se existe um Departamento de Tapador de Buracos, é necessário construir buracos que sem tardança serão tapados. Sendo assim, resolvi pescar. Vesti uma bermuda, apanhei o caniço e me mandei para o mar. No meio do caminho, fui interceptado por um cidadão que me perguntou se eu tinha licença.

– Que licença?

– Licença para pescar.

Zoé, você é que tem razão. Somos um país inviável. Morando à beira do Oceano Atlântico, antes de pescar temos que passar numa repartição misteriosa, a qual por 14 contos nos fornece uma carteirinha de pescador. Só falta eles destacarem um escafandrista para botar um peixe em nosso anzol.

Fiquei deveras aborrecido. Voltei para casa com o caniço, deitei-me e dormi. Ainda não se exige carteirinha de sonhador, de modo que tive um bonito sonho.

10-11-1969

Uma gentileza em Copacabana

AO SAIR da praia ela vestia a calça comprida sobre o maiô molhado. O resultado não poderia ser mais perturbador: a calça transparente deixando ver as formas exuberantes. No soutien, um decote generoso; as costas e a barriga nuas.

Atravessando a rua, teve o prazer de ouvir uma porção de assovios e propostas galantes, gritadas de automóveis que diminuíam a marcha em homenagem à graça, à beleza, ao charme e ao veneno da mulher carioca.

Foi andando e atraindo olhares. Alguns rapazolas na porta de uma loja de discos ousaram mesmo segui-la, cada qual dizendo palavras mais atrevidas. Cabeça baixa, ela continuava seu caminho. Estava encabulada, revoltada e feliz. Enfim, sentia-se a tal mulher boa de que os homens tanto falam e que raramente coincide com a opinião das mulheres. Com 25 anos, ia pensando: será que eu devo fazer regime? Ou é na qualidade de mulher boa que vou acabar arranjando um marido? Entre o ciclamato e o galanteio, jazia indecisa.

Numa banca de jornal, folheou algumas revistas. Demorou o necessário para saborear a expressão atormentada do jornaleiro, que respirava com dificuldade. É, sem dúvida estava agradando às pampas naquela manhã de sábado. Dois homens se aproximaram e, ladeando-a, também fingiram interesse pelas revistas. Ela disse "obrigada" e "com licença". Atravessando outra rua, viu-se diante de um botequim, e ali um crioulo lhe disse coisas impublicáveis. Ruborizada, afastou-se depressa. E foi levando na cabeça duas palavras que ele havia dito e que ela desconhecia. Seriam palavrões ou gíria? Resolveu decorá-las para perguntar o significado a uma amiga.

Quando alcançou a calçada a 100 metros de casa, observou que estava sendo seguida. Um homem bem vestido, de 30 e poucos anos, cabeleira farta e bigode, após ultrapassá-la havia olhado para trás, fitando-a intensamente. Suas pálpebras estremeceram numa expressão fascinante: era algo ameaçador e pecaminoso. Depois disso ele se pôs a andar devagar, de modo a ser alcançado pela moça. Ela julgou que seria abordada e que ele lhe faria um convite qualquer, necessariamente fascinante. Mas não: deixou-se ficar para trás. Com o rabo de olho ela se certificou de que a perseguição continuava. Sentia o olho dele em sua espinha, quente, umbigo no lado errado.

Sem olhar para trás, entrou no edifício. Abriu o elevador e entrou. Antes que se fechasse a porta foi violentamente puxada pelo homem. Enquanto ela apertava o botão do sétimo andar, ele entrou e se encostou à parede. Não apertou nenhum botão; estava tenso e não tirava os olhos dela. Entre o terceiro e o quarto andar ele apertou o botão de emergência, bloqueando com o pé a grade interna do elevador, parado agora diante de uma parede esburacada.

Ela estava horrorizada, e não era para menos. Uma navalha surgiu na mão direita do homem. Ele disse:

– Não grite.

Enquanto isso, a mão esquerda trabalhava. Em silêncio, o homem apalpava. Do pescoço aos joelhos, na frente e atrás, como um cego descobrindo os volumes mais que evidentes debaixo da roupa. Quando se deu por satisfeito, fechou a navalha, guardou-a, tirou o pé da grade interna e apertou o botão do quarto andar. Abriu a porta e sumiu.

Logo que chegou ao sétimo andar, a moça se pôs a tocar desesperadamente a campainha do apartamento. Abrindo a porta, a mãe dela perguntou assustadíssima:

– Mas que é isso, minha filha?!

A moça empurrou a mãe para um lado e correu até a janela, onde se debruçou para esclarecer:

– Um tarado me pegou no elevador!

Ainda sem entender o que se passava, a mãe também se debruçou, e as duas viram na calçada um homem bem vestido que, a cabeça erguida na direção do sétimo andar, sorria sereno, piscando um olho e fazendo uma elegante continência, antes de se encaminhar sem pressa para a esquina.

– Quem é esse homem? Que foi que ele fez? – perguntou a mãe.

– Nada – respondeu a filha, que enfim suspirava, sem tirar os olhos da esquina. – Não fez nada, mamãe. Nunca vi um tarado tão gentil.

22-11-1969

Extrapolação em Ipanema

PASSEANDO ao longo da Visconde de Pirajá, na primeira tarde de dezembro, agradável, varrida por uma brisa que, à noitinha, estremecerá as estrelas em calafrios de junho. Uma nuvem gigantesca, gorda e leitosa, mas alta, cobre quase todo o céu, deixando espaço apenas para o crepúsculo sobre o mar.

Nesta hora, em Copacabana, a multidão escorre dos edifícios, dos ônibus resfolegantes, e invade as lojas em grande número, deslocando-se compacta nas calçadas, em todas as direções. Em Ipanema, o movimento é calmo, quase doméstico, quase cidadezinha do interior ao entardecer. E o comércio pequeno: são butiques de uma só e estreita porta, cada qual mais original na fachada e na vitrine, que oferecem artigos caros e sofisticados.

Aqui, a tarde é das crianças. Vemos dezenas, centenas de bebês sentados em seus carrinhos com olhos redondos e sérios, empurrados por jovens mães de minissaia; menininhas que correm nas duas praças, a calcinha aparecendo sob o vestido Luluzinha, e sem gritos, sem algazarra, não se sabe por boa educação ou porque já nasceram tristes e adultas. Seja como for, no ano 2000 essa criançada estará com 30 anos de idade, de forma que a nossa imaginação já não passeia aqui e agora, mas aqui e mais tarde, nessa virada do século cujas promessas e ameaças já envenenam o nosso cotidiano, pois nós somos aqueles que vivem a própria morte. Com 30 ou 40 anos de idade, nós, os ipanemenhos de 1969, não nos sentimos velhos mas nos sabemos anacrônicos. Nossos conhecimentos, costumes, princípios morais, todos os valores que justificaram a geração anterior, de que somos herdeiros, não podem ser substituídos por nenhuns outros, mas já não servem para nada, porque coube a nós existir no vácuo. Seremos educados pelos nossos filhos e netos; enquanto eles não crescem, nossa irresponsabilidade terá o aspecto de uma metafísica. Entre o ontem e o amanhã, as jovens mães, com as pernas de fora, jovens no que essa palavra tem de precário, mas para sempre, empurram os carrinhos em que seus enigmáticos bebês contemplam com seriedade o mundo que irão destruir. Isto, esta vida, é um castelo de cartas, mas para compreendê-la é preciso colocar-se no lugar do engenheiro que examinha sonhadoramente um prédio antes de ordenar a destruição.

Mas são gentis os rostos dessas jovens mães, e das crianças, e dos homens e rapazolas que escutam discos nas lojas, que lêem jornais no banco da praça, que trabalham nos bares e nas obras públicas. O sorriso de Ipanema nos defende da urgência neurótica que impele os habitantes de Copacabana. Estamos condenados à morte catastrófica de um século, de uma civilização, mas os nossos bebês que sobreviverão já foram inoculados pela alegria da brisa e da gigantesca nuvem. É possível que, através deles, estejamos ensinando alguma coisa ao século XXI.

05-12-1969

Água poluída

A TELEVISÃO anunciou na véspera:

"Amanhã, domingo, neca de entrar na água. A água do mar está poluída. Há perigo de hepatite".

Chegou o domingo, e a população de Ipanema foi conferir. Sob o sol azul, dezenas de ipanemenhos bronzeados se reuniram na areia. O problema era: quem teria coragem de mergulhar?

O jornalista Fernando Pedreira, em primeiro lugar, disse:

– Os cariocas são muito pretensiosos. Consideram-se capazes de poluir o Oceano Atlântico.

Caiu o Pedreira na água, sendo aplaudido pelo bloco dos temerosos. Imediatamente, Norma Rodrigues, mulher de Glauco (o pintor), precipitou-se ao encontro das ondas. A água, de um verde hepático, estava transparente. Molhada, triunfante, Norminha comentou:

– Pode ser que esteja poluída. Mas não parece!

Verdade seja dita, nunca se viu uma água tão límpida em Ipanema. Glauco Rodrigues, na crista de uma onda, fazia propaganda:

– Vamos aproveitar, pessoal! Não é a todo instante que se pode nadar num mar poluído!

Enquanto isso, diante de numerosas mulheres de ancas inacreditáveis, um senhor viajado iniciava um discurso:

– Quando uma vaca espirra em Buenos Aires, o governo britânico proíbe a importação de gado argentino. Se o nosso mar estivesse poluído, o mundo inteiro nos colocaria em quarentena. Execração ao infeliz autor desse boato!

Negra de sol estava Noelza Guimarães, cuja beleza perturbava Carlos Leonam. Noelza é uma garota que vai acabar na capa da *Manchete*. É a Miss Brasil antes do desfile do Maracanãzinho (tomem nota).

Ela se recusou a entrar na água, alegando que segue amanhã para a Europa, em transatlântico. Mas no mesmo barco seguirá Luciana, filha de Vinicius, que é uma menina deveras sapeca. E Luciana inventou uma brincadeira fascinante. Ana Maria, Leila, Dorinha e Luciana lançaram-se ao mar, quase em frente ao Castelinho e, instalando-se na correnteza, se deixaram tanger para a rua Montenegro. Dóceis como pingüins, deixaram-se levar.

Apreciando aquela penca de meninas flutuantes, cheguei à conclusão de que Ipanema conseguira avacalhar a poluição.

30-12-1969

Na véspera de uma execução

– E ATENÇÃO, muita atenção, senhores ouvintes. Estamos em qualquer parte da cidade, no local em que funciona o célebre Esquadrão da Morte. Num esforço de reportagem, passamos a entrevistar alguns membros dessa organização clandestina, da qual todos já ouviram falar, mas que ninguém sabe como funciona. Você aí, por favor... Noto que você fuma um cigarro atrás do outro, numa sofreguidão indescritível. Os ouvintes da Rádio Patropi gostariam de saber se isso tem alguma relação com suas atividades no Grupo da Caveira.

– Boa noite, ouvintes da Rádio Patropi... Bom, meu chapa, o caso é o seguinte. Preciso manter sempre viva a brasa do cigarro, já que me cabe queimar a vítima em diversas partes do corpo.

– Compreendo. Mas me diga uma coisa... Esse negócio de queimar pessoas com brasa de cigarro não lhe parece um tanto, como dizer? Um tanto cansativo?

– De certo modo cansa, mas quem não gosta de trabalho é malandro, e destino de malandro é ser queimado com ponta de cigarro. Não me queixo, entende? Estou satisfeito aqui, os companheiros são todos legais e a vida é assim mesmo.

– Obrigado, Zé Foguinho; espero que você continue progredindo na carreira que escolheu. Mas vamos a outro. E o cavalheiro aqui, que com tanto cuidado desenha alguma coisa numa folha de cartolina: qual é o seu papel no Esquadrão?

– Meu papel principal é dar alguns tirinhos também, senão, não tinha graça. Mas, como tenho jeito para o desenho, faço os cartazes que nós colocamos ao lado da vítima. Veja, este aqui, como está caprichado...

– Mas é re-e-e-aaalmente um primor, senhores ouvintes! O homem tem talento! Ele acaba de produzir a marca da caveira a nanquim, e em torno dela escreveu em requintada caligrafia: "Eu fui puxador de carro!" Amanhã os senhores poderão encontrar esse cartaz em alguma rua erma da Cidade Maravilhosa. Mas o tempo urge e a Rádio Patropi não pára. Temos agora à nossa frente quatro atletas de físico privilegiado, cada qual com um baita revólver na cintura. Estão agachados, diante de algumas garrafas de cerveja, e conservam a mão direita fechada. Esse ritual, aliás, não me é estranho... Creio que estão jogando o popular basquete de bolso, que começa na mão vazia – lona – e vai até um máximo de três paus de fósforo. O senhor aí, de bigode grisalho, responda: estou certo ou errado?

– Certíssimo! Quem vai perdendo vai saindo, e quem ficar por último ganha o tiro de misericórdia. Da última vez, por sinal, ganhei eu e não sei se o senhor se lembra do rombo que fiz na testa daquele marginal que apareceu lá em Parada de Lucas...

– Em Parada de Lucas? Ah, mas assim não vale. Estamos aqui para informar com exatidão. Em Parada de Lucas, se não estou enganado, já apareceram uns quatro ou cinco cadáveres. A qual deles o amigo se refere?

– O meu era aquele que tinha uma expressão de terror... Aquele que faltava o dedo mindinho da mão direita, tá lembrado?

– Exato! Recordo perfeitamente. Bem sendo assim, só me resta felicitá-lo pela pontaria... Fez realmente um rombo que vou lhe contar, e bem no meio da testa. Bonito trabalho!

– Ora, ora, estamos aqui para isso mesmo... Sem falsa modéstia, todo o pessoal do EM sabe aplicar um tiro de misericórdia. Todo mundo aqui é da pesada, morou?

– De fato, de fato, a equipe parece muito boa, como, aliás, o demontra a sua folha de serviços... E aquele rapazola acolá?

– Quem? O "Juquinha Morte Lenta"? Ora, é o nosso estrangulador... E é também o já famoso Rosa Vermelha, nosso *public-relations*, que telefona para os jornais, indicando onde vamos largar os presuntos...

– Presuntos?!

– Presunto, na gíria da gente, quer dizer cadáver.

– E assim, ouvintes, a Rádio Patropi acaba de transmitir uma entrevista exclusiva com o Esquadrão da Morte. Aliás, minto: ainda há alguém capaz de dizer alguma coisa interessante. Vamos nos aproximando, microfone a postos, com licença, com licença. Aqui estamos. Temos à nossa frente um homem só de calção, com as mãos algemadas... Pelo aspecto, não pertence às camadas mais altas da nossa sociedade. Cavalheiro, quem é você? Identifique-se aqui ao microfone...

– Eu sou a próxima vítima. Eles vão me espancar, queimar, estrangular e fuzilar.

– E você... O que está achando dessa experiência?

– Não estou achando nada, né? Preferia que tudo não passasse de um pesadelo.

– Alguma coisa mais a declarar?

– Quero desejar o meu boa noite aos ouvintes da Rádio Patropi, um abraço aos meus familiares e se tudo correr bem, a turma do necrotério vai me encontrar não demora.

13-03-1970

Noventa milhões de patetas

O MAIS DIFÍCIL na Copa do Mundo que se aproxima, é justamente esperar por ela. Discussões veementes se travam por toda a parte, mas são discussões bizantinas. Entrelaçados o medo da derrota e a esperança da vitória, desperdiçamos toneladas de emoção. Atividade absurda, sim, e comovente. Noventa milhões de patetas jogando biriba sem baralho. No entando, tirante o resultado final, que ninguém pode prever, tudo se passará como nos três últimos campeonatos. Recordemos.

1958 – Suécia. Estamos fritos. Começamos ganhando, mas ninguém se convenceu. Vamos ter pela frente, agora, o chamado futebol científico da Rússia, implacável na defesa como no ataque. Nós, ao contrário, temos no arco um célebre frangueiro, Gilmar, cujo único mérito reside no senso de humor. Quando engole um frango, ele morre de rir. "Qual é a graça?" perguntaria o torcedor sofrido. Quanto à linha de zagueiros, temos um cavalo, Belini; e no ataque, um hipopótamo, Vavá... Sem falar num menino, imaginem, um menino de 17 anos, um tal de Pelé, inexperiente em jogos internacionais, e que só entrou no selecionado porque quem manda são os cartolas de São Paulo. Na Cinelândia, onde foram instalados diversos alto-falantes, a multidão propensa ao desânimo logo se agitará, entusiasmada. É que até então, estava no banco de reservas um atleta inverossímil. Dizer que tinha pernas tortas seria delicadeza; elas eram aleijadas. E possuía uma inteligência abaixo da média, de acordo com os testes psicológicos a que fora submetido. Além disso, jogava um futebol solitário, como se fosse o único homem em campo. Sabia driblar, mas driblava duas, três vezes seguidas: um egoísta. E no entanto a Cinelândia despertou para a esperança quando os locutores pronunciaram seu nome: Garrincha. Aquele que era, na época, o maior jogador do mundo, iria desmoralizar a equipe russa. Outra vez o desânimo. Até agora não sofremos gol. Se fizerem um gol na gente, adeus campeonato... E fizeram um gol na gente! Todas as consciências se voltaram para o Maracanã em 1950, para aquele fatídico Brasil-Uruguai... Só que desta vez entrariam em cena o senso de humor de Gilmar e a autoridade moral de Didi. Ganhamos de goleada. Enquanto Pelé chorava nos braços de Nílton Santos, lá na Suécia, nós aqui na Cinelândia também chorávamos: na alma brasileira explodira ninguém sabe o quê, mas um não sei quê há muito esperado, e vital.

1962 – Chile. Vaidosos, orgulhosos, favoritos, ninguém podia conosco. E de repente Pelé se estende por inteiro, de costas, no gramado. Não há nem comparação: aquilo era 10 mil vezes pior do que a destruição do módulo de serviço Apolo-13. Entra Amarildo: terá nervos para substituir o Rei? Na Cinelândia, a multidão faz az pazes com a humildade... Os macumbeiros trabalham febrilmente – eles que, por momentos decisivos do futebol brasileiro, são chamados a vestir a camisa número 13. Amarildo corresponde aos anseios populares, mas Garrincha é expulso de campo. Por interferência do então Primeiro-Ministro brasileiro, o herói das pernas tortas pode voltar ao estádio. Diga-se de passagem que, a partir daquele instante, a vida de Garrincha haveria de sofrer uma radical transformação, pois nas arquibancadas, chefiando a nossa torcida, alguém cantava uma paródia improvisada na hora: "Não tem Pelé/ Mas tem Mané Garrincha-chá-chá..." Era Elsa Soares. Enfim, os rojões iluminaram a noite brasileira, éramos bicampeões.

1966 – Inglaterra. Desnecessário lembrar. Foi a repetição de 1958 sem o final feliz.

E agora? Agora seria recomendável que adotássemos a atitude dos nova-iorquinos com respeito ao verão. Quando o calor está insuportável em Nova York, ninguém ousa tocar no assunto. Acreditam os nova-iorquinos que, quando você comenta: "Mas que calor, hein?"– o calor aumenta. Deixemos que Zagalo sofra antecipadamente por nós a angústia que, queiramos ou não, chegará até nós na hora certa.

06-05-1970

Ninguém segura este país

BEM. AGORA que sou tricampeão mundial de futebol, espero que vocês me deixem dormir. Trabalhei muito defendendo e atacando; driblei um bocado de gente e suportei uma porção de caneladas; fiz todos os gols que eram necessários e alguns que ninguém esperava. Agora, quero dormir.

O jogo contra a Itália destroçou meus nervos. Aquele passe que dei à Irene Singery, e que ela não aproveitou, resultaria no mais belo gol de todos os tempos. Mas a Irene estava pintando as unhas do pé, de acordo com as instruções de Zagalo, e tive que ir bloquear o ataque italiano até que ela se refizesse. Interrompendo a partida, o juiz ordenou que o massagista terminasse a pintura das unhas da referida atleta. Nessa ocasião, mordiscando uma pedrinha de gelo, perguntei a Irene qual era o drama.

– Estou exausta – respondeu ela.

– Este último jogo está sendo de matar. Além de toda a expectativa dos dias anteriores, o próprio domingo está sendo uma loucura.

Gostei também da atuação de Tatá. Quem conhece futebol sabe que Tatá é um craque. Quando ele fez o terceiro gol, gritei:

– Tatá, você está simplesmente assombroso!

A mulher dele, Norma da Rocha Oliveira, sorrindo no banco dos reservas, explicou:

– Meu marido Tatá é um alucinado, adora futebol!

Quando a Itália empatou, aproximei-me do Emílio e lhe disse:

– Emílio, o negócio está ficando feio, tenho pernas para correr o tempo tempo, mas o Pelé me parece um tanto atobado. Que é que você acha?

– Ninguém segura este país – afirmou ele.

Quando tudo terminou, desorganizamos uma festa na Lagoa: Lúcio Rangel, vestido de hippie – camisa amarela, gravata verde, brincos – mergulhou sobre um copo de uísque, dizendo:

– Ninguém segura este país!

Erguemos um brinde ao Brito, que em 15 anos de futebol conquistou apenas dois títulos: campeão de aspirantes pelo Vasco da Gama e tricampeão mundial de futebol...

Se o Tostão com um olho descolado joga o que está jogando, imaginem se ele tivesse dois olhos descolados!

No decorrer da Copa, e também em obediência à tática de Zagalo, Ana Maria Tornaghi vibrou com diversos grupos, mas principalmente em casa de Isabel e Eduardo Guinle. Quem demonstrou sangue-frio foram os casais Antonio Gallotti e Walter Moreira Salles. Tão logo o juiz deu por terminada a partida, eles foram jantar tranqüilamente no Antonino's. Nem parecia que tinham feito quatro gols.

Zagalo, emocionado, declarou à rede nacional de televisão:

– Quem ganhou esta Copa não foi o Pelé, nem o Tostão, nem o Rivelino. Quem ganhou esta Copa foi o vatapá dos Monteiro de Carvalho!

Segunda-feira, duas horas da tarde. Uma verdadeira multidão está sentada no restaurante Degrau. Brandindo copos de chope, no auge da alegria cívica, todos gritavam:

– Ninguém segura este país!

E eu fico imaginando que *Ninguém* era um jogador da Itália, que quando nós já estavamos nos 4 a 1, o técnico deles sugeriu:

– Vai lá, *Ninguém*, e segura esse país!

Mas o juiz não deixou *Ninguém* entrar.

E agora, que já vos dei a taça Jules Rimet, espero que me deixeis dormir.

24-06-1970

Onde anda a polícia?

Na calçada

ELE É CÉLEBRE. Recentemente trocou São Paulo pelo Rio. Ganha um bocado de dinheiro na televisão, recebe centenas de cartas de fãs e tem uma namorada carioca.

Alguns dias atrás, depois de um jantar fora com a moça, foi levá-la em casa. Estacionou o carro com dois pneus na calçada e ficou conversando ainda algum tempo, por causa daquela dificuldade de dizer "até amanhã" que caracteriza os namorados.

– Fique mais um pouco, ainda é cedo – dizia ele toda vez que ela fazia menção de abrir a porta.

– Então fico. Mas só mais um pouquinho, tá? – respondia ela, mas com aquele jeitinho de quem gostaria de ficar ali a vida inteira.

Enfim, eram dois namorados típicos que relutavam em se separar. Ele prendeu a mão dela na sua e, para provar que ainda era cedo, consultou o relógio. Eram onze horas da noite. Estavam na avenida Nossa Senhora de Copacabana. Pessoas em grupos ou sozinhas iam e vinham, ônibus paravam e despejavam passageiros, as lanchonetes e os cinemas funcionavam.

Quatro ou cinco minutos depois das onze horas da noite, alguém lhe encostou um objeto duro na têmpora esquerda e uma voz igualmente dura ordenou:

– Não mova a cabeça, ou morre. É um assalto.

A moça, que tinha os olhos voltados para dentro do veículo, reparou que eram três: o da pistola, branco, trinta e poucos anos, e os outros dois mulatos e ainda garotos.

– Queremos tudo. Dinheiro e jóias – disse o da pistola.

O astro da televisão, sem mover a cabeça, entregou a carteira. A moça entregou a bolsa e as jóias. Sem se dar por satisfeito, disse o homem da pistola:

– Agora desçam do carro.

Mesmo com o cano da arma encostado à cabeça, o rapaz ousou parlamentar:

– Por favor... Nós já lhe demos tudo o que temos... Será preciso levar o carro?

Para sua surpresa, o outro mudou de tom, respondendo menos rispidamente:

– O que eu não quero é que vocês nos denunciem. Pode ficar com o carro, mas eu quero a chave.

A chave lhe foi dada e ele a entregou a um dos cúmplices. Este a deixou junto à parede do prédio diante do qual se deu a aventura.

– Agora vocês fiquem caladinhos e bem quietinhos – recomendou o homem da pistola. – Só podem apanhar a chave daqui a dez minutos.

Os três assaltantes desapareceram. A rua continuava movimentada e pacata, como se nada houvesse acontecido. Isto se passou, como já disse, na avenida Nossa Senhora de Copacabana, quase esquina da Constante Ramos.

No obelisco

Ele é um homem jovem, grande e corpulento. Sua musculatura impõe respeito, mas está muito gordo, bebe bastante e não faz ginástica, não se achando portanto em condições de enfrentar uma parada violenta. Na madrugada da última terça-feira, depois de orientar os trabalhos de uma oficina gráfica situada no centro da cidade, pegou um táxi, indicando ao chofer o Flamengo como destino.

Passado o obelisco da avenida Rio Branco, toparam um sinal vermelho. Eram três horas da manhã, e quatro homens se aproximaram do táxi. Um deles abriu violentamente uma das portas traseiras e tentou arrancar o rapaz à força. Este reagiu brutalmente, precipitando-se com o agressor para fora do carro. Aplicou-lhe um soco na boca, de modo a privar o outro de alguns dentes, enquanto era atacado pelos três que sobravam...

A luta durou muito tempo. Normalmente o rapaz ganharia uma briga contra dois antagonistas, mas contra três não foi possível. Ele apanhou, mas bateu o quanto pôde. Já estava perdendo as forças, quando um carro particular, que vinha passando, fez menção de parar. Assustados, os quatro bandidos se puseram em fuga.

Das duas horas que se seguiram o rapaz não lembra de nada. Só sabe que o ataque aconteceu às três e ele só chegou em casa às cinco. Lembra-se ainda de que o chofer, com o táxi, se afastara rapidamente do local do assalto.

Às cinco horas da manhã, chegando em casa, apresentou à jovem esposa um aspecto lamentável. Ensangüentado, a cara deformada pela inchação, a camisa rasgada.

A mulher dele estava grávida de dois meses. Não está mais.

19-07-1970

A sociedade clandestina

DESCREVI outro dia o assalto a mão armada de que foi vítima um astro da televisão. Seria um relato interessante de qualquer jeito, desde que eu publicasse o nome do protagonista; mas achei melhor escamotear essa informação, a fim de concentrar a atenção do público na hora (onze da noite) e no local (avenida Nossa Senhora de Copacabana).

Naquele domingo, outro artista de televisão, mas que quase ninguém conhece, seria por sua vez, assaltado no Leme, só que em circunstâncias especialmente dramáticas. Os três bandidos se apossaram do carro e fugiram em alta velocidade, levando como reféns o rapaz e a sua garota. O fato foi observado por dezenas de pessoas que nada puderam fazer e teria terminado tragicamente se os assaltantes, por motivos que desconheço, não tivessem abandonado as vítimas na avenida Pasteur, antes de prosseguirem a fuga no carro roubado.

Nesse mesmo dia, muitas outras pessoas viveram experiências semelhantes, conforme li nos jornais da manhã seguinte. Entre elas, um casal de Ipanema – gente abastada, que mora em prédio de alto luxo. Saiu a notícia em poucas palavras, por se tratar de um acontecimento normal na vida da cidade, mas não será esquecida – por mero acaso, aliás. É que a dama elegante conhece a cronista Elsie Lessa, a quem ordenou: "Faça saber a quem interessar possa". No *Globo* de quinta-feita passada, Elsie transmitiu o recado.

Embora o ideal fosse reproduzir a crônica inteira, peço licença a Elsie Lessa para oferecer um resumo aos leitores do JB. Com a palavra, a dama assaltada:

– A gente vinha chegando em casa, dentro daquele carrão, na segurança da minha garagem, meu marido do lado, em plena Delfim Moreira, um porteiro uniformizado e fiel. Desci eu, desceu ele, o porteiro solícito me abrindo a porta. Quando entraram aqueles dois molecotes. Pinta de filho de amiga da gente, brincando de mocinho, fantasiado de marginal. "Isto é um assalto!" E a pistola – daquelas quadradinhas! – apontando pra gente. "De costas pra parede, mãos ao alto, vão passando as carteiras, as jóias..."

Queriam a chave do Corcel. Nosso carro, fora de série, vermelhão daquele jeito, não dá pé para assaltante. O porteiro não tinha a chave. Antes de sair, o que tomava conta de mim ainda sugeriu para o outro, o que ficara junto da porta, cobrindo a retirada, de revólver em punho: "Ela vai com a gente?" Não fui, Deus olhou pra baixo naquela hora. Eles tinham deixado o fusca bege – soubemos que era roubado também! – do lado de fora, a avenida cheia de gente, não dava jeito... Faça saber a quem interessar possa, as prováveis vítimas do assalto, que somos todos em potencial, nesta cidade que já chamaram de maravilhosa. Dali fomos à delegacia dar queixa. Tinha havido uns 300 *holdups* nessa noite. Fomos dormir contentes de ter cumprido com a obrigação e não ter contribuído para encher os cofres de algum terrorista, que era o de que eles tinham pinta. (Elsie Lessa, *O Globo*, 30-7-70)

Eis aí. É preciso gravar duas observações preciosas da pobre senhora:

1. Eles tinham pinta de terroristas.
2. Pinta de filho de amiga da gente.

Portanto, a aparência dos bandidos era agradável; a atitude deles é que não correspondia ao aspecto.

Enumeremos agora as três modalidades de violência:

1. Assalto por dinheiro, sem violência desnecessária.
2. Assalto com violência e rapto.
3. Assalto com invasão de domicílio e sugestão de rapto.

Nos três casos, a multidão esteve presente e nada pôde fazer. E nos três casos as vítimas foram pessoas de alto poder aquisitivo.

Voltarei ao assunto. Antes, porém, gostaria de propor um tema de meditação. Não é lógico que amanhã (ou agora mesmo), a coisa terminará com o assassinato do homem e a violação da mulher?

Os métodos descritos acima são os mesmos do Esquadrão da Morte. Somos hoje uma sociedade clandestina. Mas será preciso voltar ao assunto, como disse, para que me compreendam.

03-08-1970

Pausa para estupefação

HOJE A TELEVISÃO entra aqui de gaiata, porque os protagonistas do que se vai relatar tinham na televisão (prestígio) o seu único ponto de referência. Se não tivessem nome, se não aparecessem de vez em quando no vídeo, possivelmente estariam todos hoje machucados.

Parece – parece... Minhas especulações, convém lembrar, começam habitualmente no nariz. Dizia Hemingway que de um escritor só se deve exigir que tenha um excelente olfato, capaz de registrar o cheiro da m... a 5 quilômetros de distância. Quando sinto esse cheiro, a adrenalina invade meu sangue e começo a sonhar. Às vezes desabo num devaneio frutífero; outras, na mania de perseguição – minha pocket-paranóia; mas sempre o ponto de partida é o odor da m...

Bom. Sucede igualmente que um sinal de alerta vibrando no nariz, sem correspondência visual imediata, se alastra simultaneamente em devaneio e mania de perseguição. Por exemplo: quando entrei no Maracanãzinho, domingo passado, senti que a polícia carioca está com medo da população. Parece (parece...) que há novas ordens, sigilosas, recomendando uma certa delicadeza, ou a diminuição da brutalidade, atitudes essas que beneficiarão, ao menos até as próximas eleições, o povo em geral. Foi esse o cheiro que senti ao entrar no Maracanãzinho, depois de enfrentar um policial à paisana, visivelmente alterado. (Era um homem doente; tinha medo de mim, quer dizer, do povo: estava doido para me dar um murro na cara; não deu porque sou um homem normalmente sereno, mas por não ter dado ficou demente diante de seus comandados).

Depois do Festival, voltamos ao Leblon, que é o nosso bairro, a nossa família, e que afetivamente considero igual a Ipanema. É tudo a mesma coisa. Sentamos e pedimos comida. Alguém disse:

– Houve uma batida de carro. O carro de um amigo de vocês está todo rebentado.

Fomos ver. Nosso amigo tinha sido cortado por um veículo não identificado. Tentando salvar seu automóvel e a própria vida, ele tinha dado uma guinada para a esquerda, e assim danificou três ou quatro outros carros estacionados na rua tranqüila. Um caso normal, sem vítimas. Seguiu-se a discussão sobre quem vai pagar os prejuízos etc.

Enquanto isso ocorria, voltamos ao Antonio's, onde estavam nossas mulheres, e convocamos pelo telefone algumas pessoas que poderiam solucionar o problema. Estávamos felizes: toda a nossa agressividade tinha sido extrovertida no Maracanãzinho; estávamos felizes, cansados; era uma noite de amor.

Subitamente entra no Antonio's uma porção de guardas armados de metralhadoras e com revólveres na cintura. Enconstaram as armas nas costas do dono do carro amassado e de um outro amigo nosso. Levaram-nos. Fui atrás. Num dos carros da RP estacionados diante do bar, ouvi alguém gritando por mim. Era uma voz familiar, a voz de um amigo. Dos fundos da viatura policial, onde fora jogado como se tivesse feito alguma coisa contra alguma lei, ele demonstrava continuar na posse de seu senso de humor – em vez de me chamar "Carlinhos!", ele gritava, aliás, cantarolava, assim:

– BR-3! BR-3!

– Estamos aqui – respondi. E, procurando os guardas, declarei:

– Vocês estão levando dois amigos meus, que não fizeram nada. Sendo assim, também quero ser preso.

– Cai fora, barbicha! – falou ele. – Não queremos nada com você.

Sumiram. Fui ao 14º Distrito por outros meios. O comissário de plantão, jovem, evidentemente neófito, logo compreendeu que a situação não tinha lógica.

Às oito horas da manhã estávamos no Antonio's, que permanecia aberto à nossa espera por gentileza do Manolo e dos garçons, e nos perguntávamos que espécie de cidade é esta. Que espécie de cidade é esta? Seu carro é fechado, você se protege instintivamente, e acaba com uma metralhadora enconstada na costela? Hein? Como é que é?

Todas as pessoas envolvidas nesta história são mais do que conhecidas. Gostaria de saber, sendo assim, por que razão a polícia está com medo de nós.

28-10-1970

A cidade dos desastres

O DESASTRE de automóvel é a minha atual obsessão. Seria uma idéia fixa, dessas que acabam levando a gente à clínica de repouso, se não se confirmasse concretamente, a todo instante e em toda parte, como situação objetiva. Parece que os motoristas, principalmente os que guiam ônibus, estão dispostos a conferir caráter dominante a essa peocupação. Para isso eles provocam desastres em série, enfeitando a cidade com cadáveres de pedestres e automóveis destroçados. Até agora só não vi carro amassado no alto do Pão de Açúcar, mas é provável que cheguemos lá, a qualquer momento.

– Olha lá! Olha lá!

É sempre assim. Estamos mergulhados num devaneio qualquer e de repente alguém grita: "Olha lá!" Você olha e verifica que há um caminhão pendurado de cabeça para baixo no muro de um viaduto.

Olha lá! Você olha mecanicamente: há um Aero-Willys capotado à maneira de um besouro; nessa posição suas rodas adquirem um aspecto de patas; dir-se-ia o cadáver nu de um automóvel.

O Rio de Janeiro empataria com muitas outras cidades, caso se fizesse um campeonato mundial de desastres de automóvel. Mas ganharia tranqüilamente se houvesse um prêmio para a categoria originalidade. Porque aqui as vítimas não são fabricadas apenas no asfalto. Quando não há niguém no meio da rua, os veículos vão buscar a freguesia em cima da calçada. Assim morreram recentemente três gerações: um velho, sua filha e sua neta. Isso na calçada. Mas, se não há ninguém na calçada, é necessário, e temos visto isso, que os ônibus ou caminhões derrubem paredes, de modo que os atropelados sejam surpreendidos no recesso do lar ou em plena média com pão e manteiga no botequim da esquina. O atropelamento a domicílio é marca registrada dos cariocas.

Tal é a paisagem obsessiva das ruas em que nos perdemos. A montanha, o mar, o céu e os desastres de automóvel nos cercam, cingem, sitiam, não há como escapar. Fechar os olhos atenua o choque, mas o estrondo das latarias em colisão se torna mais convincente. Uma boa solução seria tapar de uma vez os ouvidos e os olhos, ou então enterrar a cabeça na areia, como faz o avestruz. Mas quem pode sentir prazer em se mostrar covarde diante do distinto público?

Minha solução para o problema, pessoal e egoísta, foi adotada assim sem mais nem menos. Ia passando de táxi pela praia do Russel quando vi o belo edifício da *Manchete*. Pensei:

"*Manchete* é uma revista de amenidades, que toda semana nos serve um mundo colorido, encantador, de estrelas de cinema e milionários do petróleo. É a revista das misses e das dez mais elegantes. Tenho lá muitos amigos, de modo que posso aproveitar a ocasião para descansar a cuca na visão desse mundo imaginário que é o nosso, mas só quando filtrado pelos fotógrafos internacionais".

Dito e feito. Peguei o táxi e fui visitar o Justino Martins. Justino Martins é um homem que ganha um salário fabuloso para contemplar mulheres magníficas projetadas numa tela. Todo santo dia as mais lindas mulheres do mundo desfilam diante dele. O trabalho de Justino consiste em dizer: "Essa não. Essa tem celulite. Vamos à outra". Projeta-se um novo slide e Justino, satisfeito, comenta: "Maravilhosa. Pernas, seios, quadris, tudo perfeito. E que rosto angelical! Quero essa". E assim, toda quarta-feira, o público encontra uma bela mulher na capa e outras tantas no recheio.

Entrei na redação da *Manchete* disposto a esquecer a batalha do trânsito. Encontrei o Justino debruçado num lago de fotografias em preto e branco. Tinha ele no rosto uma expressão dramática e, com sua voz quase inaudível, balbuciava: "Impressionante. Que material impressionante". Aproximei-me, imaginando que o material fosse a Rachel Welch nua, em cima de uma pedra, contemplando Ursula Andress que se aproxima numa bicicleta tendo a minissaia arregaçada até o umbigo... Material impressionante, com efeito!

Mas não era nada disso. Justino estava entregue à avaliação de desastres de automóveis. Fuscas, Chevrolets, velhos Fords, Kharman-

Ghias, caminhões e ônibus se amontoavam em pandarecos. Eram os veículos colhidos no fim de semana pela objetiva dos fotógrafos. Havia também aqueles corpos no chão. Um homem, uma mulher, lado a lado no chão, deitados de costas, que foram para fora da ferragem enrugada como uma sanfona. Uma perna que se ergue da carcaça de um fusca. Mortos com sapatos, ou seja, cadáveres apanhados em flagrante desleixo: quer a tradição que as vítimas de um desastre de trânsito esperem o rabecão tendo apenas um sapato, sendo que no outro pé fica só a meia. Mas esses que o Justino contemplava conservam os dois sapatos; infringem uma lei não escrita, porém consagrada pelo costume.

– Justino, meu irmão. – suspirei – Até *Manchete* já se preocupa com desastre de carro. Estamos fritos.

Desci do elevador e, pragmaticamente, fui esperar a colisão tripla das cinco e meia no Aterro.

14-04-1971

Confissões de torcedor

1. TORCEDOR de futebol sem fanatismo, a não ser na Copa do Mundo, nasci Flamengo e sou católico. Aos 20 anos instalou-se a balbúrdia em meu coração e fiquei órfão de tudo. Pobre por merecimento. Em 1957, num domingo ensolarado, a avenida Copacabana estava praticamente deserta quando saiu do Metro uma família inteira: o marido, a mulher, três filhos pequenos (um no colo) e um quarto na barriga dela. Encostado a uma árvore, um cidadão escutava o rádio de pilha. O marido se aproximou, meio apreensivo, e perguntou quanto tinha sido o jogo. Seis a dois, respondeu o outro. "Para quem?" Para o Botafogo. O marido imediatamente transferiu o caçula para o colo da mulher, chamou um táxi e se mandou, deixando a família no meio da rua. A mulher, sobrecarregada de guris, mostrava-se alegre. Explicou: "Ele tinha ido ao cinema para evitar as emoções do jogo. Já teve um enfarte, sabe como é? Mas agora o time dele é campeão e ele está indo comemorar a vitória na sede do clube."

Foi assim que me tornei botafoguense. Com o tempo, verifiquei que o Botafogo e eu havíamos nascido um para o outro, pois somos capazes de grandes feitos e inauditas vilezas.

Era o time da estrela solitária: onde houvesse um copo e uma angústia, lá estaria um botafoguense declarado ou enrustido. Era também o clube das personalidades fortes: Garrincha, uma criança feita só de coração, rei e escravo da cidade e do mundo; um passarinho feito gente, que se dá todo a todos e não leva nada em troca, a não ser a ingratidão. Didi, o mais elegante jogador de futebol de todos os tempos, e tão inteligente que eu sempre tive a impressão de que ele, no gramado, com a camisa amarelo-ouro, era nada menos que o pai de Pelé. O atleta que descobriu a pólvora: quem deve correr é a bola, e não o jogador. Nílton Santos, um *gentleman*, Zona Sul da cabeça aos pés. Se o Flamengo é um estado de espírito, o Botafogo é um esnobismo, e seus atletas poderiam perfeitamente concentrar-se no Assyrius.

2. Quando o Bangu pintou na ponta do campeonato, torci pelo Bangu e fiquei neutro quando esse time se defrontou com o Botafogo. E este ano vibrei secretamente com o Olaria. O Olaria merecia vencer para que o significado da presença de Afonsinho em campo se tornasse claro aos olhos de todos. Esse atleta de cabeça erguida – Afonsinho – surgiu nos jornais com barba e tentou dizer (os cartolas não deixaram):

"Eu sou da geração que vocês não conseguirão explorar miseravelmente, como fizeram com Garrincha."

3. Domingo jogam Fluminense e Botafogo, que se encontram na mesma situação de 1957. Vou ao Maracanã fazer número na torcida alvinegra, mas é meu destino estar rodeado de tricolores nas cadeiras especiais. Eu os chamo carinhosamente "a gentinha do Fluminense"; "a ralé do carro esporte"... Chico Buarque, João Luiz de Albuquerque, Nelsinho Motta, Hugo Carvana, César Thedim... Puf! Sai pra lá, baixo astral!

Em caso de vitória do Botafogo, evitarei cuidadosamente a presença desse pessoal e de outras pessoas que ficam na geladeira. Quem torce pelo Fluminense endoidece na hora das grandes decisões. Já vi amigos do peito trocando sopapos só porque um deles era torcedor do Fluminense. Já vi um tricolor fanático quebrar a perna em casa, horas depois do jogo, ao ver um gol de Flávio feito em videoteipe. Essa paixão me assusta, fascina e horroriza. Como se pode trocar um amigo por um time de futebol? (O João Luiz de Albuquerque, por exemplo, saiu certa vez de Washington, desembarcou no Galeão e foi direto ao Maracanã, onde o fotografaram carregando nas costas um craque do Fluminense. Nunca ninguém veio de tão longe para carregar peso).

Portanto, já sabem: meu palpite é Botafogo 3, Fluminense 2.

25-06-1971

Psicologia da árvore

HÁ ALGUMAS amendoeiras na rua Bartolomeu Mitre. Há também um misterioso funcionário público que de vez em quando, sem ninguém ver, passa uma tinta branca no pé de cada amendoeira, no fito de protegê-la contra insetos.

Em frente ao restaurante Antonio's, onde fiz minha residência provisória, se ergue a mais raquítica amendoeira da rua Bartolomeu Mitre. Pequenina, magra, desfolhada, ninguém lhe dava a mínima atenção. Minto: Manolo, às vezes, pegava uma folha seca e oferecia a um cliente, quase sempre traçando entre as nervuras uma mensagem carinhosa. No mais eram os carros que aqui correm pela calçada e que, de vez em quando batiam na árvore, sem contar com as tradicionais intempéries a que estão sujeitas as coisas e pessoas, e que quanto mais as vergam mais lhes dá gosto de erguer a cabeça. Tudo o que existe está submetido à psicologia do desgaste; por conseguinte, não se pode ser uma árvore sem aprender um pouquinho que seja de psicologia. Bertrand Russell nos fala de um cientista que se dispunha a determinar o nascimento de um peixe com um só olho no meio da cabeça, em vez de um de cada lado. Como a determinação ficou apenas na hipótese de trabalho – acrescento eu – nunca se saberá se o peixe, forçado por sua fragilidade a sofrer tal experiência, se submeteria aos caprichos do cientista. Pois creio que mesmo no aquário de Frankenstein se poderá observar uma vontade coesa, indestrutível por definição cujo mito consiste em obedecer sempre, haja o que houver, ao seu desenho inicial. Estamos em Leibniz ou em Platão? Ou em Deus?

Neste preciso instante o vento sopra nas folhas verdes, viçosas da amendoeira fustigada pelas leis da natureza e pela inocência dos homens. Ela está alegre e seus cabelos ao vento lembram a veneranda cabeça de Bertrand Russell. Ao longo de sua magritude, já lamentada, podemos constatar uma novidade interessante. É que a tinta branca que lhe passaram no pé, rente ao canteiro, já está lá em cima, figurando uma joelheira. E entre o chão e a joelheira, o tronco jorrou vigoroso, como se ela finalmente tivesse aprendido a lição de psicologia que, se nos falta, definhamos. Ela havia crescido não obstante as dificuldades, e agora se fortalece com e contra seus problemas específicos.

Dela não posso dizer que seja altaneira, pois como já disse não se pode conceber uma árvore menos dotada para o esplendor. Mas é de um orgulho escandaloso. Nasceu cândida e gentil; cresceu ao deus-dará; sofreu sem compreender; mas de repente acordou para a luta e corrigiu-se. Queriam incutir-lhe um olho no meio da testa, mas ela preferiu, por ser mais ela, conservar um de cada lado, pois assim foi desenhada.

O desenho é o desejo da forma. Na árvore criança, balbuciante, incompreendida e desamparada, vigorava o esboço do sonho de ser uma árvore. O seu determinismo era relativo, pois ninguém se torna uma árvore apenas por ter sido plantada. Aqueles que sonham se iludem, mas o sonho vem dotado de um mecanismo singular, permitindo que dele se acorde; a alienação pelo avesso é a maturidade da árvore. Ou em outras palavras, a vida é um torturador pavloviano.

Agora o vento não lhe sopra as folhas. Está calma. Não sei se o sol pousa em suas folhas ou se ela ergue raios de sol em suas mãos. Só sei que a solidão da árvore é suculenta é que ela não precisa de ninguém, nem de nada para continuar firmemente escorada em suas próprias raízes uma vez que essas raízes significam a sua fidelidade ao próprio ser.

Não se comete suicídio quando se é valente.

06-08-1971

Improviso no vento morno

SOPRA NO Leblon um vento morno e alegre, as amendoeiras refolharam viçosas e rodopiam numa claridade ainda úmida de aguaceiro. Os namorados vão de mãos dadas: beduínos são eles neste oásis, trazendo ocultos os rostos sob os véus de cabelos em alvoroço.

"Meus policiais", disse o homem mau de Belfort Roxo, "têm ordem de fuzilar qualquer bandido que fizer o menor gesto suspeito com as mãos quando for preso. Aqui, quem não se entregar bonitinho leva chumbo". Enquanto isso, umas nuvens se esgarçam branquinhas contra o teto azul do Leblon.

Operários com capacetes amarelos erguem na direção deste céu uma nova Torre de Babel. Ali, onde houve outrora o Luna Bar, que servia chope gelado e batatas fritas, ergue-se agora o esqueleto da futura Babilônia. Os operários atarefados nos andaimes, visíveis a olho nu desde o princípio da Bartomoleu Mitre, lá para os lados do Jóquei, vestem calças de mescla, exibem musculosos torsos nus e trazem à cabeça esses capacetes amarelos que lhes conferem uma elegância de engenheiros. Trabalham com febril inocência, ignorando que suas velhas botinas estão pisando uma recordação feliz. Pois eu vos digo, operários, que ali no Luna Bar, outrora, Dorival Caymmi tirou no violão esta cantiga que ainda hoje vos transfigura em brejeiros amantes:

Marina, morena Marina, você se pintou
Marina, você faça tudo mas faça um favor
Não pinte esse rosto que eu gosto e que é só meu
Marina, você já é bonita com o que Deus lhe deu...

"Arreda, arreda que lá vai bala", gritou o homem mau de Belfort Roxo, e logo depois caíram baleados o estudante e o feirante. Mas aqui no Leblon, na praça Antero de Quental, os abricós pendem dos galhos, amarelos, oferecendo um sabor de saudade aos transeuntes indiferentes.

"Enquanto o Brasil cresce e se projeta internacionalmente, não se pode ficar tratando bandidos com carinho", falou o homem mau, e logo o vento morno dispersou em dossel a folhagem dos flamboyants aqui na praça Antero de Quental.

Sentada ao pé duma árvore, a professora primária espera o ônibus. Com os livros debaixo do braço, rapazolas seguem orgulhoso para a escola, bronzeados, com cabelos compridos e calças bocas-de-sino. Vão orgulhosos por pertencerem a um colégio cujos diretores não confundem moda juvenil com delinqüência juvenil.

"Aqui não estamos interessados em poupar a vida de marginais, e sim dos que trabalham", disse lá em Belfort Roxo o defensor da ordem pública. "Quem não se entrega direitinho leva chumbo".

Na Torre de Babel em edificação toca a sineta, anunciando a hora do almoço, e os operários vão ao encontro do feijão com arroz como se fossem príncipes. Lá em Belfort Roxo um estudante de música nunca mais ouvirá as músicas de Chico Buarque, e desabou no chão um jovem feirante, mas seu cadáver não atrapalhou o tráfego, não atrapalhou o sábado, não atrapalhou coisa nenhuma.

Três velhos estão sentados ao sol, lado a lado, no banco que fica perto da carrocinha de sorvete. São três homens velhos, de cabelos brancos, e conversam animadamente, ao passo que a menina pretinha, da escola primária, vestida de azul e branco, voa para lá e para cá, sentada num minitrapézio. Se eles soubessem, os três homens velhos, que atrás deles há abricós maduros, ficaríamos dispostos a trocar um simples gesto de mão pelo gosto perdido de uma infância...

12-03-1972

Uma vez Flamengo...

PAULO JOSÉ, o ator, lendo freneticamente os jornais enquanto almoçava, disse-me que pretendia ler, reler e tresler, sempre sentindo a mesma emoção. Verifiquei que, igual a ele, em toda parte, todas as pessoas faziam a mesma coisa: liam, reliam, tresliam os jornais. (Há na rua Bartolomeu Mitre uma menina que sempre que vai à escola, passando por mim, abre um sorriso angélico e grita "Ôi Carlinhos!" Algumas semanas atrás, um dia após a derrota do Botafogo ante o Fluminense, havia uma certa crueldade no sorriso e o cumprimento foi este: "Está de cabeça inchada, hem? Seu Botafogo entrou pelo cano..." Ela torce pelo Fluminense, e eu (sem fanatismo) pelo Botafogo. Pois bem, ontem ela passou de cabeça baixa, cabeça inchada, não me cumprimentou. Ia em solidão, ensimesmada, privada de uma alegria longamente ansiada).

À noitinha, a conversa de bar é sempre a mesma, em qualquer lugar, de modo que não se precisa nomear os interlocutores. Indiferentes ao reaparecimento dos tupamaros, ao novo passeio dos americanos na Lua, à ofensiva irresistível dos norte-americanos, e até às louras monumentais do Moulin Rouge, o assunto é um só:

– Mas que banho! No terceiro gol eu comecei a chorar.

– A falta de Lula desequilibrou a partida. Com Lula, o marcador seria diferente.

– Esse rapaz, o Caio, inventou uma forma nova de expressar a alegria. Ou melhor, foi aprender com o palhaço Carequinha uma das mais antigas formas de expressar a alegria, que é dando cambalhotas. Se Pelé se ergue no ar com o punho cerrado, guerreiro triunfante, Caio se derrama no chão, palhaço, infantil, utilizando uma linguagem logo adotada pelas crianças que estavam no Maracanã. Para ele o futebol não é uma guerra e sim uma brincadeira. Com Fio e agora com

Caio podemos estar certos de que o espírito de Garrincha baixou no Flamengo.

– A grande jogada do Flamengo foi a contratação de Paulo César. Na flor da idade, ele tem espírito de liderança dentro e fora de campo, o que às vezes pode ser erroneamente tomado por indisciplina. Sua cabeleira *black power*, suas roupas coloridas, sua irreverência na apreciação dos superiores fazem dele um homem da confiança profissional dos demais atletas, comparável ao prestígio político-profissional que Afonsinho angariou no Olaria. Paulo César custou um bilhão de cruzeiros antigos e, em quatro meses, a multidão compensou o clube com dois bilhões e meio.

– E Zé Mário? Como está jogando o garoto...

– A televisão carioca sofre de alienação. Impinge ao povo o que quer e apregoa que o povo quer aquilo que ela lhe impõe. Na segunda-feira à noite havia uma porção de senhores comentando o Fla-Flu, na TV, como se estivessem num bar. Mas quem tinha ligado a televisão esperava a repetição da festa, esse precioso videoteipe que poderia muito bem passar todas as noites, até domingo que vem.

– Zé Mário, Caio, Doval, Paulo César, Renato... O Flamengo voltou a ser uma fábrica de ídolos.

– Sorte tem o Zagalo.

– Não há dúvida de que sorte ele tem, mas é também um técnico frio e sensato. Conseguir controlar a emoção de seus comandados, debaixo da monstruosa pressão da torcida, é façanha de um craque em psicologia. Eu, se estivesse em campo, já no segundo gol ia começar a chorar, esquecendo completamente que a partida devia prosseguir.

– Sorte, meus senhores, tem aquele senhor que estava lá em cima com o radinho de pilha. O homem é campeão mundial de futebol, campeão de basquete, campeão de vôlei, campeão de corrida de automóvel, campeão de xadrez, campeão mundial até de caratê... Consegue comemorar o 1º de maio (três dias de feriado) com a estréia de Tostão no Vasco.

26-04-72

Desastre, pão e manteiga

PROBLEMA sempre na ordem-do-dia, nesta cidade que passa a conviver com as dificuldades assim que se sente incapaz de resolvê-las: o movimento alucinante dos veículos nas ruas. Já que ninguém dá jeito no trânsito, o carioca se conforma em conversar sobre o assunto como quem no verão comenta: "Mas que calor brabo, hein, seu moço?" – e depois disso continua suando. Os jornalistas todo santo dia enumeram as ocorrências da véspera, entre engarrafamentos, colisões e atropelamentos. E quase com indiferença o leitor do jornal passa os olhos na matéria: a pequenina expectativa que ainda o anima vem do temor de encontrar algum conhecido entre vítimas nomeadas. No geral, o noticiário é inodoro, abstrato, cansativo e condenado ao rápido esquecimento que se abate sobre os acontecimentos rotineiros. Em outras palavras, morrer nas ruas do Rio, nessa guerra da máquina contra o homem, é algo tão provável (conforme a natureza das coisas) quanto morrer no Vietnã.

E isso vem de longe. Já no tempo dos lotações, dirigidos por Fittipaldis anônimos, o Rio era mundialmente conhecido como a capital mundial dos automobilistas malucos, valendo o fato como atração adicional para turistas excêntricos.

Nos últimos dias, porém, o noticiário vem salpicado de pequeninos detalhes que facilitam a abordagem, de um ângulo, digamos assim, afetivo, desse problema que por ser irremediável se tornou árido. Por exemplo: registrando um desastre, com mortes, no livro de ocorrências, um soldado da Polícia Militar admitiu estar ele próprio exposto à tal morte, no tal lugar. Fechou o livro, foi para o ponto de ônibus e morreu atropelado junto com outras pessoas que também morreram ou resultaram seriamente feridas.

Entrementes, os pilotos da Esquadrilha da Fumaça dominam nos céus as suas máquinas, mostrando que a ousadia não é necessariamente prima-irmã do risco de vida. Suas acrobacias aéreas são garantidas pela intimidade que têm com a máquina, pela longa experiência acumulada e inclusive pelo apego à vida, evidenciado na alegria com que cruzam os ares. Esses homens se declaram amedrontados apenas quando se encontram no interior de um táxi, entregues à temeridade neurótica de um chofer de praça carioca.

Os mesmos jornais que noticiam a morte do PM e a ansiedade dos aviadores registram ainda, duas ocorrências idênticas, no mesmo dia, em local e hora diversos: um carro fecha outro, um homem salta e baleia mortalmente o suposto agressor; um carro fecha outro, um homem salta e esvazia a tiros de revólver os pneus do veículo imprudente. A situação é esta mesma, mas mesmo detalhada ainda me parece envolvida numa aura de distância. Seus protagonistas são vizinhos meus que nunca vi, cujos nomes nada me dizem e cujas vidas e mortes não ressoam no meu coração. Quem são afinal, pergunto eu, os assassinos do trânsito, esses egoístas apressados e impiedosos? E o mesmo coração responde: "Somos nós todos. Podes crer. Tu, teus amigos, teus conhecidos". E de fato, deve ser assim: em cinco amigos meus, quatro possuem automóvel, e por conseguinte entram na apreciação global dos escapamentos de fumaça e das buzinadas frenéticas. São impacientes, rancorosos, julgam-se onipotentes, odeiam a alheia ultrapassagem e adoram quando eles próprios ultrapassam. Ao volante se sentem seguros, pairando acima do perigo que, no entanto, está sempre diante deles.

É o estilo da cidade: a selvageria nas ruas, o desprezo dos que dirigem pelos que andam devem ser expressões da psicologia popular. Em suma: o desastre de automóvel é tão carioca quanto a média com pão e manteiga, diluindo-se em todos os habitantes a responsabilidade pelo caos, a começar naturalmente pelo diretor do Departamento de Trânsito...

19-05-1972

No Jardim Zoológico

É DOMINGO à tarde na Quinta da Boa Vista. Famílias inteiras se movimentam em todas as direções. As mães estendem toalhas nos gramados ondulantes: é a hora do almoço ao ar livre, sob o viçoso céu de maio. Casais de namorados na grama cochilam de mãos dadas.

Os visitantes do Jardim Zoológico são visivelmente habitantes da Zona Norte. Percebe-se isso nas roupas, avançadas mas não espalhafatosas, e nos rostos de expressão sincera, mas tímida. Em grupos, transmitem uma idéia de família numerosa e unida. Na Zona Sul, quando aos domingos aparecem nas ruas os pais com seus filhos, o observador discerne algo como dilaceramento na unidade. São três mundos que se comunicam por um vaso conflituoso: os pais não entendem os filhos adolescentes, e estes se impacientam com os irmãos menores. Já na Zona Norte, a infantilidade a todos nivela: são crianças de diversas idades, porém crianças, esses pais e esses filhos, tios, sobrinhos. Reservaram o domingo para uma visita à natureza bravia, aos bichos do mato. Vou, com uma amiga, no encalço desses inocentes, procurando ver os animais com os olhos deles. Assim:

Atolado na lama, o jacaré é barrigudo sem ser gordo, tal como o indivíduo que bebe muita cerveja. Sua barriga esbranquiçada lateja. Jaz em imobilidade de coisa, puro peso.

Três anéis, verde-escuros, um em cima do outro, escuros e grossos como pneus de caminhão. Em cima dessa pilha, uma grande, chata, piedosa cabeça verde-escura: é a sucuri. Pertinho dela, surgindo qual susto de uma moita, arrasta-se uma cobrinha fina, cuja pele é de um verde mais claro. Fininha e pequenininha, vai movendo o corpo sobre a grama e tudo indica ser bem pequenininha, de fato. Mas vai se espichando, espichando, não acaba nunca. A cobrinha pequenininha é enorme! Seu nome é também sucuri.

O pica-pau de bico amarelo tem no profundo olhar uma expressão esgazeada. Não carece ser oculista quem queira diagnosticar: miopia.

O chimpanzé solitário (há outros, reunidos em outras jaulas) anda para lá e para cá, nervoso, peludo, com seus longos e finos braços e suas longas, nodosas mãos que ainda se lembram de terem sido pés, outrora. Entre suas pernas pende uma bolsa grande, amarelada, sem plumas: está doente. Mas não se preocupa com o corpo, só com o espírito. Febril, persegue dia e noite uma intuição genial, mas que não se cristaliza nunca. Entregue a trabalhos tais, de Goethe e Einstein, mostra-se sumamente aborrecido ante o populacho que lhe atira pedras e paus. Então, interrompendo aquela especulação torturante que pode conduzir à salvação das raças e ao descobrimento de novas constelações, ele devolve pedradas e pauladas, em acanhados gestos que ainda não são de homem, mas de bicho já não são. Que é que falta ao chimpanzé para tornar-se um ímpio e desatinado tirano? Pouca coisa: uma espada à cintura e alguns crachás no peito.

O elefante talvez não sofra de elefantíase. Pode ocorrer que o seu alfaiate lhe tenha feito uma roupa por demais folgada, em especial ali onde o rabo se encontra atarraxado.

Vestida de pedrinhas portuguesas de duas cores, a girafa é muito crescida para a sua idade. Vem daí a sua elegância desengonçada. Lá no alto, lá bem no alto, lá no alto da sua pequena cabeça, conserva ela ainda a grinalda de uma noiva desiludida. A girafa enlouqueceu de amor, coitadinha: por causa de Hamlet, essa desajeitada Ofélia perdeu o juízo.

Perdidas suas prerrogativas, o leão está sentado nas patas traseiras. Não transmite medo e não impõe respeito. Quem te viu e quem te vê! Desmoralizado até o mais fundo do poço da desmoralização, abre a bocarra só para bocejar. Suspeita-se de que este exemplar não é dos que rugem, e sim dos que latem: virou cãozinho lulu; é um leão acanalhado.

O hipopótamo usa armadura e tem uma dentadura de ampulhetas. Mais pesado do que a água, nela afunda como um submarino. Tem uma cara amassada, gaiata, de antigo campeão de boxe, hoje alcoólatra.

O pavão é um peru com mania de borboleta.

28-05-1972

Morte na galeria

POR MAIS que se fale em necessidade fanática de vitórias, na violência contumaz, na habilidade em provocar tumultos para invalidar uma derrota, não se pode negar que no final, o jogador Almir deixou uma imagem simpática. Entrava com ferocidade no adversário certo. Mas, se isso punha em risco a integridade física e a própria carreira do jogador profissional que por infelicidade se atravessava em seu caminho, e se a torcida contrária se enchia de indignação, os torcedores da equipe pela qual jogava Almir batiam palmas. Era justamente isso que esperavam dele: que encarnasse no gramado a paixão do futebol, o amor à camisa, o arrebatamento de um eterno amador.

Convencido de que, feitas as contas, aquilo tudo não passaria de um espetáculo destinado a entreter as multidões e liberá-la de seus desgostos e desilusões, ele não se negava à representação. Era um atleta e um humorista, tal qual, por exemplo, o juiz Armando Marques, se bem que só conhecêssemos de seu humor o aspecto contundente. Entre as mais belas imagens, numa antologia do futebol, há de figurar a seqüência de fotos em que ele aparece literalmente espojado na lama, diante do arco inimigo. O goleiro se aproxima, não há mais tempo para se endireitar. Então Almir se arrasta penosamente, qual centopéia, o rosto enlameado, ao mesmo tempo arrastando a bola à sua frente milímetro por milímetro: é gol. Um gol "de cara"...

Logo que o tempo curou as feridas e foram esquecidos os agravos cometidos no ardor das pelejas, tornou-se Almir um personagem da cidade, ou mais precisamente da Zona Sul – um tipo popular. Do jogador, tivemos uma última notícia recentemente, quando um jornal iniciou a publicação de suas confissões. Nelas Almir aborda destemidamente, e até com um pouco de cinismo, a questão do doping, o que confere às suas palavras uma importância óbvia.

Agora, os jornais confirmam o que era de se esperar. Tendo adquirido por merecimento a fama de homem violento, ele era provocado constantemente. Há sempre um pistoleiro, inexperiente e atrevido, querendo duelar com o matador aposentado: assim nos ensinam os filmes de cowboy, e também assim sucede na vida real.

Mas o próprio Almir gostava de brigar. Era um homem de outra geração. Nos dias atuais, ao menos em ambientes freqüentados pela classe média e pelos jovens em geral, é muito rara a ocorrência de um desentendimento capaz de evoluir para as vias de fato. Não só a garotada se declara mansa por princípio, ela que adotou a flor por emblema, como também já não se usa cortejar acintosamente a mulher alheia. Em suma: ninguém é de ninguém, as mulheres são livres para fazerem o que bem quiserem e assim não há cenas públicas de ciúme. Os engraçadinhos, esses anacrônicos postados em ultrapassadas esquinas, em troca de seus gracejos só recebem a mais humilhante indiferença.

Deu-se, portanto, na galeria Alasca, um fato inusitado, porque em 1973 já não há clima para o desforço físico. Começa a provocação de alguns homossexuais com o revide brutal de Almir e seus companheiros, alguns turistas portugueses julgam de seu direito intervir na confusão, e tudo termina tragicamente com dois mortos e um ferido. Jaz na calçada o lendário jogador de futebol; Almir está morto.

Fecha-se esse *fait-divers*. Mas a imprensa, que muitas vezes exagerou os feitos de Almir com o fito de atrair a curiosidade pública – valendo-se dele, nessas ocasiões, como de uma mercadoria de consumo certo – a imprensa, repito, vem demonstrando no caso uma ingratidão lamentável, bem como um açodamento por todos os títulos condenável. Poucas vezes em minha vida tenho visto algum jornalista infringir a ética profissional, a não ser por distração. Por isso estou certo de que não foi por má-fé que a TV Globo, por exemplo, transmitiu uma informação mutilada e tendenciosa no Jornal Nacional de terça-feira passada.

Era jornalismo de boa qualidade. Mostrava-se o local do crime, relatavam-se as circunstâncias em que ocorreu e em seguida as façanhas de Almir, nos gramados, eram evocadas por meio de imagens arquivadas no Canal 100. Almir, o catimbeiro, Almir que sempre gostou de viver violentamente, Almir que, logicamente, acabaria encontrando morte violenta...

Ora, tenho a impressão de que Almir foi assassinado com um tiro na testa, e esperei em vão que a TV Globo nos dissesse qualquer coisa a respeito do assassino. Mas não. O Jornal Nacional construiu um documento audiovisual que desmoralizava a vítima e que pode muito bem servir de peça importante na defesa do criminoso. Na altura em que a notícia foi exibida ainda não eram conhecidas as circunstâncias exatas em que se deu a ocorrência.

Açodamento, disse eu... Muita pressa, um louvável desejo de servir ao público o acontecimento ainda quente... Mas onde é que está, já não digo a ética, mas tão só a compaixão?...

09-02-1973

Cartão postal

UMA GAROTA de Nova York passou uns dias comigo, conhecendo o Rio de Janeiro antes de seguir para a Bahia. Tendo chegado sem avisar, ela conseguiu um táxi no Galeão e meia hora depois estava engarrafada à boca da Presidente Vargas, sofrendo um calor medonho. Ficou impressionada com o visível nervosismo dos motoristas e com as audaciosas manobras dos ônibus. Avistou, no caminho, um homem atropelado, estendido à beira da calçada com um sapato no pé e o outro lançado a metros de distância. Mas, finalmente, saltou em Copacabana, onde ficaria hospedada com uma amiga, tomou banho de chuveiro e veio me procurar.

De madrugada ela manifestou o desejo de ir do Leblon a Copacabana a pé porque achava isso muito romântico, e eu tive que explicar que o Rio é cidade quase tão perigosa quanto Nova York – perigosa de dia e perigosíssima de noite. Acrescentei que, se ela não tinha visto nenhum policial nas ruas, não era por vivermos, nós cariocas, numa espécie de Suíça tropical, mas sim por não termos dinheiro para contratar policiais em número suficiente (ou então por displicência). Finalmente lhe dei este conselho: "Olhe sempre para os dois lados antes de atravessar, mesmo que a rua seja de mão única".

Domingo, pouco depois do meio-dia, fomos à praia. Armamos a barraca no meio do povo e, contemplando demoradamente as ilhas e o horizonte, os barquinhos que passavam, os aviõezinhos que deslizavam no céu, descortinando mensagens comerciais, ela declarou que o Rio era realmente uma cidade maravilhosa.

Então aconteceu o seguinte. Acompanhamos com os olhos uma bela mulher que se dirigia ao mar, admirando o corpo moreno e vigoroso, e por conseguinte acabamos contemplando o próprio mar, que não estava muito zangado naquele instante. As ondas que se erguiam não ofereciam risco aos banhistas, sendo ao contrário excelentes para que até as crianças pequenas pegassem jacaré. A água estava escura, suja. Nossos olhos seguiram a viagem para além da arrebentação, e assim a americana se interessou por uma grande faixa de água marrom que balançava, e que dali a instantes seria tangida para a beira do mar. Não era possível deixar de ver essa comprida, larga e balançante faixa de água marrom, assim como seria inevitável que ela me perguntasse de que se tratava. Já aquela visão marrom me nauseava, e mais nauseado fiquei no momento em que lhe confessei que eram fezes.

Ela julgou que eu estivesse brincando. Os estrangeiros custam a acreditar o que é sério em nós brasileiros, no meio da permanente galhofa em que vivemos. Pensou que eu estivesse brincando e insistiu para que eu lhe dissesse o que aquilo era realmente.

– Já lhe disse. Aquilo são fezes. As pessoas fazem suas necessidades na latrina, puxam a descarga, o dejeto desce pelo cano, invade o esgoto e se acumula ali onde você o está vendo.

– Mas as pessoas têm coragem de nadar nessa água? – surpreendeu-se ela, pensando naturalmente na bela mulher que passara por nós e que agora estava pegando jacaré. – Não faz mal à saúde?

– Você precisa conhecer melhor os cariocas – ensinei-lhe pacientemente. – Essas pessoas que estão em torno de nós, na areia e na água, são os famosos inocentes do Leblon. Para ser inocente do Leblon não é preciso morar no Leblon. Você, por exemplo, que chegou ontem de Nova York, se quiser tornar-se uma inocente do Leblon, só precisa dar um bom mergulho nesse mar que temos diante de nós.

– Oh! – disse ela.

– É isso. Oh!

Estávamos suados, mas evidentemente não iríamos banhar os nossos corpos naquele mar fedorento. Fomos para o meu apartamento, tomamos banho de chuveiro e... Antes disso, no momento em que ela se trancou para o banho, gritei-lhe amistosamente:

– Se você quiser fazer alguma necessidade fisiológica, não se preocupe com as conseqüências. Nesta natureza ensolarada nada se cria, nada se perde, nada se transforma, porém tudo, mais cedo ou mais tarde se acumula na beira do mar...

Depois da chuveirada ela apareceu fresca e sorridente. Preparei uma caipirinha para nós dois e batemos os copos

– Ergo um brinde à minha linda americaninha loira – falei. – E quero também brindar ao ano nacional do turismo.

14-02-1973

Uma triste celebridade

A celebridade, modernamente, é uma categoria social que não depende do mérito nem da fortuna. Qualquer pessoa pode se tornar célebre a qualquer momento, por qualquer motivo, e sua celebridade pode durar um dia ou muitos anos. A celebridade rende dinheiro ou não rende; pode ser invejável ou desprezível. Sílvia Amélia é frivolamente célebre, assim como Odete Rubirosa. A única coisa que Sílvia Amélia fez, em sua linda existência, foi possuir uma cabeleria loira e separar-se de seu marido; quanto a Odete, foi na condição de viúva que seu mito se consolidou. A noivinha da Pavuna foi uma celebridade que durou alguns meses. Clóvis Bornay é célebre pelo fato de usar roupas extravagantes no carnaval, e Armando Marques por ser um juiz de futebol ao mesmo tempo gracioso e inflexível.

Celebridade, em suma, é a pessoa de quem se fala, sobre quem se escreve, a qual se vê e ouve na televisão, seja qual for o propósito dessa evidência. Algumas celebridades são cientificamente fabricadas, outras aparecem por mero acaso; há aquelas que ganharam a Loteria Esportiva e há, coitadinha, a Albertina, que ficou célebre quando se soube que vivia acorrentada a um barracão. A máxima celebridade alcançou, em dado instante, o Pedrinho Aguinaga, aquele menino que entrou num concurso e ganhou o título de “mais bonito”; depois, como bolha de sabão, desapareceu. Frank Sinatra ficou célebre por nunca ter vindo ao Brasil; Bob Zaguri se manteve no nível da celebridade enquanto durou seu caso amoroso com Brigitte Bardot.

Todos esses exemplos nos falam de um tipo de celebridade compreensível, ou então aceitável, ou no mínimo tolerável. Mas, quando a perversão se intromete no mundo sofisticado das celebridades, temos o Esquadrão da Morte. O detetive Nélson Duarte podia fazer todas aquelas falcatruas que nós sabemos, sem por isso adquirir celebridade: botava banca de bom-moço na televisão e comprava condecorações. Por causa da celebridade, que procurou e teve, acabou no xilindró.

Está neste caso o ex-policial Mariel Mariscot. Mariel sempre foi muito vaidoso, fazia questão de freqüentar os lugares onde se reúnem os artistas de televisão e cinema. Era um xepeiro da celebridade alheia, situação que provavelmente o deixava humilhado. Mas acabou conseguindo ofuscar essas pessoas que invejava: ao menos nas páginas policiais, celebridade era o Mariel. Depois de fugir espetacularmente da prisão, constatando (com tristeza) que os jornalistas já não mencionavam seu nome, botou uma barba postiça e foi bater papo com alguns craques da Seleção Brasileira. No dia seguinte não deu outra coisa: Mariel nas primeiras páginas!

Sumiu outra vez na clandestinidade. Mas a necessidade mórbida que tem, de ser objeto de admiração, temor ou controvérsia, falou mais forte – e ei-lo concedendo uma entrevista exclusiva a um repórter, que teve inclusive o direito de fotografá-lo. Nessas fotografias, publicadas numa revista, vemos Mariel Mariscot no esplendor de sua megalomania, fantasiado de Antônio das Mortes... No fundo, o que ele gostaria mesmo era de trabalhar num filme de Glauber Rocha – e se odeia a sociedade, a qual desafia em lances de humor macabro, é simplesmente por não suportar a evidência de sua mediocridade.

Na Bahia, durante o carnaval, ele dançou com uma fantasia popular, mas fez questão de ostentar no peito o emblema de sua horrenda presunção: E.M., Esquadrão da Morte... E, segundo alega, pretendia entregar-se às autoridades cariocas hoje, depois de... Isso mesmo: depois de se exibir, no domingo que passou, num programa de televisão. Foi apanhado antes. Mas não duvidem de que, mais cedo ou mais tarde, ele nos dará provas de que merece ficar algum tempo no rol das celebridades.

14-03-1973

Bairro demolido

DIAS ATRÁS andei inspecionando as menininhas que circulam em Ipanema ao entardecer. Gosto disso. Impressiona a quantidade esmagadora de jovens. Muitas, que conheço apenas de vista, vi crescer, apreciei o desenvolvimento das formas, cheguei mesmo a descobrir onde moram e a que família pertencem. No Bar 20 tem umazinha parecida com a Scarlet Moon: grandalhona, meio desengonçada, com rosto de traços exóticos e um capacete de cabelos encaracolados; quando me vê fica perturbada, põe-se a rir e a andar apressadamente. Ignoro qual seja a graça; mas me divirto também, ao passar por ela, sempre à tardinha, no Bar 20.

No caminho, um companheiro se incorpora ao meu *footing*. Esse nasceu em Ipanema e cresceu aqui mesmo. Quando passávamos pelo Bruni 70, soltou um suspiro profundamente honesto: ai meu Deus, como deve ter sido triste alguém viver em Ipanema, sendo mulher, e jovem, mas feiosa... São raras as feiosas, mas que escândalo no meio da formosura.

Esse é o aspecto humano do bairro, gracioso como sempre o vi. Mas a rua Visconde de Pirajá, esse rio que passou em minha vida lá se vão vinte anos, essa Pirajá onde festejamos a passagem do último bonde, não é mais a mesma. Está feia, suja, estragada. Não se pode andar na calçada, a não ser desvencilhando-se dos mais incômodos obstáculos, tais como canteiros de obras, buracos, montes de terra, poças d'água, automóveis estacionados. E também não se pode atravessar a rua, constantemente congestionada. Ipanema, tal como a vi há menos de três dias, é presa duma convulsão insensata. Prédios são derrubados entre prédios que estão sendo erguidos, o que produz a visão de uma cidade duramente bombardeada. Por todos os lados os operários estão procurando encanamentos furados, redes elétricas danificadas, água potável e petróleo. Nos lugares em que o solo se apresenta mais escalavrado, mais atulhado de materiais de construção, percebemos que o carioca atribui um sentido mágico à construção do metrô: ele pensa que os trens, como as minhocas, já se encontram, desde os tempos remotos, em suas galerias subterrâneas. É só cavar que eles aparecem. Não se trata de engenharia ferroviária (se isso existe) e sim de Arqueologia.

Enquanto isso, algumas pessoas movimentam seus veículos em plena calçada, e seguem sem buzinar, demonstrando um total desprezo, direi mesmo um desprezo selvagem pela dignidade dos transeuntes. Não posso imaginar cena mais ridícula que a do cidadão atropelado debaixo de uma marquise, enquanto tomava um sorvete de pistache.

Direis que é o progresso. Mas que progresso será esse, que pretende transformar-nos, da noite para o dia, numa Paulicéia Desvairada? Aquele meu amigo, que suspirava de dó das feiosas, vem logo com uma explicação plausível:

– É isso aí. Ficamos todos esses anos de papo para o ar, tomando sol, bebendo chope, cortejando as lebres, e de repente – pum. Alguém advertiu que já chegamos a 1973. Perdemos tempo e dinheiro. Agora, toca a trabalhar, que é para os nossos netos chegarem ao século XXI com seus relógios ajustados.

– Está bem, deve ser assim – retruquei. Mas esse é o tipo de sofreguidão que transtorna a vida cotidiana, abala os nervos, subverte a moral e os bons costumes. Nossos netos serão provavelmente mais neuróticos que nós.

– Mas estão previstos muitos consultórios de psicanálise... O Grande Rio não será só uma questão de lanchonetes.

– Deve ser assim. Mas para onde é que nós vamos, nós, que nada temos com isso? Eu, pelo menos, não pretendo poluir com meus netos o ano de 2000.

– Vamos tomar um copo de vinho e recordar a Ipanema que o progresso está matando.

Fomos. O vinho tinha gosto de saudade, saudade da terra, saudade do animal que perdemos.

21-05-1973

Sofrimento à esquerda

LÁ VAI O Carlinhos, passando em frente à New Style, onde a esta hora, onze da noite, dormem na penumbra as poltronas aconchegantes, os quadros de nova figuração e as invenções em acrílico. Lá vai ele alcançando a esquina da Ataulfo de Paiva com João Lira, e então, mirando à sua direita, ei-lo a perguntar-se: "Onde anda o Carlinhos do Hotel Carlton, e onde anda, mais adiante e alguns anos mais tarde, o seu homônimo do edifício Gaivota?" São coágulos de tempo e paixão parados ali, suspensos ali e acolá...

Mas eis que, voltando os olhos para o lado esquerdo, na direção da Lagoa, a mesma pergunta se lhe impõe: "Onde é que anda o Carlinhos?". A cena que vê, noite após noite, é idêntica: camionetas estacionadas, no interior das quais os fotógrafos e repórteres, fatigados da televisão, com seus refletores iluminando um pedaço de calçada: curiosos que se agrupam, discutem e dispersam, Onde andará Carlinhos Ramires, cujo pai e cuja família sofrem além da compreensão humana, esperando dia e noite o garotinho seqüestrado?

Charlot se preocupa. Está cansado de advertir aos seus leitores mais generosos que, com a aproximação inexorável do mundo totalitário, a angústia coletiva se manifesta na forma de um individualismo exacerbado. A essência de minha liberdade é o rancor; para denunciar o estrangulamento de minha liberdade, aposso-me de outrem: um diplomata, um passageiro de avião, um anônimo qualquer. A exigência de resgate entra como pretexto – uma espécie de pudor insano que me leva a disfarçar o meu verdadeiro intuito. Não quero que saibam que privei alguém de sua liberdade apenas para imitar aqueles que me privaram da minha: sou um enamorado da escravidão a que me condenou a lógica dos tempos atuais. Em 1984, os escravos prosternados gritarão na aurora e no crepúsculo: "Saravá, *Big Brother*!"

Saravá... Convencido de que a investigação policial, na falta de um fio condutor, há de ser morosa, reduzida que está a intuição e flutuando ao sabor do acaso, Charlot construiu a seguinte ficção:

"Indução ao equívoco – O garotinho de dez anos foi seqüestrado em sua própria casa. O resgate seria de cem mil cruzeiros, que deveriam ser deixados em determinado local, em determinada hora. Entretanto, nesse local e nessa hora, numerosas pessoas realizavam uma sessão de macumba. Considerando inverossímil tal situação, a polícia aconselhou o pai da criança a esperar que o local ficasse deserto. Assim se fez: em hora erma, o pacote com o dinheiro foi deixado no ponto combinado. E nada aconteceu. Não aconteceu mais nada desde então. Cessou por completo o contato entre o seqüestrador e os pais da vítima.

Ora, a inverossimilhança começa quando alguém se apossa violentamente de uma pessoa pertencente à classe média, cuja família comprovadamente não se acha em condições de dispor facilmente de cem mil cruzeiros. E prossegue (a inverossimilhança) assim que a quantia, obtida com dificuldade, é largada no lugar combinado, não é apanhada. E chega às raias do absurdo quando a resposta à angústia paterna é meramente o silêncio misterioso. Então?

Então podemos supor que a sessão de macumba, na mesma hora e lugar, estava prevista pelo seqüestrador; e que, por conseguinte, não se desejava um resgate, e sim uma oferenda. Magia negra. E mais: há algo feminino nesse longo silêncio: a perseverança na perversidade afemina esse tipo de demência. Imaginemos uma mulher de seus cinqüenta anos, dotada de poderosa vontade, e que confere à própria loucura o nome de misticismo, a fim de legitimá-la.

Conclusão: o garotinho teria sido escolhido ao acaso, sem relação alguma com a vida particular de seus particulares ou com uma desesperada necessidade de dinheiro."

Ah, Charlot... Eis diante de ti a igreja de Santa Mônica. Por que não entras, por que não te ajoelhas, por que não acrescentas a tua oração a de todos aqueles que sofrem pelo menino?

07-09-1973

Vamos à festa

ESTAREI no Maracanã com o povo, dia 19 de dezembro, participando da festa de Garrincha.[12] Já vejo a felicidade da multidão, chamada a diluir-se num só monumental coração – ela que se divide em facções apaixonadas quando o jogo é para valer. Quantas e quantas alegrias nos deu esse homem de pernas tortas cujo nome outra vez gritaremos em uníssono?

Garrincha e Pelé apareceram quase ao mesmo tempo. Na Suécia, os dois se firmaram na admiração mundial. Em seguida, cada qual correu o seu páreo individual, tudo dando certo para Pelé e quase tudo dando errado para Garrincha. Só no gramado é que não havia dúvida: nunca mais veremos algo semelhante a Garrincha, ainda que Pelé seja o melhor de todos os tempos. Ele desorganizava os sistemas e desmoralizava a própria idéia de futebol. Quando tinha a bola no pé, e contemplava os adversários enfileirados, e literalmente parava o tempo – o estádio inteiro fascinado pela sua imobilidade – sabiam todos que ia acontecer uma única coisa, a qual consistiria no avanço irresistível de Garrincha a caminho do gol. Os adversários estavam ali, um atrás do outro, atentos, dispostos a derrubá-lo de qualquer maneira, mas já se sentiam derrotados. Essa arte de parar o jogo, impondo ao cronômetro a sua solidão mágica, é que torna Garrincha incomparável; de repente, zás – lá ia ele, sempre pelo mesmo caminho, salvo por Deus das alternativas do tranco e do tropeção. E pimba! Lá da linha do córner enfiava um gol olímpico.

Era um atleta chapliniano. Tinha as pernas grotescamente entortadas, quase à maneira da letra xis. Vivia num território exíguo, volun-

[12] Jogo beneficente e despedida do jogador.

tariamente resignado à ponta direita. Oferecia a bola aos zagueiros do outro time, distanciando-se dela e esperando que um deles a alcançasse. Parecia um toureiro. A chuteira do adversário chegava a poucos centímetros da bola – e olé! – a bola já não estava ali, nem Garrincha. A multidão rolava de rir.

Tinha tendência a engordar, por viver comendo mariola, e saltava do trem em movimento, sem consciência do valor que tinham as suas pernas. Queria ser pai de um menino e acabou fazendo oito meninas. Quando lhe disseram que era campeão do mundo, na Suécia, espantou-se: "Ué! Esse campeonato só tem um turno?" E no Chile carregou nos ombros a tremenda responsabilidade de ser Garrincha e também Pelé. Alguém na ocasião o impelia: alguém cuja voz negra enrouquecia à maneira de Louis Armstrong e que cantava: "Não tem Pelé, mas tem Mané... Garrincha-chá-chá!" Era Elza Soares, antiga favelada, mãe solteira de muitos filhos. Começou assim uma das mais belas histórias de amor de que se tem notícia.

Veio finalmente o declínio e Garrincha caiu no ostracismo. Um dia anunciaram que ele entraria no Maracanã com a camisa do Flamengo, essa bandeira feita de suor e esperança. As multidões suburbanas enlouqueceram, foram destruídos os portões do Maracanã. Já se sabia que aquele herói era apenas uma sombra do ídolo de outrora, mas já se sentia a necessidade, a obrigação elementar de lhe assegurar uma aposentadoria confortável.

Isso vai ser feito agora. Antes tarde do que nunca. Não se pode tratar Garrincha como um jogador de futebol qualquer. Ele foi mantido em campo, no Chile, por interferência do então Primeiro-Ministro do nosso regime parlamentarista. Era ele, então, o Brasil, era por nós e conosco que estava driblando e vencendo. Em seus negócios particulares foi iludido, viu-se pobre como no início. Mas as alegrias que nos deu, e que evocamos com prazer, não têm preço. Vamos à festa, vamos fazer-lhe uma grande festa, com Pelé e Amarildo.

18-11-1973

Os campeões do mundo

FALANDO de Garrincha, entrei num processo de nostalgia. Que bom! Pois a nostalgia está na moda. Estou me lembrando de um rapazola, noivo, que trocou o jornalismo pela publicidade a fim de ganhar mais dinheiro e dar uma boa vida à sua amada. De repente estalou o mundo: a Seleção Brasileira entrou em campo. Garrincha, Pelé, Vavá, Nílton Santos, Zagalo, Djalma Santos. No princípio Pelé era apenas um pretinho de 17 para 18 anos, quase desconhecido fora de São Paulo: no final, com um gol de cabeça inesquecível, surgiria o rei Pelé. Ah, eu quase me esquecia de outro negro, Didi, o mais elegante atleta que vi em minha vida. Esse impôs à bola de couro uma trajetória tempestuosa, sua marca registrada: a folha seca. A bola saía impetuosa e entretanto domesticada, parecendo um bumerangue que fosse um foguete que fosse um cavalinho de carrossel. Ela ondulava.

Vi no Maracanã esses dois milagres. Primeiro a folha seca, que me assustou. Eu sabia que uma esfera inflada não pode descrever no ar aquele movimento; no entanto lá estava ela, obediente ao desenho que Didi lhe imprimiu. Depois, uma penalidade perto da pequena área, a barreira formada... Era um treino da Seleção, já uma vez campeã mundial. Barreira formada, Pelé vai cobrar, fica quieto, espera, sem correr enfia o pé na bola, ergue docemente a bola, e lá vai a bola por cima da barreira. Gol de quem? De Pelé. Havia uns quarenta jornalistas no estúdio; quase todos choraram.

Mas ainda estamos em 1958. Ainda estou noivo. Acabo de provar uma cassata no restaurante da Mesbla... A gente namorava por ali, naquela pracinha em frente à embaixada americana ou então nuns bancos de pedra que há na Academia Brasileira de Letras. Havia gatos vadios na Academia, nós amávamos os gatos e conhecemos algumas senhoras que davam comidas aos gatos depois do meio-dia. Eu estava perdidamente apaixonado e pretendia me tornar um senhor sério. O Brasil ganhou da Áustria, da Rússia (os dois minutos antológicos de Garrincha), ganhou da França, foi ganhando tudo e nós comemorando com papel picado lançado dos edifícios. E nossos mais nobres e mais mesquinhos sentimentos se eriçando. Parece que foi há muito tempo, mas foi quase ontem, os gritos de gol, os abraços, os risos, as lágrimas. A moda das mulheres era o vestido saco, a poesia concreta, falava-se em Cassirer como hoje se fala em Marcuse, estávamos ainda atordoados com o trágico destino de James Dean. Uns rapazes faziam música, reunidos num clube do Posto 6: Tom Jobim, Bené Nunes, João Donato, João Gilberto, Johnny Alf...

Então fomos com uma chuva de gols ao time da Suécia. Pelé se enganchou nos quadris de Nílton Santos e chorou desesperadamente. Garrincha quando soube que aquele homem enorme que estava apertando sua mão era o rei da Suécia, fez uma reverência aprendida nos filmes de Hollywood. Alguém queria tirar uma fotografia especial, para trazer ao Brasil como recordação, e o dentista da Seleção, pegando sem cerimônia o braço do rei, disse assim: "Venha cá, *king*".

Quanto a nós, saímos em corso com o resto do povo, na direção da Cinelândia. Hélio, Millôr, Ivan, minha noiva, Janet, eu, muita bebida e entusiasmo. Na Cinelândia estava todo mundo. Havia carnaval. Brasil! Brasil! Eu ia em cima do pára-lama, jogando beijos. Passou uma bela mulata, enlacei-a e quando dei tento o meu noivado estava desfeito. Meu noivado, meu casamento, meu futuro. Larguei a publicidade, pois já não precisava do excelente dinheiro burguês, voltei ao jornalismo, atravessei uma dor-de-cotovelo que até hoje não sei como não me matou e comecei a escrever uma estranha literatura, concebida na abstração pura e realizada na concretude exasperante do mármore. Mas nada disso teve a menor importância. Afinal de contas, nós éramos campeões do mundo. Aliás, ainda somos.

10-11-1973

Hora e vez de Garrincha

A COPA DE 1962 já nos encontrou mascarados – convencidos de que, se ganhamos a taça Jules Rimet quatro anos antes, na Suécia, era porque não havia mesmo nenhum futebol no mundo capaz de nos vencer.

O time era basicamente o mesmo de 1958. Sua estrutura psicológica tinha como suportes uma certa aristocracia nos modos dentro e fora do campo, uma certa elegância no combate ao adversário, uma lealdade nos choques, um certo comedimento nos gestos e nas palavras. Traduziam essa dignidade popular um veterano apanhado no Botafogo, Nílton Santos – compadre, fã e confidente de Garrincha – e outro trazido do Santos F. C. – Zito, sócio, confidente e admirador de Pelé. Todos os demais eram craques consumados e quase todos vinham da inesquecível campanha da Suécia.

Ocorreu, no entanto, o imprevisto. Pelé se contundiu. Ele se estirou no gramado, de corpo inteiro, esticado de costas, imóvel, como um desmaiado. Jogávamos contra a Tcheco-Eslováquia e era comovente o assombro dos tchecos, afastando-se do ídolo caído, como temerosos de levarem a culpa por um desastre tão grandioso: o de terem posto fora de combate, talvez inutilizado, o maior jogador de futebol em todos os tempos. Mas não houve maldade nem malícia no lance; Pelé se machucou num incidente duro e infeliz do qual ninguém está livre quando entra num campo para disputar um campeonato.

De qualquer modo, o negócio era grave e Pelé ficou no hospital, sem condições de continuar jogando. Em seu lugar entrou Amarildo, um jovem e impetuoso atacante do Botafogo, mas inexperiente nesse tipo de competição – a Jules Rimet – altamente passional, realizada numa sucessão vertiginosa de partidas que se afunilam, pingando finalmente do bico do funil os dois times que disputarão a final e a própria taça.

Amarildo entrou, enquanto o Brasil rezava por ele (nunca tantos despachos de macumba foram vistos em tantas encruzilhadas), e nele baixou o espírito de Pelé. Nós vencemos outra vez. Amarildo tornou-se o novo ídolo das multidões.

Garrincha, porém, mais endiabrado que nunca com a bola nos pés, vinha sendo massacrado. Sistematicamente, os adversários iam em suas canelas, esquecendo de ir na bola. Ele estava todo machucado; derrubavam-no a toda hora; em desespero puxavam-no pela camisa. Contra toda uma biografia de paciência, humildade e gestos nobres, Garrincha reagiu. Deu o troco. E foi expulso de campo.

Era outra catástrofe que se avizinhava. Já estávamos sem Pelé. Agora, sem Garrincha. Ao sair de campo, expulso pelo juiz, ele ainda foi apedrejado pelos torcedores chilenos. Quebraram-lhe a cabeça. O herói alegre saiu do gramado com sangue escorrendo pelo rosto.

A crise política brasileira, que iria convulsionar o país em 1964, vivia uma das suas etapas de equilíbrio precário. Para evitar que os militares derrubassem Jango Goulart, o vice-presidente que passara automaticamente à presidência devido à renúncia de Jânio, foi improvisado um sistema parlamentarista que ia funcionando aos trancos e barrancos. Jango era o presidente e Tancredo Neves o seu primeiro-ministro.

Foi assim que uma notícia sensacional apareceu nas manchetes do mundo inteiro. Em telegrama dirigido ao presidente da FIFA e ao presidente do Chile, o premier Tancredo Neves lembrava que em toda a sua carreira Garrincha nunca havia cometido uma falta desleal, e conseqüentemente nunca fora expulso; tendo em vista o passado desse atleta exemplar, o premier do Brasil solicitava o perdão universal pela falta por ele cometida no jogo anterior, bem como o seu retorno ao estádio para disputar pela seleção brasileira a última partida do campeonato.

A súplica do premier, interpretando os anseios de todos nós, foi atendida. Garrincha teve sua falta perdoada e voltou a campo para decidir a Copa com os chilenos. Com a cabeça toda esparadrapada e dolorida, por causa das pedradas, Garrincha driblou um, driblou dois, dribou três, passou a Amarildo... E quando a boa gente brasileira se deu conta de si, já era outra vez campeã. Agora, bicampeã mundial. Essa boa e sofrida gente bem merecia o bonito prêmio.

25-06-1982

Os nômades do verão

OS GRÃ-FINOS, através de seus porta-vozes, os colunistas sociais, a cada verão se queixam com maior desenvoltura daquilo que consideram a “invasão” de suas praias. Outros privilegiados, como os artistas populares e profissionais autônomos, batem na mesma tecla.

O problema começou na Zona Sul, agravando-se na Região dos Lagos após o êxodo dos descontentes. Estes se queixam assim:

– Pegamos uma faixa de menos de cem metros quadrados e fundamos ali o Castelinho, que por dois ou tres verões abrigou com exclusividade a Geração Dourada, tornando-se inclusive atração internacional. Quando os bárbaros ocuparam esse território, transferimos para a Montenegro. Mas os novos bárbaros já estão chegando, e nos deixaram espremidos ali em frente ao Country.

Esses são os poucos remanescentes de Ipanema. A grande maioria empreendeu o êxodo para Cabo Frio, onde por sinal já não passa de uma nervosa minoria cercada por paulistas e mineiros. A última cidadela, Búzios, caiu no verão passado, assediada pelos veranistas que chegam de Campos e adjacências, e também pelos hippies – sendo que estes são os reis da cara-de-pau, pedindo sem cerimônia cigarro, comida, dinheiro e até licença para tomar banho na casa alheia. E não é diferente a situação na outrora selvagem Arraial do Cabo, a julgar pelo desespero de conhecido humorista que ali havia construído um refúgio saudável.

São divertidas essas pessoas que procuram um oásis no meio da multidão. São inclusive liberais: alegam que o sol nasce para todos – mas também, que diabo, não é preciso misturar... A coisa que elas mais detestam é o aparecimento desses imensos ônibus que trazem do subúrbio, para despejá-las na areia democrática, algumas dezenas de pessoas modestas que chegam com todo o aparato do piquenique.

Já existe até um anúncio de televisão inspirado na psicologia desses aristocratas de beira-mar. O rapaz de pele branca aproxima-se da moça queimada de sol e lhe dirige um galanteio. Brandindo então um frasco de óleo bronzeador, ela o desencoraja com sublime desprezo: "Escureça... E apareça!"

Tendo a praia todos os dias, praticamente o ano inteiro, o pessoal de Ipanema adquiriu esse curioso preconceito de cor. São pessoas, os ipanemenhos, que trabalham à noite, ou em horas incertas, ou simplesmente não trabalham. Ficam na praia de segunda a domingo. Antigamente (mas não faz muito tempo) chegavam às dez horas da manhã e ficavam até duas da tarde. Hoje, aos sábados, domingos e feriados chegam só às duas da tarde, que é quando se retiram os invasores.

Na verdade, o que vemos aqui é o desconforto de uma classe média desenraizada, que não é povo nem elite, e que agora sofre as conseqüências de sua própria alienação e ócio permanente. O operário especializado que compra o seu primeiro automóvel, logicamente se sente em condições de dar à sua família alguns domingos de sol e ginástica. Os ricos, aqueles cujo padrão de vida se baseia no dinheiro que realmente possuem, há muito tempo estão isolados em suas casas com piscina na Barra, na serra, nas clareiras protegidas por montanhas e florestas da Rio-Santos. E como são pessoas muito chegadas ao tédio, já vão trocar a Barra pelo areal selvagem de Viçosa, na Bahia, onde Zanini está construindo um novo paraíso.

Eu, por exemplo, fico com a classe média legítima, aquela, por exemplo, que se instalou em Rio das Ostras e ali pratica um veraneio de cidadezinha. São modestas as casas em que vivem, como são modestas as suas noites, com os adultos reunidos ao pé da televisão e as crianças passeando de bicicleta na avenida beira-mar.

03-02-1974

Depois do maremoto

NO VERÃO do ano passado aconteceu alguma coisa sumamente estranha. O fenômeno hippie alcançava, em Ipanema, o ponto em que esplendor e declínio se confundem. E eis que, sem nenhuma explicação, essas crianças floridas entraram em pânico. Um boato metafísico alastrara-se entre elas, segundo o qual, em determinado dia de janeiro, um maremoto destruiria Ipanema. Alguns pais aflitos telefonavam às redações de jornais e às emissoras de televisão: "Que negócio é esse de maremoto? Minha filha chegou em casa apavorada, exigindo que toda a família se transfira sem tardança para algum lugar alto, como Petrópolis..."

O fenômeno foi devidamente registrado, na ocasião, por mim e pelo Zózimo.[13] Afinal não houve maremoto, mas que importância teria o maremoto quando podemos ver claramente, hoje, que os hippies compartilharam telepaticamente de uma única alucinação? Estavam ligados um no outro, no momento ótimo de seu desbunde. Por isso, naqueles dias, pensavam coletivamente, e também por isso os pais se inquietaram: quando meu filho chega em casa com uma notícia extravagante, desconfio que anda se drogando e chamo o psiquiatra. Mas se a notícia é confirmada pelos filhos e pelos amigos dos filhos dos vizinhos... É assim que a inquietude contamina também os adultos, que então pedem esclarecimentos aos órgãos de informação... E eis o delírio incluído no rol das catástrofes prováveis.

Naquele verão precisamente, e por causa do maremoto que não houve, sintonizei minhas antenas na freqüência da perplexidade juvenil. Já que a sociedade não se ocupa de ninharias que tais – nenhum

[13] Zózimo Barroso do Amaral, colunista social.

sociólogo, nenhum psicólogo até hoje tomou conhecimento dos hippies brasileiros – eu que não tenho nada a fazer decidi que esse estudo constituiria uma excelente forma de vagabundagem. Assim, verifiquei que há simetria (embora objetivamente inexplicável) entre maremoto em Ipanema, magia negra nos Estados Unidos, o culto de Mãe Menininha do Gantois, o best-seller do tipo *O Exorcista* e finalmente... Atenção: minha imaginação vive cavando túneis na minha inteligência, tal como faz o bicho-da-goiaba dentro da goiaba; portanto não me levem muito a sério...

Digo então que finalmente apreciei sem a menor surpresa o aparecimento do demônio nas páginas da revista *Veja*: ao qual se seguirão os anjos, que consta estarem e volta às dimensões em que se movimenta a nossa angústia. Ora, os anjos. Quem é que não sabe que os anjos estão chegando? Quem não percebe que o andrógino, demônio amedrontado, já se fantasiou de anjo na esperança de escapar ao castigo? Ou você vê o que está se passando ou você não vê. Ou você acredita no que está vendo ou não acredita. Nos dois últimos números de *Veja* pululam demônios – e não me falem em campanha publicitária, pois é da natureza do demônio induzir o possuído a crer que age espontaneamente.

Comigo, aliás, é inútil discutir publicidade e jornalismo, pois sou um craque em ambas as matérias. Por conseguinte, em ambos os campos, o conteúdo manifesto me alcança no nível do intelectual comum. Mas a minha curiosidade vai mais longe, ela se debruça no conteúdo latente.

Vou explicar melhor: passa na televisão um filme vendendo determinada marca de biscoito. Costinha é Tarzã e Kate Lyra, mulher de Carlinhos Lyra, faz o papel de Jane. O casal tem um filho pequeno (Boy, naturalmente) e o garoto diz "Papai". Conteúdo manifesto: quem come aquele biscoito envelhece sem perder a potência sexual. Trata-se de um biscoito para "família de fino trato", ou seja, todo mundo: os velhos (Costinha), os jovens (Kate) e as crianças. Biscoito qualquer um come, seja qual for a marca: o velho, o homem de meia-idade, a criança. Botar o Costinha no papel de Tarzã, comendo biscoito e casado com moça bonita, mãe de seu filho, só faria sentido se fosse uma peça publicitária encomendada pela dra. Aslan. Portanto, se você for olhar de perto o conteúdo latente, verá que quem bolou aquele filme, em primeiro lugar é homem, e em segundo lugar é um homem que não anda lá muito seguro a respeito de sua própria virilidade...

Estamos brincando, naturalmente, só para demonstrar que se pode inferir o demônio de uma experiência jornalística sem maiores conseqüências. O fato é que, no verão seguinte ao verão do maremoto, surgiu na imprensa carioca o primeiro colunista especializado em parapsicologia, telepatia, demonologia e o resto. Significa que estamos maduros – nós e o mundo inteiro – para introduzir o fantástico em nossas vidas cotidianas.

17-03-1974

Feira-livre

HOJE É DIA de feira-livre no meu quarteirão. A manhã está linda, com várias nuvens branquinhas no céu muito alto. Na praça, são quentes os coágulos de sol entre as sombras das árvores quase frias. Os abricós estão maduros. Sentados nos bancos em grupo de três, os velhos aposentados se dizem coisas antigas entremeadas de um silêncio de esquecimento. As crianças correm, e montados em seus velocípedes os garotinhos disparam em todas a direções. As babás discutem o último capítulo da novela, enquanto as mães, que são todas jovens, fumam.

A feira é lá na calçada da Ataulfo de Paiva começando na Bartolomeu Mitre, quebrando a General Urquiza e seguindo para a Lagoa. (Minha praça, a Antero de Quental, tem voz. Toda vez que lhe lanço uma mirada, daqui desta calçada, ela murmura, a sorrir tristemente: "Ali onde o mar quebra num cachão/ Rugidor e monótono, e o vento/ Ergue pelo areal os seus lamentos/ Ali se há de enterrar meu coração..."). Ando no meio das donas-de-casa, ao longo dos tabuleiros onde estão expostas toda sorte de coisas: brincos, broches, coadores de café, tampas de panela, cuzcuz de coco, chinelos, espelhos, camisolas de nylon, cataventos de cartolina. As barracas, tão frágeis com suas coberturas de pano sustentadas por quatro ou cinso pedaços de pau, começam mais adiante. Começa ali, também, a azáfama propriamente dita, no fluxo e refluxo confuso da freguesia quase toda feminina, com seus carrinhos ou sacolas, na alegre confusão de vozes e gritos, regateios e pregões – e no meio disso tudo uns meninos que movimentam, extremamente ágeis, uns carrinhos de rolimã. O vermelho dos tomates e dos caquis lhes confere uma consistência que eles, na verdade, não possuem.

Uma gorda doméstica, empurrando um carrinho de feira, espirra. Um feirante de tamancos, sentado num caixote, saúda:

– Deus te ajude!

Uma irmã de caridade escolhe um buquê de rosas vermelhas. Um homem de roupa esporte, visivelmente exilado na classe média carioca, está matando as saudades de um pomar já desparecido, recuperando o gosto de sua infância provinciana: diante de uma pilha de carambolas, essa fruta de tão refinada geometria, ele come, ali mesmo, carambola por carambola. E a mulatinha que veio Deus sabe de onde, chamada a morar como cria e criada na casa da madame que é sua conterrânea, vai indo aos esbarrões, entregue à devoração de um cajá-manga tão doce quão azedinho.

Um montículo de inhames, roxo-escuros. Igual à beterraba, o inhame guarda em si o perfume da terra. Acolá, amontoados num tabuleiro, um despropósito de dentes de ouro aflora das capas arregaçadas do milho verde. Melancolia: nessa profusão de formas e cores apetitosas, a densa abóbora mais parece um pedaço de gesso, pintado cor de abóbora, sem cheiro, sem gosto, sem graça. (Desconfio que Deus estava fazendo a maqueta da melancia).

Vou e volto. Dobro outra vez a esquina e sigo pela Ataulfo de Paiva. Entro no Banco Halles, onde gerentes e funcionários sempre foram extremamente gentis comigo.

Está na hora de apanhar o meu dinheirinho. "É pouco", digo eu à moça do caixa, "mas não pretendo deixar um tostão que seja para o ilustre português que vem aí".

Recebo meus Cr$ 28,00, atravesso a Bartolomeu, entro numa loja e preencho um talão da Loteria Esportiva. Sobra alguma coisa: daria para um chope, se eu ainda fosse boêmio. Não sou mais – e vou indo até emparelhar com o velho Rudi, o alemão que está vestido exatamente como você espera que se vista a mais adorável figura do Leblon: calças amarelo-limão e, sobre a camisa azul, um anorak também azul. Ao pescoço, suas figas e guias; na cabeça, uma boina azul marinho. Vamos os dois visitar o novo Degrau – mas eu apenas entro, olho e volto a fruir a manhã de maio que já chega ao fim.

13-05-1974

O herói ressentido

"Alguém poderá pensar que eu era muito presunçoso. Não: eu era órfão de pai."
Sartre

JÁ É TEMPO de estudar dramaticamente o procedimento dos indivíduos que se acham em evidência jornalística. Aqui estou, em férias, contemplando o massacre da Seleção Brasileira pela Seleção Iugoslava. Massacre subjetivo, quer dizer: não precisamos perder a partida para nos sentirmos derrotados. Observo, particularmente, Paulo César, do Botafogo e depois do Flamengo, idolatrado algum tempo e logo escarnecido, vaiado, perseguido em todos os estádios pelo desprezo da multidão. Lá está ele, estranho a si mesmo, apatetado; perdido o outrora grandiloqüente (e tão simples!) diálogo com a bola, ei-lo agora afásico, jogando um futebol tatibitate. Recordaremos sua infância de menino que não conheceu o pai, tendo sido criado como filho por um antigo jogador de futebol e atual técnico, Marinho, em cujo coração não havia ternura apenas para o filho legítimo, Fred, também jogador de futebol.

Aos vinte e poucos anos, um transtorno sobrevém na vida pessoal de Paulo César, refletindo-se com brutal evidência nas suas atuações esportivas. É negro, não teve pai, está ressentido. Exprime sua revolta levando uma vida de bacana da Zona Sul, com lindos carros, lindíssimos ternos, carapinha tingida em tom caju. Parece morrer de tédio, solitário numa fatia de grama, enquanto seus companheiros se esforçam pela vitória. Ele é virtuose (ninguém nega), os outros são atletas aplicados. Que Paulo César agradeça a Deus essa sua apatia, esse seu desinteresse passivo – pois se trouxesse em si um pingo de loucura, estaria arriscado a repetir a tragédia de Heleno de Freitas, que foi o Van Gogh do futebol brasileiro.

Contou-me uma pessoa séria, cujo nome não estou autorizado a revelar: Paulo César desabafou, um dia, não faz muito tempo, numa lanchonete do Leblon.

– Não tenho nada a ver com a torcida brasileira – disse ele. – Não tenho nada a ver com Seleção nenhuma. Vou à Alemanha para fazer o meu nome. Vou ganhar o Caneco e depois faço um contrato de dois anos, junto o meu dinheirinho, faço a minha independência e não quero mais saber de nada.

Entretanto, alguém mais estava a observá-lo naquela tarde alemã de medo e perplexidade: o dono do dinheiro europeu colocado à disposição do menino que não conheceu o pai. "Mas é esse o tal Paulo César de que vocês tanto me falaram, o substituto do Pelé? Por esse aí, não dou um tostão furado". Depois do jogo, P.C., o próprio, reconheceu que tal como havia ficado, não encontraria vaga em equipe nenhuma, em lugar nenhum do mundo. Disse também que, razão houvesse para tamanho fiasco, ele a desconhecia.

Mas nós sabemos que as grandes obras não nascem de um coração envenenado. E nós, igualmente, não pediremos a Paulo César que se corrija, que se arrependa ou coisa que o valha. Ninguém gosta de carregar pela vida afora um rancor, mesmo justificado. Pediremos a Paulo César tão somente que seja rancoroso até o amargo fim, que dê conseqüência prática a sua amargura. A política existe para nos liberar dessas paixões turvas, e é na política que ele há de encontrar a sua paz. O drama dos nossos jogadores de futebol, esses escravos de luxo – os melhores, bem entendido, porque os outros... – coube a Paulo César sofrer esse drama na intensidade justa, por ser um fora-de-série. Depende dele a colocação política do problema – ele que não tem estudo para sair na maciota, como está fazendo Afonsinho, nem as condições que Pelé teve para ser orgulhoso e modesto, nunca humilde. Porque Afonsinho é médico e Pelé tem um pai que idolatra, mas Paulo César não conheceu seu pai.

01-07-1974

Contraste

PARECE que o Rio nunca mais será uma cidade na qual se possa viver com um mínimo de conforto e segurança. Algumas pessoas que conhecemos já desistiram: só ficam aqui enquanto estão resolvendo seus problemas profissionais, depois vão embora. Um caso ilustre: Antonio Carlos Jobim, que no momento se encontra em Los Angeles. Acabo de ouvir o LP *Elis e Tom*. Elis Regina está incomparável na interpretação de *Águas de março* e *Chovendo na roseira* – mas deixemos os comentários para os críticos especializados. O caso é que Tom pretende desembarcar no Galeão e seguir direto para o rancho que construiu no alto da montanha e onde o esperam o silêncio e o ar puro. A família Buarque de Hollanda (Chico, Marieta e as crianças) fixou residência em Petrópolis, o mesmo acontecendo com Francis Hime, Olivia e a pequena Maria. O engenheiro Cesar Thedim abandonou definitivamente a noite carioca e se enfurnou em Cabo Frio. O escritor Luiz Carlos Maciel (o guru da metafísica pop) escolheu criar galinhas em Macaé. Cláudio Marzo é pequeno fazendeiro em Friburgo, e está ficando até um pouco chato de tanto repetir que não quer outra vida. Paulo Mendes Campos também preferiu armar sua tenda em lugar incerto e não sabido, ou seja, nem em Petrópolis nem em Teresópolis, Vinicius de Moraes trocou a semipenumbra do Antonio's pelos coqueiros de Itapoã. Isso sem falar nos artistas que brevemente seguirão para mais longe ainda, dizendo adeus a estas deliciosas ruas esburacadas, a este estimulante ar poluído, às emocionantes corridas de automóveis nas raras ruas não congestionadas, e inaugurando vida mais decente em Nova Viçosa, onde o arquiteto Zanini está construindo um pequeno paraíso. Todos vão embora, ninguém agüenta mais.

Não é minha intenção falar mal do progresso, por ser isto inútil, além de trair uma espécie de egoísmo saudosista. A cidade está, sem dúvida, condenada a construir-se incessantemente; é de sua natureza megalopolizar-se. Estamos com febre – e não poderia ser de outra maneira, pois numa questão de três décadas seremos forçados a conviver com o século XXI. Mas não deixa de resultar melancólica a experiência do contraste que vivi, por exemplo, domingo passado. Primeiro, tentei passear na praia – a manhã se alongava deslumbrante – mas não foi possível: a avenida Delfim Moreira e seu prolongamento, a Vieira Souto, são hoje um buraco só. De tarde, então, com um grupo de amigos, subi as ladeiras coleantes, mergulhei na floresta viva, contemplei do alto a Lagoa e, além dela, o grande mar com suas ilhas, e continuamos subindo e coleando, e finalmente chegamos a uma casa fincada no meio das árvores e das flores.

Lá no Alto da Boa Vista, a quinze minutos de distância do aglomerado de edifícios e do calor pegajoso, esperava-nos o silêncio vegetal, com seu perfume verde e fino – e, quando escureceu, olhando na direção do mar, vimos a lua cheia, cor de laranja, subindo macia e silente por trás das montanhas violáceas. Temperatura: ideal para o uso de suéteres...

Meia-noite em ponto iniciamos a viagem de volta, e outra vez no asfalto observei algo perturbador; quase todos os veículos, naquela noite tão quente e pegajosa quanto fora o dia, iam com todos os vidros fechados. Era o medo: sabemos que um vidro aberto e um sinal vermelho podem resultar num tiro na têmpora. No ambiente esmagador de cimento, no meio dessas máquinas neurastênicas, o homem também se tornou inimigo do homem.

"Salve-se quem puder", pensei eu, já refugiado em minha gaiola de cimento, e não sem antes engolir a pílula que iria assegurar-me um sono profundo.

07-08-1974

Chuva e solidão

DO LADO de cá desta janela panorâmica, de vidro em finas esquadrias de aço, observo a paisagem. O inverno que vinha vindo indolente, dando-se ares primaveris, em setembro despertou disposto a recuperar o tempo malbaratado. Violentamente empurrada, a primavera viu-se compelida a esperar sua vez no lugar que de direito lhe pertence na ronda das estações. E a chuva, com todo o seu repertório, inaugurou o seu triste espetáculo, caindo aos borbotões, ou pingando de um céu de zinco furado em toda parte, ou estiando só para tomar fôlego – um entreato no qual ocupam a cena os seus dois prestidigitadores: o ventinho frio, que varre enviezado as ruas e resfria os narizes, e a bruma que fez desaparecer o bondinho do Pão de Açúcar, desmanchado como um desenho feito a giz no quadro-negro.

As multidões se atropelam nas calçadas, disputando contra guarda-chuvas abertos a proteção das marquises; os sapatos apodrecem nas poças d'água; impacientes em suas roupas de lã e flanela que cheiram a naftalina, os cariocas procuram continuar vivendo nessas condições adversas – mas a cidade foi feita para o sol e todos os negócios vão dar na opinião unânime de que num tempo assim não se pode fazer nada com alegria. Lá vão eles em todas as direções, os cariocas – esses chatos sem galochas...

Os técnicos do Juizado de Menores acreditam que com a volta dos dias ensolarados a delinqüência juvenil tenderá a agravar-se, por causa das festas de fim de ano. Quer dizer, estão olhando para o futuro quando o presente está aí mesmo, para quem quiser ver: os pivetes despareceram sim, mas por causa da chuva. Eles estão feito bichos enjaulados, naqueles barracos gelados que o lamaçal sitiou. Foram treinados para agir à luz do dia tropical, quando se diluem nos aglomerados humanos, nos quais provocam a ágil e rapidíssima comoção do pequeno furto. Debaixo da chuva, suas roupas ficam andrajosas e eles se tornam visíveis, da mesma forma que os mendigos se mostram, queiramos nós ou não. O pivete em setembro, encharcado e murcho, tem cara de ladrão: cada qual, diante dele, protege instintivamente sua carteira de dinheiro.

Antes de me perder nas tarefas do dia-a-dia, em cada manhã dessas de chuva, faço questão de ver como anda o velho mar. Assim, rolo de táxi ao longo da avenida Atlântica. E por isso anotei o aparecimento de um novo tipo de solidão na Zona Sul. São moças e rapazes que vestem roupas modernas, que se parecem com universitários (o que provavelmente são) e que estão na areia já às oito horas da manhã, caminhando em passo lento, absortos, ou sentados em divagação diante da arrebentação. Não em grupos, nem mesmo dois a dois: cada um isolado, entregue a si mesmo. Quem passa de automóvel é que relaciona uns com os outros.

Com quem sonham esses jovens? Qual o solilóquio que ruminam? Reparei que não trazem qualquer apetrecho hippie e nem a prancheta com as matérias que devem ser estudadas. Moram naturalmente nesses quarteirões de Copacabana, plenos de conflitos que quase nunca aparecem diante da coletividade. Em seus apartamentos congestionados pela própria família, cercados de mil barulhos, assediados por solicitações mesquinhas, eles não têm aquele cantinho aconchegante onde se refugiam os apreciadores da meditação. Por conseguinte, vão passear na praia, seguros de que lá não há ninguém. Os dias chuvosos são o cantinho aconchegante deles. Não deixa de ser inquietante a constatação de que vivemos numa cidade na qual até mesmo a solidão tem que ser inventada.

11-09-1974

A loura da Lagoa

JUSTINO Martins é não apenas um homem sossegado, mas tão minuciosamente metódico que muitos o terão por maníaco. Há dezoito anos chega à *Manchete* às nove horas da manhã e planeja a revista ao longo do dia, de segunda à sexta-feira. Em maio, ano após ano, segue para a Europa, onde se incorpora às celebridades internacionais que têm encontro marcado no Festival de Cannes. Três vezes por semana vai à sauna. Sábado e domingo fica em sua casa na Joatinga, cuidando do jardim e dos seus bichos de estimação: macacos, papagaios, cães, coelhos; toma banho de sol, de mar e de piscina, lê, ouve música e recebe os amigos. Segunda-feira desce de novo para a *Manchete.* Às seis horas da tarde, finda a jornada de trabalho, retira-se com uma sacola onde guarda publicações estrangeiras, compra um picolé (sempre de chocolate) num sorveteiro da praia do Russel, põe-se ao volante de seu JK e segue em boa velocidade para a Joatinga.

Fazia isso na sexta-feira, já tão acostumado com sua circunspecção que nem precisava prestar atenção ao carro: este seguia por conta própria o caminho habitual, entrando nas curvas de sempre, respeitando os mesmos sinais vermelhos, dócil e imperturbável como um burrico treinado para puxar a carroça numa cidadezinha do interior.

Distraídos os dois (automóvel e homem) rolavam entre outros veículos numa das pistas da Lagoa. Quando se aproximavam da igrejinha de vidro, em frente ao Hospital dos Bancários, o sinal ficou vermelho; Justino e seu JK, parados junto ao meio-fio, ficaram assim, cada qual remoendo suas preocupações, à espera da luz verde.

Nisto um punho resoluto deu duas pancadas no vidro dianteiro do lado direito. Justino olhou: era uma jovem loura, que sorrindo lhe pedia para abrir o vidro, Justino obedeceu. Certamente pretendia vender-lhe alguma coisa, entregar-lhe um folheto de propaganda de alguma incorporação ou pedir carona.

Tão logo o vidro desceu, a loura se debruçou na porta, girou a maçaneta pelo lado de dentro, abriu a porta, sentou-se ao lado de Justino Martins, passou o braço por cima do banco, puxou o botão que fecha por dentro a porta traseira, voltou-se novamente para o espantado jornalista e lhe disse imperiosamente:

– Fique quieto.

Nessa altura Justino sentia o cano de uma pistola automática encostado em seu fígado. Ao mesmo tempo apareceram três outras mulheres, que abriram a outra porta e ocuparam o banco de trás do carro.

– Encoste ali pertinho – ordenou a loura da pistola. – Logo ali, junto daquela árvore.

Era por causa do sinal verde: Justino tinha que movimentar seu veículo para não despertar a atenção dos outros automobilistas, que aquela hora eram dezenas. O JK estacionou junto à árvore. A loura da pistola enfiou a mão livre na sacola onde o jornalista guarda publicações internacionais. Não encontrando nenhum valor, mostrou-se impaciente:

– Passe a carteira, se não quer morrer.

Nesse momento, Justino Martins, agindo mecanicamente, agarrou a pistola com a mão esquerda enquanto com a direita começava a estrangular a loura. Mas veio de trás alguma coisa fria que se encostou em seu pescoço: a lâmina de uma navalha.

– Vamos embora. Vamos embora. – Gritou impaciente uma das três mulheres do banco de trás.

A loura, então, deixando a pistola na mão de Justino, rasgou-lhe violentamente o bolso da calça de gabardine, apossou-se de sua carteira, abriu a porta e fugiu, no que foi seguida por suas companheiras.

O perfume que usavam, as perucas, assim como a mancha azulada que a loura trazia no queixo, sob uma camada de creme, deixaram o assaltado convencido de que andara às voltas com quatro travestis.

Justino examinou a arma: uma pistola automática enferrujada, sem balas no pente, dando a impressão de ter andado por muito tempo esquecida no fundo de um poço. Depois, Justino Martins seguiu para a Joatinga.

07-10-1974

O pivete

EM SÃO PAULO, eles se chamam trombadinhas, aqui, pivetes. No caso carioca, a palavra designava, não faz muito tempo, o infanto-juvenil que vive perdido nas ruas, sempre disposto a praticar uma ação violenta ou, nos melhores casos, entregar-se a um pequeno furto. Agora, pivete é também aquele que vende drops aos automobilistas, quando o sinal está vermelho; ou o que se oferece para guardar o carro parqueado.

Em São Paulo, onde o problema já alcançou um grau alarmante de brutalidade, algumas autoridades policiais parecem dispostas a eliminá-lo por meios nada ortodoxos. Na madrugada de sábado, 12 investigadores, lotados no Departamento de Investigações, ensaiaram pela primeira vez os novos métodos de ação. Apanharam 91 menores, levaram-nos para dois ônibus de turismo, e foram para a cidade mineira de Camanducaia. Era uma noite fria e chuvosa. Os garotos foram espancados, despojados de suas roupas e abandonados, nus, na beira da estrada.

Nas imediações do restaurante Degrau, por onde passo toda noite, estão sempre reunidos alguns pivetes. São de aparência pacífica (mas nunca se sabe), vivem descalços, alguns me chamam pelo nome e se mostram gentis. Um deles, maiorzinho, mais troncudo e de modos insolentes, me faz sempre perder a paciência.

– Me dá uma nota, Carlinhos!

– Não amola, menino! É melhor arrumar um tresoitão e se virar por aí. Você não tem mais idade para ficar vagabundando feito um desamparado.

– Que é isso, Carlinhos... Está me estranhando? Você não é disso, que eu sei...

Interrompo a minha caminhada, estou disposto a amedrontá-lo.

– Você já sabe o que a polícia vai fazer com você?

– Não vai fazer nada; eu sou de menor...

– Menor é a tua avó. Quando vai chegando o Natal, e vocês aparecem em bandos cada vez maiores, perturbando as feiras-livres, enchendo o saco dos motoristas, invadindo restaurantes e bares, quando as coisas ficam assim, sabe o que acontece?

– O quê?

– Passa um camburão, pega você e os minibandidos da sua patota, amontoa tudo lá dentro, despeja na Baixada Fluminense e deixa tudo lá, sem calça, sem cueca e sem ter para onde ir.

– O Juiz de Menor não vai deixar eles fazerem isso com a gente...

– Que Juiz de Menor que nada! Quando o Juiz souber o que aconteceu, vocês já estarão há muito tempo de bumbum ao vento... Sabe que faz um frio desgraçado de noite na Baixada?

– A gente dá um jeito, deita em cima de jornal velho...

– Ah, é? E a sua mãe? Você chega em casa ao amanhecer, viajando de carona no último ônibus da Rocinha, mas sempre chega. E se não chegar? Sua mãe vai ter que dar explicação ao Juiz.

– Ela está pouco ligando se eu volto para casa ou não.

– Quer dizer que não adianta nada? Falei, falei, e você vai continuar aí, sentado na porta do prédio, pedindo dinheiro a quem passa?

– Eu fico aqui porque gosto; minha patota fica toda aqui. A gente sempre descola uma nota. Tem muita madame de bom coração.

– Então fique aí, mas quando o camburão chegar, não diga que não avisei.

– Eu sei correr, Carlinhos. Eu dou no pé.

– Então tá.

– Já vai? E a nota que você prometeu?

– Prometi coisa nenhuma. Preciso pensar, antes, no uísque das minhas crianças.

– Tchau, Carlinhos.

25-10-1974

Coisas do Leblon

AQUI DO Leblon, nos dias úteis, os veranistas são quase todos da nossa família. Quase todos se conhecem de um jeito ou de outro: ou se cruzam quando atravessam a rua, ou se avistam no cabeleireiro, ou se atropelam nos supermercados, ou se vêem na missa, ou andam nos mesmos ônibus em horários idênticos, e assim por diante. "Assim por diante" é modo preguiçoso de dizer, pois o mais importante resta enumerar: – ... ou vão todos à praia, no mesmo lugar, à mesma hora.

Cá estamos. Não há aqui, nos dias úteis, a frenética emulação feminina que faz de Ipanema o paraíso dos *voyeurs*. Temos maiôs de todo tipo, incluindo tangas, mas em geral estas são exibidas por mocinhas que tivemos oportunidade de acompanhar no processo de crescimento. Quem viu a medalha de um peitinho florir em seio não considera a portadora uma fêmea – no máximo uma sobrinha em segundo grau. E quando surge uma, como a Fernanda, constrangedoramente bela e provocante, logo ela desaparece, indo mostrar-se onde há gulosos olhos à sua espera, ou seja, lá em Ipanema, que eu juro pela luz dos meus olhos que não é um bairro pecaminoso; tão-só uma vitrine da puberdade, que não está à venda. O único lugar no mundo, Ipanema, em que aos vinte anos de idade a mulher começa a desconfiar que está ficando velha – e marcha, resoluta, ao encontro de um boboca que queira ser seu marido...

Aqui é diferente. Aqui no Leblon nós temos a mulher grávida que esconde a barriga (em Ipanema elas fazem questão de mostrar) e os bebês que tomam banho na piscininha de plástico. Temos também os nossos aposentados (esses não escondem a barriga...) e as nossas avós que só agora ousam tirar uma casquinha da civilização da permissividade. Cada quarteirão, contudo, corresponde a um estilo. Isso estudaremos futuramente, porque agora nossa atenção está voltada para um barco de pesca que veio vindo lá dos lados da Barra da Tijuca, e que diminuiu a velocidade diante da rua Carlos Góis, e em cujo convés divisamos uma multidão. Lá muito além da arrebentação a coisa acontece: todos os que estão no convés pulam na água e já estão vindo nadando, e os demais deitados em suas pranchas. São 28 surfistas que terminaram de brincar sobre as ondas da Barra e agora voltam para casa, trazidos de carona pelos bons pescadores.

Nisto, um adolescente vai passando vindo do Arpoador, com um barbante do qual pendem alguns peixes recém-pescados. As crianças do Leblon fazem uma roda em torno dele. Passam a mão nos bichos do mar, fazem perguntas, lançam exclamações:

– Bacana! Um tubarão!

(Não é tubarão, e sim um filhote de cação muito micha, um caçonete de m... como diria uma conhecida minha que é perita em processamento de dados e nas horas vagas faz pesca submarina).

– E esse aqui?

– Esse aí é um filhote de arraia.

– Rapaz, olha o ferrão!

– E esseszinhos aqui?

– Esseszinhos aí são peixinhos tão mixurucas que ninguém sabe o nome deles.

A meninada dos apartamentos, criada no asfalto, que pensa que galinha é um negócio que vem assado no prato, mostra-se deslumbrada ante os bichos do mar. O Leblon não passa de uma abstração imobiliária. Mas aqui podemos surpreender diálogos deliciosos, como este que estou escutando agora, entre um menino e uma menina. Fala a menina e o menino responde:

– Que é que você vai fazer no dentista?

– Obturação.

– Pô! Vai sofrer, hein?

– Que nada. Estou tão acostumado com a anestesia que já não sinto nada.

– Ahn!? O seu dentista usa anestesia para coisar? Pois olhe, o meu não coisa nunca...

Bom, vamos cair na água que o papo está ficando interessante.

29-11-1974

O homem da soleira

HÁ NÃO MUITOS meses surgiu no Leblon um homem sentado à soleira. Era um homem – e hoje ninguém duvida disso – cujo aspecto não muda. Enxuto de carnes, de estatura mediana, possui uma cabeça bem desenhada, de queixo voluntarioso, nariz fino. Usa os cabelos cortados rente: cabelos grisalhos; e uma barba branca que está sempre três dias por fazer, como se ele tivesse o dom de rapá-la na medida certa para não se mostrar nem desleixado nem meticuloso em sua higiene pessoal. Alguns indivíduos muito ocupados costumam dar essa impressão de que há três dias não encontram tempo para fazer a barba.

Esse da soleira, contudo, em momento algum nos transmite a impressão de alguém que ande muito ocupado. Está sempre ali sentado. Tem nos joelhos um chapéu redondo de palha. Toda a sua ocupação, no correr do dia, consiste em erguer o chapéu quando passa alguém. Nesse momento abre um sorriso mostrando dentes maltratados, mas não arruinados: e seus olhos brilham também, uns olhos castanhos, inteligentes, bondosos.

– Paz! – saúda ele.

Diante do gesto, do sorriso e da saudação, certas pessoas respondem jogando algum dinheiro no chapéu: outras seguem caminho, indiferentes. O homem, cuja aparência não nos autoriza chamá-lo velho – seria antes "um senhor idoso" – recebe ou não recebe o dinheiro sem demonstrar agradecimento ou decepção.

Há não muitos meses, um ano e pouco, a situação é essa. Passo ali todo dia e é sempre isso:

– Paz!

Se aparência e atitude valem alguma coisa, mendigo ele é. Falta-lhe um aleijão: também não vemos a chaga horrível que justifique tenha ele recorrido à caridade pública. Nem pede coisa alguma; ao contrário, ele é que nos oferece algo de que todos precisamos, que é a paz. Será então um *clochard.* Deve ser. O *clochard* é o vagabundo de Paris, vagabundo por convicção, preguiçoso por sabedoria. Só que em Paris o *clochard*, com a caveira permanentemente cheia de vinho, costuma trocar esmolas por impropérios, como resultado de uma dura lição que o velho Baudelaire ensinou no tempo certo. Nosso *clochard* do Leblon, entretanto, nada tem de agressivo. Está em paz consigo mesmo e quer distribuir conosco esse desejável estado de espírito.

Eu não escreveria uma linha sobre esse enigmático patife se algo não ocorresse às oito horas menos dez minutos de segunda-feira. Ocorreu uma chuvinha, que logo se foi tornando um chuvarão, dando como resultado a desarrumação do anoitecer. De todos os lados surgiram pessoas apressadas, ansiosas pela volta ao lar. E lá vinham os táxis todos ocupados, enquanto os desorientados das calçadas gritavam: "Táxi! Táxi".

A um quarteirão de distância da famosa soleira, junto a um sinal, eu e uma amiga gritávamos por nossa vez: "Táxi! Táxi!". Precisávamos chegar com urgência a Copacabana, perto do Mercadinho Azul. E veio vindo um táxi, e nós o chamamos, e o chofer não encostou para nos apanhar, mas parou logo adiante, por causa do sinal que ficara vermelho. Eu então mecanicamente examinei o feliz passageiro capaz de pegar condução àquela hora, debaixo daquela chuva, quando se sabe que em qualquer cidade do mundo isso é a coisa mais difícil que existe.

Olhei bem. Não havia dúvida. Lá estava ele, ao lado do chofer, com o chapéu de palha à cabeça. O *clochard.* O homem que eu nunca poderia ter imaginado em outro lugar que não sentado a uma determinada soleira. Ia ele de táxi, fechado o expediente... Senti por ele uma grande admiração Aproximei-me do veículo, para que me visse também, e gritei-lhe, sorrindo:

– É isso, irmão... Paz! Vá em paz, vá com Deus!

06-07-1975

Informação a Zoé

ZOÉ:

– Após tão longo silêncio, aqui vão notícias minhas e da cidade. Recebi dias atrás seus cartão de Zurique, que prova ter você encontrado afinal um lugar onde se sente bastante bem para nele demorar-se mais de seis meses. Ou estará cansada de rolar pelo mundo, de hotel em hotel, fugindo de sua velha angústia? Eu também estou cansado, mas de outra forma: de ficar aqui. Mas há indicações excelentes de que as longas viagens repontaram no meu horizonte...

Nesta temporada, a minha triste figura pode ser vista na Maison de France, atuando num videoteipe catastroficamente absurdo que gira e regira na sala de exposições. Trata-se de um detalhe da experiência Solidão 78, do artista Ângelo de Aquino. De formação surrealista, conforme você sabe, não perco ocasião de escandalizar, oferecendo de mim uma imagem puramente improvisada. Fiz assim naquela telenovela do Dias Gomes,[14] e agora nesse videoteipe, onde procuro expressar, com gestos e palavras, a partir das provocações do Ângelo, a atual conturbação do meu espírito.

Na verdade, não há mais conturbação. Ufa. Estou calmo. Mas ninguém pode calcular a brutalização causada na minha cuca, tão frágil, pelo espetáculo, que nos tem sido servido dia após dia, do drama das multidões vietnamitas tangidas pelo pavor. Jornais, revistas, televisão – para qualquer lado que você olhe, vê apenas, e em dose cavalar, o estrondo e a fúria. Agora estou acostumado, quer dizer, procuro convencer-me de que tudo não passa de um pesadelo, e como tal nós acordaremos dele a qualquer momento.

---

[14] *Assim na terra como no céu*. Carlinhos fez o papel do professor Lauro Lemos.

Mas há novidades positivas, de que lhe falei. Não apenas os dias e as noites de abril são lindos, frescos, impecáveis. Acontece ainda, no Teatro Casa Grande, o I Ciclo de Debates da Cultura Contemporânea. Fala-se de teatro, de música popular: espera-se uma platéia de cem pessoas, de algum modo especializadas no assunto. Em vez disso, o teatro é invadido por multidões de jovens ávidos de conhecimento. Esses jovens, dos quais se diz que pensam apenas em drogas e em corridas suicidas de automóvel – lá estão eles sentados no chão, em pé contra as paredes, rompendo o silêncio respeitoso apenas para exigir mais informação. Nós, os mais velhos, ficamos comovidos e cheios de esperança.

Temos ainda, Zoé, o assim chamado Caso Lou, do qual você deve ter ouvido falar, pois já despertou a curiosidade internacional. Um casal de namorados separados por dois cadáveres: os dois namorados alegando inocência: a opinião pública confusa ou dividida. A questão, aqui, é saber se de um amontoado de mentiras e contradições poderá surgir a verdade. Como nos romances policiais, ninguém matou ninguém; se ao menos houvesse um mordomo envolvido na história... Mas não há. Tem-se necessidade de condenar os culpados, porém estamos todos temerosos de punir um inocente.

Finalmente, comunico que muito mais cedo que você pensa, poderei revê-la aí em Zurique, ou em outro lugar mais afinado com as nossas passadas aventuras. Estou providenciando documentos e tratando da saúde, a fim de chegar tinindo à velha Europa. Lembra-se da nossa canção? "Um dia, tu verás, nós nos reencontraremos em algum lugar, não importa onde"... Quem sabe naquele barzinho que fica por trás do La Coupole, em Paris – o Rosebud? Ou em Oxford, numa tarde de quinta-feira, naquele pub onde há uma velhinha completa e definitivamente bêbada? Ou naquele hotel de Haia, tão pesadamente burguês, com seus espelhos e candelabros, que parecia um transatlântico e nós suspeitávamos de que a qualquer momento zarparia?

Sorriremos os dois, e nos daremos aos mãos, Zoé... Como antigamente.

Adeus.

28-04-1975

O homem da arquibancada

OS CRONISTAS do futebol carioca estão chocados com a crescente vulgaridade das diversas torcidas que se manifestam no Maracanã. A coisa começou, não faz muito tempo, com um xingamento gritado em uníssono na direção do juiz Armando Marques. Aquilo já era de mau gosto, mas resultava engraçado porque o próprio Armando Marques, dotado de senso de humor, se confessava gratificado.

Mas foi piorando. De repente, um coro cadenciado se elevou no estádio, ensurdecedor, articulando frases do mais baixo calão. Como resposta, as arquibancadas da Avenida, durante um desfile das escolas de samba, entoaram a paródia de um samba-enredo na qual se fazia a apologia de determinada perversão sexual.

Atualmente, um grande jogador, transformado em bode expiatório, mal pega na bola e é perseguido por um insulto individualizado, dos mais pesados. Gritam todos: homens, mulheres, crianças. Pais e filhos. Mocinhas e seus namorados. Fala-se em válvulas de escape: que o povo, não tendo como se manifestar pelas vias mais saudáveis do debate público, viu-se pervertido ele próprio em seu mecanismo de expressão natural, e assim não se ouve no Maracanã um grito de protesto, mas o rugido de um animal ferido, aprisionado, insano.

Pode ser. Diante de um palco, como o gramado do Maracanã, ou a Avenida no carnaval, o homem da arquibancada começa por se anular em transe dionisíaco, e a partir desse momento exige para si uma parte da atenção devida aos artistas e atletas que fazem o espetáculo. Foi sempre assim e sempre será assim; somos crianças, e como tais fazemos as maiores bagunças quando nos sentimos rejeitados. Somos invejosos, não diria iguais a Caim, mas quase iguais ao irmão do filho pródigo. Um pobre diabo perdido no fosso das gerais, debaixo de chuva, desde que tenha o aval da multidão na qual se diluiu, põe-se a crer que seu time é o maior do mundo; que ele (pobre diabo) é o maior jogador do mundo; e é também o maior técnico de todos os tempos. Julga-se então no direito de corrigir, aos brados, o movimento da bola. Sua onipotência algumas vezes sofre cruelmente a rebeldia de um craque adversário – que, indiferente aos sonhos de vitória do pobre diabo, dribla, finta, avança e solta uma bomba no gol do maior time do mundo.

Antigamente, numa ocasião dessas, os perdedores voltavam-se contra o juiz, chamando-o ladrão, ou contra o goleiro derrotado – esse frangueiro, pai de todas as culpas, responsável por todas as frustrações. Mas acontece que, hoje em dia, um palavrão que vinte anos atrás ninguém ousava pronunciar diante de uma senhora, é proferido alto e bom som pela própria senhora em questão. Os tempos mudaram; ficamos ao mesmo tempo menos hipócritas e mais grosseiros.

Assim se vê a situação global: só os surdos não escutam o clamor desagradável do Maracanã, que fala com cinqüenta mil bocas. Enquanto isso proíbe-se a encenação de uma peça de teatro, *O abajur lilás*, a pretexto de que seu vocabulário ofende o pudor público. Acredito que alguém se sinta ainda ofendido em seu pudor, diante de um palavrão especialmente duro, mas me parece evidente, do mesmo modo, que no Maracanã há atualmente cinqüenta mil, cem mil pessoas que pagam entrada para representar durante noventa minutos os desafortunados personagens de Plínio Marcos.

28-05-1975

O Rio em agosto

ÀS QUATRO horas da tarde, num dia útil, a varandinha do Lucas é o lugar mais agradável de Copacabana. Antigamente a cozinha fechava a essa hora, reabrindo só às seis; quem conhecia a rotina da casa aproveitava essas duas horas vazias para estudar, escrever cartas e saborear um chope muitíssimo bem tirado.

Agora, com as instalações da cozinha aumentadas, podemos também almoçar entre quatro e seis. Fizemos isso hoje: Haze pediu haddock com legumes, acompanhando com vodca gelada, e eu só consultei o cardápio para confirmar que meu prato predileto (no Lucas, é claro) estava ali à minha espera: rim grelhado com bacon e batatas cozidas.

Neste cantinho ao pé da Souza Lima, a tal hora, há silêncio, os garçons são quase todos da velha guarda, e quase não se escuta o rumor dos veículos que escorrem em ambas as direções da pista da avenida Atlântica, além do calçadão. O pedaço de mar que descortinamos é aquele que se acalma na curva das amendoeiras do Posto 6, e o Forte de Copacabana, todo branco, parece mais uma pousada que um quartel. Mais além do Forte vem chegando um navio gordo, de aspecto maltratado.

– Têm razão aqueles que resistem ao desejo de dizer cobras e lagartos do Rio de Janeiro – observo eu a Haze. – Há ainda, aqui, recantos que resistem, e acho que resistirão sempre ao avanço dessas bestas de um microapocalipse que são a especulação imobiliária, a poluição do ar pela descarga dos ônibus e caminhões, o congestionamento infernal do tráfego, a ocupação das calçadas pelos veículos...

Estamos em agosto e faz calor na Suécia, onde a temperatura alcança os 35 graus. Nós aqui, com sol e céu azul, temos à sombra um abençoado ventinho que se insinua por entre os botões da nossa camisa de brim de mangas compridas arregaçadas, e não duvido (pois ouvi isso no rádio ainda há pouco) que, neste instante, a avenida Rio Branco se movimente sob 16 graus.

Enquanto isso, no Arpoador, os surfistas louros deslizam nas ondas, numa festa silenciosa e atlética que tem qualquer coisa a ver com o aprendizado da solidão grupal. E nas florestas da montanha, onde até o asfalto ficou verde de tanto que lhe batem as verdes sombras das árvores, os namorados vão de automóvel ao encontro dos mirantes mais propícios...

Vai custar muito até que alguém consiga destruir essa beleza, se é que algum dia alguém o conseguirá. Porém, aqui e agora, devemos empregar todo o nosso tempo ocioso na contemplação e fruição desta cidade feita para o prazer. Não é preciso estar aqui, ou na Floresta, ou na Barra da Tijuca: nos lugares mais inesperados o deleite corporal nos surpreende, como por exemplo, no quarteirão imaginário formado, no Centro, pelo Obelisco, a igreja de Santa Luzia, a calçada do Ministério da Educação e a esquina de rua México com Araújo Porto Alegre. Por ali corre sempre um vento encanado que refresca e retempera o transeunte, mesmo que estejamos ao meio-dia de um verão rigoroso como o da Suécia, atualmente...

Terminado o almoço, vamos ao encontro da lua crescente no céu de agosto. O espetáculo continua – e é grátis, grandioso, e diante dele me dá vontade de dizer à maneira do amante sofisticado e piegas: “Amo esta cidade. Hoje mais que ontem, e amanhã mais do que hoje”.

13-08-1975

A gorjeta e nós

EM PARIS é assim: na *brasserie* ou no *bistrot*, quando a conta vem num pires a gorjeta está incluída; quando a papeleta é posta na mesa, você dá quanto quiser. Paris é reconhecida universalmente como a cidade mais gananciosa do mundo, sofrendo em contrapartida a invasão constante do turista norte-americano que é o mais sovina do mundo. O choque cultural entre o "quero" e o "não dou" se neutraliza nessa coisa frágil que vem a ser um pires. *Service compris* em Paris funciona. Algumas anedotas de natureza dramática decorrentes do conflito "quero"/"não dou; você está querendo me roubar" ficam para outra ocasião. No momento estou preocupado com a situação dos garçons do Rio de Janeiro, surpeendidos pela portaria da Sunab que proíbe a cobrança compulsória de couvert e gorjeta de 10%. Ou 15%, conforme a categoria que a própria causa se atribua.

O couvert eu acho uma safadeza brasileira. Uma ladroagem. Você pede um bife com fritas e recebe meia dúzia de azeitonas, antes de ver a cara do bife com fritas. Entre os restaurantes que levam o couvert a sério, citarei o sempre modesto e sempre excelente La Mole, que te serve uma refeição extra, quente e gostosa antes de trazer a lasanha que você comandou. Mas geralmente couvert é uma palavra que encobre a intenção de roubar o freguês: "Sentou, meu amigo? Então já vai pagando, aqui o critério é esse, vá beliscando umas azeitonas que elas já foram pagas por você mesmo". Arbitrariedade pura, que coloca o freguês à mercê do caráter do dono da birosca.

A gorjeta, não: essa é a paga do garçom, o salário real de que ele depende para estar sempre elegante, alegre, paciente, lépido. Com ou sem pires, e usando uma hipérbole carioca, a gorjeta deve ser "sagrada". Graças a Deus o carioca nunca se furta a essa obrigação elementar, chegando ao exagero dos 20% só para deixar claro que ficou satisfeito com os serviços prestados. Não se trata, aqui, de comer por necessidade; vai-se à churrascaria como quem vai ao Maracanã: a fome aliada à festa, o prazer de estar vivo no convívio dos seus. Nesta cidade feita à imagem e semelhança dos seus habitantes, não faz sentido adotar padrões que facilitem a movimentação dos forasteiros. O Rio sempre foi uma bela avacalhação – e quem quer que esteja interessado em ganhar dólares entre nós há de se adaptar ao nosso modelo. Quem não gosta dessa avacalhação, obviamente, não gosta de nós: que vá então para o diabo que o carregue.

Foi no Rio, aliás, que se inventou a parábola do garçom malandro, divulgada pelos freqüentadores habituais desse tipo de comércio, e que todos conhecem, menos os responsáveis pela portaria da Sunab.

O freguês desconfiado pede a nota. O garçom malandro, empunhando lápis e papeleta, vai enumerando e escrevendo:

– Um couvert, 10 cruzeiros; duas caipirinhas, 14 cruzeiros; carne-seca com tutu e arroz, 27 cruzeiros; "se colar", sete cruzeiros; um pudim, oito cruzeiros; um cafezinho, noventa centavos.

O freguês desconfiado, já rubro de indignação:

– Que negócio é esse de "se colar", que eu não comi nem bebi?

– Não colou – responde o garçom malandro, riscando sete cruzeiros da nota e refazendo a soma.

A anedota termina aí – mas nós sabemos, por experiência própria, que o freguês deu 10% de gorjeta e mais sete do "se colar", e que foi embora feliz da vida, depois de falar ao garçom, que também sorria:

– Tu é malandro, hein, compadre!

Conclusão: o governo não tem nada que se intrometer nessas excelentes relações afetivas, e turismo não tem sentido nenhum se a gente for proteger o dinheiro do turista, que afinal é o que nos interessa.

10-11-1975

Saravá, minha nega

BELA COISA é domingo chuvoso numa cidade como a nossa, que gira em torno do sol. As pessoas quebram o jejum e voltam para a cama, onde se quedam a ler o jornal e ouvir rádio, ou ficam à janela espiando a chuva, maldizendo o verão de caprichoso temperamento. Haze e eu acordamos às duas da tarde, o que raramente nos acontece, e decidimos sair à procura de algum programa que não fosse cinema. Café da manhã, só para os gatos: nós iríamos almoçar tão logo escolhêssemos um restaurante adequado à ocasião.

Rolamos ao longo da Vieira Delfim, ou Souto Moreira – na verdade ao longo do mar. Os inocentes do Leblon, emendados com os de Ipanema, faziam seus esportes de praia – surf, paquera, cooper etc. – como se o céu não estivesse furado de goteiras, tal e qual um barraco de zinco na voz de Silvio Caldas. Depois, Copacabana. No Posto 4 estava reunida uma batucada mixuruca. Paralelando o horizonte, veleiros vinham lentos, emproados, na direção do Pão de Açúcar. Um avião a jato, com jeito de quem demanda o Recife, singrava, é bem a palavra, singrava aquele céu de almirante – e bem a patente: as nuvens amontoadas, escuras e algo impacientes, não seduziriam um brigadeiro batavo.

Na praça do Lido, finalmente, alguma coisa despertou a nossa curiosidade. Fomos ver. Gente reunida. Um palanque, um microfone, alguns alto-falantes. Mães-de-santo, filha-de-santo, vestidas à caráter. Um negro alto, de uma tribo moçambicana, que conheço dos bares da vida, e que dizem ser doutor em cultura afro-brasileira, apresentava-se todo de branco, e tonsurado justo ao contrário dos padres católicos, ou seja, a cabeça inteiramente rapada e uma coroinha de cabelos na moleira. Havia quem cantasse:

"No bater das ondas saudamos a Rainha do Mar!"

Só então compreendemos. Era a festa antecipada de um dia, que faz Iemanjá ficar faceira... Havia um barco todo cheio de flores, com um mastro no qual estava hasteada a bandeira brasileira, e na proa ia Oxum, com seu vestido dourado, e na popa Iemanjá – uma boneca negra de feições delicadas, com suas rendas brancas, sua coroa, seu cetro, sua majestade. As oferendas iam chegando, trazidas por pessoas das mais variadas condições sociais, adultos e crianças: flores, dinheiro, espelhos, sabonetes, vidros de perfume, esperança, promessas... Mas eram em especial mulheres as que chegavam, por ser Iemanjá a deusa, por excelência, da mulher que ama – e, amando, não apenas deseja ser correspondida como espera fervorosamente que aquele homem nunca a abandone.

– Dia 2 de fevereiro, Haze! Amanhã! Dia de Iemanjá!

Haveria uma procissão do Lido ao Posto 6. Fomos almoçar no Lucas. Pedi o que sempre peço quando vou almoçar no Lucas: rim com bacon e batatas cozidas, vinho branco gelado.

E lá veio a procissão do Lido ao Posto 6. E no Posto 6 os rojões siflaram na claridade escura do entardecer, e explodiram, e choraram suas lágrimas de ouro, e o barco foi lançado às águas escuras, inquietas e puxado por uma lancha foi puxado para dentro da escuridão chuvosa, foi indo, os fiéis acenando, alguns chorando, alguns que se jogavam na água com roupa e tudo, alguns que molhavam os pés com os sapatos nas mãos, alguns que se curvavam e molhavam a mão no mar e se benziam à maneira católica, alguns que acenavam adeus, adeus... Ela ia para o fundo mar, a Rainha do Mar! No seu barquinho florido, ela ia para o fundo do mar.

– Vai, menina dengosa, vai. Vai, para o fundo do mar, vai.

06-02-1976

Marx e o pão do espírito

CONTINUO andando no bairro, observando o funcionamento dos serviços. Entregue às baratas, digo, a mim mesmo, pois cansei de badalar na *dolce vita*, e agora sou um senhor sério, dedicado à atividade literária em tempo integral, assimilei até mesmo o valor fundamental das menores moedas em circulação. Na padaria, na farmácia, no supermercado, no açougue, no ônibus, as moedinhas são bem recebidas, embora já roídas nas bordas pela inflação.

O jornaleiro – É meu velho conhecido. Está sempre ali na esquina, o jornaleiro, dentro de sua banca, rodeado de jornais, revistas, livros. Permite que crianças e domésticas folheiem na própria banca, sem comprar, as histórias em quadrinhos e os *Sétimos céus* e *Amigas* de toda semana. De vez em quando abandona seu quiosque e vai tomar cafezinho no botequim mais próximo. As coisas que funcionam, as profissões que honram a cidade, nunca são devidamente consideradas e enaltecidas. Declaro então que, além dos carteiros e dos garis, há outra classe no Rio que merece a nossa estima: a dos jornaleiros. Algum repórter, desses que transam com sociologia, mexericos psicossociais, pesquisa de campo, informática e o diabo a quatro, bem podiam pesquisar o jornaleiro enquanto categoria profissional, à procura duma resposta para a seguinte pergunta: por que são todos igualmente tranqüilos, atenciosos, quase invisíveis em sua faina que começa ao nascer do dia e termina às oito da noite? Por que os jornaleiros nunca saem nos jornais? Onde adquiriram a disciplina que lhes permite conservar-se ali, rodeado de catástrofes e de sonhos, observando com olhos neutros a vida humana que passa incessantemente, no sol e na chuva? Eles que são os reis do domingo, que é quando os jornais se querem gloriosos como pavões: os jornaleiros, dominicais como o sol, a praia, a missa, o futebol...

A livraria – Tomei o ônibus com uma amiga e saltei numa determinada livraria. Mal entrei e já me olharam dois comerciários como se eu trouxesse na mão uma pistola 45 e nos lábios esta declaração sumária: "Para o banheiro. É um assalto". Minha amiga desejava presentear com livros um cidadão mais que especial em sua esfera afetiva. Indiquei-lhe um álbum magnífico e inusitado, escrito em inglês, fartamente ilustrado, grosso de 400 páginas, contendo todas as informações sobre natureza, características e singularidades da parafernália do morticínio concebida no III Reich. Ela perguntou: "Como você sabe que o meu homem vai gostar desse livro?" Respondi: "Por ser o tipo do livro que eu gostaria de ganhar".

Em seguida solicitamos outro álbum também luxuoso, etiquetado com preço de joalheria, e que num Natal desses ofereci a um casal que muito estimo. Era algo intitulado *O corpo humano*, *O corpo do homem* – algo assim. O balconista respondeu sem pestanejar:

– Não tem mais.

Subiu-me o sangue à cabeça. Nas padarias me tratam bem, nos jornaleiros sou recebido de braços abertos. Na livraria, onde estão os artigos que mais amo, alguns dos quais, inclusive, tenho produzido ali, na minha casa, a resposta vem assim nessa brutalidade. – Não tem mais! Ponderei (na verdade, por baixo de cada vocábulo que disse, veemente, coruscava um palavrão daqueles cabeludos):

– Em primeiro lugar, nós acabamos de comprar um livro de preço astronômico, de modo que você deve nos tratar com respeito. Em segundo lugar não acredito que sua memória seja de tal forma poderosa que nela estejam gravados todos os títulos, centenas deles, arrumados nessas prateleiras. E em terceiro lugar não creio sequer que você possua um catálogo onde estejam registrados, nome por nome, os volumes do seu atual estoque. Portanto, saia da frente que vou trabalhar pra você.

Futuquei, futuquei, e em cinco minutos descobri o álbum que procurava. O rapaz ficou meio triste, e eu também. Mas senti grande ódio pelo patrão dele, que nunca vi mais gordo. Pois conheço os princípios essenciais das relações humanas quando enquadrados no sistema oferta/procura, e também não foi à toa que aprendi os princípios básicos do marketing. Daí resulta que não há maus comerciários: há comerciantes avaros, que não progridem porque escondem seus tostões debaixo do colchão, e que desprezam não só os artigos que vendem como as pessoas que se interessam por eles.

Enfim, vejam vocês que país maluco este nosso. A levar o exemplo que dei às últimas conseqüências, concluiremos que, algumas vezes, um cidadão entra na livraria à procura de um romance pornográfico e sai de lá sem livro algum, mas com a cabeça fervilhando de idéias marxistas.

27-08-1976

A multidão e eu

– SE VENS do signo de escorpião e tens pela frente um filho dileto de leão, por favor, não o maltrates!"

A advertência de Carlinhos Oliveira não surtiu nenhum efeito. Ele acabou, após cuspir sangue dois dias, naquele apartamento do Hospital de Ipanema reservado às celebridades do bairro. Os médicos previam, na melhor hipótese, uma hemorragia estomacal provocada pela úlcera mais impaciente do século; na pior hipótese, um belo câncer generalizado. Concluídos os exames, nos quais não faltou uma aparelhagem completa de televisão, concluiu-se que não era nada disso, Oliveira estava apenas somatizando um problema psíquico chamado "amor contrariado". O sangue estancou por si mesmo, a úlcera era imaginária e o câncer uma utopia demoníaca. Diagnóstico: – Aquele nascido sob o signo de leão pegou pela frente (e pelos outros lados) uma graciosa mulher assinalada pelo escorpião. Magicamente curado.

Tantos anos depois, fomos ao Maracanã. Brasil versus Colômbia. A mais linda escorpiana do mundo e eu, e eu, e eu. Quer dizer, Carlinhos Oliveira. Já estava quatro a zero quando ele tirou da bolsa uma garrafa de uísque. Diante dele, a uma distância de dois metros, a turma da geral. Em cima, aquela pequena parte da arquibancada na qual se concentram os torcedores do Botafogo. A bandeira da estrela solitária rolava e dançava. A turma da geral gritou:

– Queremos beber também!

Oliveira, num gesto de príncipe enfastiado, passou a garrafa a seus companheiros. Pensava, à maneira dos fascistas improvisados: "Que a malta se morda e se rebente! Nós aqui somos grã-finos e só nos misturaremos a essa gentalha quando o carnaval chegar..."

No Maracanã está concentrada a alma do Brasil. Esperanças, decepções, rancores, revoluções remoídas no fundo do coração, eis que tudo está ali. E lá vem o povão lançando petardos na figura do Carlinhos Oliveira. Queria o quê, o povo? Uísque escocês! Socialistas de televisão. Estamos ganhando, já de cinco a zero, e a preocupação deles se volta agora para a realidade mirífica. Eles agora exigem a justiça social, ou seja, uísque escocês legítimo. Já provaram no gramado que os pobres vencem quando estão motivados pela perspectiva adorável de inventar o Brasil. (Quando inventarmos o Brasil, dentro de cinco ou seis anos, eu vou morar em Amsterdã, pois não suporto países criados na marra. Prefiro o descobrimento à calmaria e aquele sublime idiota de nome Pedro Álvares Cabral, presidente *malgré lui* da Funai.)

E lá de cima, vejam bem, lá de cima, onde tremula a bandeira do Botafogo, os objetos mais disparatados chovem sobre as nossas cabeças. Mulheres ensangüentadas procuram socorro médico. Carlinhos Oliveira, impávido e incólume, inicia um discurso. "Trabalhadores do Brasil..." (encarando a turma da geral) "e... botafoguenses de média com pão e manteiga!". (Já olhando lá pra cima) "Sou um filho do povo e trabalho pelo povo! Seis a zero!... Estou morrendo de ciúmes, pois a minha namorada é a mulher mais bonita desta galáxia, e vem sendo paquerada sem contemplação! Sou capaz de dar um soco em 120 mil pessoas, incluindo ela, a minha amada! Portanto..."

Nesse momento, interrompendo a diatribe, o pessoal do Botafogo lançou em minha pessoa um saco plástico contendo urina humana. Meus amigos e a minha querida escorpiana abandonaram o gramado, refugiando-se debaixo da marquise, enquanto eu considerava a qualidade do mijo: era branco, ou descolorido, sinal certo de que muito álcool havia passado pela bexiga.

Passei então a estudar a psicologia da multidão. Eu nunca perderia uma oportunidade essas. Mas, por via das dúvidas, chegando em casa fiquei nu, e na manhã seguinte a lavadeira desfraldou no varal as minhas roupas molhadas.

14-03-1977

O garoto da meia-noite

ERAM QUATRO bandidos arrombadores. Menores de idade para todos os efeitos, menos um. Por suas ações pregressas, demonstravam estar qualificados para o crime. No terreno baldio jogariam pelada de adolescentes: tímidos, pouco afeitos às técnicas da sedução, sonhariam amores ardentes com moçoilas inalcançáveis. Já não eram crianças, enfim, mas faltava ainda algum tempo para se tornarem homens. Contudo, com suas ferramentas de arrombadores, estavam reunidos na porta fechada de um botequim, lá longe num ponto qualquer da avenida Brasil, jurisdição de Guadalupe. Faltava pouco para a meia-noite. Nas proximidades, espreitando por frestas de janela, moradores de um conjunto residencial apreciavam o trabalho daqueles profissionais. Não era necessário saber a idade que teriam. Quinze anos ou vinte e oito – tanto faz. Eram bandidos. Conheciam o ofício. Arrombavam, roubavam, e se fosse preciso matavam.

Esses garotos da meia-noite, quem não os conhece? Largados no mundo, criados na rua sem pai nem mãe, ou apanhados nas malhas do banditismo pelas mais diversas circunstâncias, são alcoólatras, maconheiros, estupradores, assassinos. Conhecem desde cedo a lei-do-cão e só a ela obedecem. Entram e saem dos xadrezes, onde os veteranos lhes ministram as lições de crueldade que haverão de endurecê-los. Tanto faz que os veteranos sejam criminosos ou policiais: a aula é a mesma. O mais forte espanca, tortura, sevicia, faz deles escravos, abusam deles no curso de investidas sexuais. Logicamente só se sentirão diplomados na escola da vida quando forem, por sua vez, os mais fortes e puderem repetir contra uma nova geração de frágeis meninos as atrocidades pelas quais passaram em seu tempo de aprendizado.

Os quatro bandidos lá estavam arrombando o botequim. Nos subúrbios cariocas, os botequins fecham cada vez mais cedo porque seus proprietários estão cansados de ser assaltados, e dão graças a Deus quando podem fechar o estabelecimento sem ter recebido durante o expediente uma bala nas fuças. Os conjuntos residenciais também fecham cedo. Fecham-se para o mundo perigoso que se põe a funcionar lá fora, à meia-noite. Mas entreabrem a nesga duma janela toda vez que algum movimento indica o início de alguma atividade espúria lá fora, nas ruas ferozes da cidade entregue ao medo. Qualquer pessoa encostada num poste, esperando o ônibus, pode ser um inocente retardado ou um ladrão desalmado. Qualquer viatura policial que se aproxime do inocente encostado ao poste pode muito bem presumir que não se trata de um inocente, e sim de um desalmado ladrão. Antes que a confusão se esclareça, já não se vê ninguém encostado no poste e já se pode apostar que na manhã seguinte surgirá numa encruzilhada qualquer um cadáver anônimo crivado de balas. Esta é a lei-do-cão, e a partir de meia-noite nenhuma outra vigora nesta cidade.

Os observadores furtivos do conjunto residencial de Guadalupe presenciaram a aproximação de um automóvel – marca Brasília, cor bege. Dentro dele, dois homens. Os dois homens chegaram perto dos quatro delinqüentes juvenis e começaram o tiroteio. Um ladrãozinho tombou ferido. Os três outros desapareceram na escuridão. O automóvel seguiu seu caminho.

O ladrãozinho Jaílton, 17 anos, refugiou-se no prédio residencial. Subiu a escada que leva aos andares superiores. Parou no quinto degrau. Tinha recebido uma bala no pulmão. E ficou ali, sentadinho, esvaindo-se em sangue. Ninguém chamou a polícia ou a ambulância. As janelas fecharam-se quase sem ruído. As luzes se apagaram, Jaílton ficou sentando no quinto degrau, sentado por seis horas, sem força para bater em alguma porta e pedir socorro, sem força para gritar, sem nenhuma força e nenhuma esperança. Ficou assim até morrer.

Ao amanhecer, a polícia tomou as providências de praxe, o defunto foi lançado no rabecão, o faxineiro lavou o sangue que escorria do quinto degrau para o cimento do andar térreo e os jornais registraram, para alívio geral, que há menos um garoto da meia-noite em condições de chatear o próximo.

31-03-1978

Greve de ônibus

OS CHOFERES de ônibus estão em greve. Minha cozinheira telefonou avisando que não poderá vir trabalhar. Ontem à noite, cerca de dez horas, também por telefone alguém perguntou por ela: só então me dei conta de que a greve não era uma vinheta de telejornal, mostrando alguns veículos parados e alguns motoristas se queixando do pouco que ganham por mês. Na verdade, a greve transformava o já tumultuado dia da grande cidade – e assim a senhorita N., mulata, excelente cozinheira, moça de fino trato, noiva de aliança grossa (o casamento em maio, como convém), tendo saído de minha casa às quatro da tarde, às dez da noite ainda não havia chegado ao seu modesto lar suburbano.

Viver massacrado e andar de trem, pendurado na alça do vagão: as comerciárias e operárias, as domésticas enfrentam nessa viagem a gilete do salteador de bolsas e as apalpadelas brutais dos tarados. Menos mal é viver pendurado na alça do ônibus, sujeito ao movimento pendular imposto pela índole sacolejante da viatura, amassado entre corpos que pedem passagem porque quem está atrás quer chegar à frente, lançar a papeleta no recolhedouro e saltar. Menos mal.

As relações do carioca com seus motoristas e trocadores de ônibus são peculiarmente tensas. As relações do motorista com seus pedais, volante e manivelas, são as de um rude ginete em vias de amansar um dinossauro xucro. Todo carioca ama a velocidade e a beiramorte; logo, andar de ônibus é sempre emocionante, havendo em algum lugar, no próximo futuro, uma probabilidade em cem de derrapagem, colisão e besouro emborcado. A isto se chama a poesia do cotidiano. Mas que feroz poética!

O trocador é um tipo que nunca tem troco e adora empurrar a gente para longe de si, no corredor. O chofer de espáduas largas é musculoso e trabalha angustiado. Um calor dos infernos sobe do chão no qual ele vai montado. Às vezes fica horas engarrafado, a máquina resmungando, ele resfolegando, sem ter ao menos direito de satisfazer suas necessidades fisiológicas. Nessas condições extremamente desfavoráveis, ainda exigem dele que trabalhe em dobro.

No ponto de partida ou chegada, um senhor está sentado num caixote, junto do poste. Esse indivíduo escreve coisas numa prancheta portátil. Escreve: "O chofer de ônibus, menos e mais que um homem, é uma máquina. Tem que fazer 300 viagens por dia, do contrário não terá lucro. Quem não fizer 300 viagens não será um bom chofer de ônibus".

Este não é um draminha, e sim um dramão na cidade maravilhosa. O inspetor da prancheta, sentado no seu caixote, vida mansa leva, mas o chofer tem que se insinuar por entre zilhões de outros veículos, numa jornada de trabalho suficiente para esgotar a energia, os nervos e a paciência de um burro de carga, o chofer decidiu estrilar. Eis aí uma greve que prejudicou a todos, mas que devemos apoiar.

N., a cozinheira, não vem fazer meu almoço de faquir. Estarei magro amanhã, mas sobrevivo comendo pouco e meditando muito. O chofer de ônibus come quando pode, e não lhe sobra tempo para meditar sobre a sua dura sina de operário ambulante. Entretanto, também ele sobrevive, para meu espanto e satisfação. Ir além dos limites de sua máquina humana significa, na gíria de sua classe, "fazer redondo". Todos os dias ele faz redondo, rodando de Norte a Sul, do subúrbio à Central, da Central ao Posto 6, do Posto 6 ao final do Leblon, do final do Leblon ao Méier, do Leme à Triagem, de Madureira à Praça 15, tramando os encontros e desencontros do povo, incessantemente.

Viva o trocador, viva o chofer de ônibus! Esta é uma greve que a cidade deve aplaudir, por honra sua.

17-01-1979

Veloz cidade

1. LENDO *O desaparecimento do Aurora*, de Joel Silveira, me dei conta de uma rasa rachadura na minha vida. Poderia generalizar: na vida de tantos outros escritores que, como eu, no umbral da juventude, trocaram a província pela metrópole. Mas é, o meu caso, singular: em razão da completa incomunicabilidade em que vivia no seio da minha família, e também por causa de um desgosto de amor sobre o qual ainda hoje me seria difícil falar, cortei todos os laços objetivos que me ligavam ao cenário de minha infância. Como o refugiado de guerra sem esperança de regresso à pátria, trouxe comigo o único tesouro que poderia carregar: a memória. Muitos anos depois lá estive, na minha terra, e não a reconheci. Apenas as montanhas, o sol, o mar e os ventos eram os mesmos; mas aterraram os mangues e construíram em cima outros bairros: mas ergueram um paredão de arranha-céus entre meus olhos e o espetáculo outrora grandioso da Cidade Alta, com seus palácios, escadarias, palmeiras imperiais, vetustas moradas e as leves, brancas igrejinhas de hóstia. Alguns recantos permaneciam, porém, absurdos como a parte amputada de um corpo já destruído.

Simultaneamente, o Rio que amei à primeira vista, do qual me tornei cidadão notório e contumaz, sofria transformações de tal magnitude que hoje não há mais a Tijuca onde vivi um desamparo de forasteiro, os bondes que conduziam ao centro da cidade e a luta pela sobrevivência, o assobradado Catete onde pouco a pouco me tornei carioca, o Cinema Asteca... Destruíram uma Copacabana e construíram uma outra, uma Ipanema desmoronou e há outra em seu lugar, e a febre de expansão, o delírio de espraiar-se por jacarepaguás, de se suspender em torres, torcer-se em viadutos, mergulhar em túneis... O

Rio implode, explode, hipertrofia-se, e a solidão esmaga as suas multidões anônimas.

Trago pois enterradas no coração duas cidades – e são referências arqueológicas, porquanto à luz do dia me empolga o processo de transformação: não será com a saudade que a minha geração há de fundar uma literatura, porque essa é a literatura que também morreu, a literatura da permanência. E, no entanto, esplende ao sol (este sol de hoje) a província de Joel Silveira. Que fazer?

2. Um domingo desses, passeei depois do almoço, indo da avenida Atlântica, no Posto 6, até o Arpoador e além. Estava tudo diferente, fachadas mais largas, mais altas e mais limpas, e havia um parque ou pracinha ligando Copacabana à Ipanema. Depois, alguém me falou de seus tempos de colégio, mas para que compreendesse bem as circunstâncias, perguntou: "Lembra onde ficava o Anglo-Americano?" Mas é claro que me lembro. Quando cheguei ao Rio, sem conhecer ninguém, peguei um ônibus na estação da Leopoldina e saltei, sem propósito, justamente naquela pracinha que fica ali na frente. E depois passei por lá centenas de vezes. Hoje há um prédio enorme no lugar do antigo colégio – um palácio tecnológico em vidro e aço.

Em decorrência dessa atividade febril das marretas e dos bate-estacas, não se pode ter do Rio – e também da província – senão uma visão fragmentária. Pode ser que a população só se ressinta disso inconscientemente, mas um escritor de ficção, e mesmo um cronista, é tomado de vertigem. Não apenas o que estava ali não está mais, como há outra coisa em seu lugar. A transformação é dinâmica, literalmente construtiva, e exige que a imaginação se afeiçoe à velocidade – uma forma de afeição contraditória em si mesma.

Se o perfil cultural da cidade, sua fisionomia memorável, não dura o tempo de uma geração, cabe ao escritor postular uma estética caótica – e aqui o cacófato está bem colocado – na qual os elementos desobedeçam sistematicamente o desenho balzaquiano. A cidade torna-se matéria de ficção pura – sucessão eletrizante de eventos de Borges, e singularmente também no que já de mais tosco e suculento em matéria de literatura brasileira: a narrativa de cordel. Nesta, nas asas de dois versos o herói voa de Crato à Grécia, mas de um Crato a uma Grécia que se irradiam dos próprios vocábulos pelos quais são designados. Crato é aquela fileira de muros brancos ao sol e o jumento atravessando a estrada poeirenta ao meio-dia... É isso aí, donde podemos dizer, confiantes na vitalidade do verbo: Adeus, Balzac! Adeus, descrições barrocas.

23-07-1979

Crimes insolúveis

SESSENTA e três homens armados de metralhadoras, escopetas, revólveres e punhais, invadiram a Churrascaria Rodeio, comeram e beberam fartamente, pediram a nota, pagaram e foram embora, declarando: "Isto é um assalto. Com esses preços que vocês cobram aqui, nunca mais voltaremos".

Dois pivetes do Pavãozinho abordaram uma senhora idosa, na praça General Osório (Ipanema), e, apesar dos protestos da vítima, forçaram-na a aceitar de presente uma bolsa contendo Cr$ 25 mil, um frasco de perfume francês, um tubo de batom e um espelhinho redondo. Pouco depois, a idosa senhora, dirigindo-se à delegacia policial, apresentou queixa, alegando que o vidro de perfume tinha realmente rótulo francês, mas o conteúdo estava evidentemente adulterado. O delegado prometeu averiguar.

Um homem de meia-idade foi visto ontem à tarde boiando no rio Guandu. Interrogado por populares, explicou que aquele exercício fazia parte de seus treinamentos, pois pretende algum dia atirar-se do alto da cachoeira de Paulo Afonso, dentro de um barril. Interrogado se seu projeto não lhe parecia um tanto excêntrico, declarou que certamente o era, porém não fazia questão de ser igual a todo mundo.

Quatro corpos foram encontrados, nus, num baldio da Baixada Fluminense. Os corpos pertenciam a dois homens e duas mulheres, sendo um moreno, uma loura, um mulato e uma ruiva. Despertados do sono profundo em que se achavam, disseram à reportagem que tinham o hábito de se banharem assim ao sol da Baixada (eram duas horas da tarde), no que aliás – acrescentaram – não havia qualquer originalidade, porquanto na Côte d'Azur todo mundo atualmente toma banho de sol inteiramente despido. Um detalhe despertou curiosidade: ao ser filmada por uma equipe de televisão, a ruiva tirou a peruca, revelando-se possuidora de cabelos castanhos.

Um homem de cabelos brancos penetrou ontem, alta madrugada, na residência do dr. Ilderico Robertson, presidente da Engenharia Construções Etcétera. Após fechar a porta, o suspeito se encaminhou ao quarto de dormir do casal, onde só se encontrava a sra. Cremilda, esposa do dr. Robertson. Esta, que no momento estava acordada devido à insônia de que padece, foi violentamente beijada e acariciada pelo homem de cabelos brancos. Dona Cremilda declarou que em seguida dormiu profundamente, como há anos não ocorria. O homem de cabelos brancos, identificado como o dr. Ilderico Robertson, anunciou à imprensa que a Engenharia Construções Etcétera está em adiantadas negociações com o governo de Moçambique, para lá devendo exportar um grupo de operários brasileiros dentro de aproximadamente nove meses. Disse também que a partida dos operários poderá coincidir com o nascimento de seu terceiro filho, a julgar pelo entusiasmo demonstrado pela sra. Cremilda quando seu marido chegou em casa altas horas da noite e foi logo tratando de assuntos de procriação.

Dois adolescentes, filhos de alta patente militar, foram surpreendidos ontem nas pedras do Arpoador quando fumavam ao luar. O sr. Firmino, que não prestou serviço nas Forças Armadas por ser Testemunha de Jeová, perguntou o que faziam, tendo os jovens respondido que experimentavam um novo tipo de cigarro, anunciado na televisão e intitulado Ella. Após comprovar a veracidade da declaração, o sr. Firmino aconselhou os jovens a evitarem o cigarro, por ser comprovadamente o agente causador da bronquite asmática e da unha encravada. Os adolescentes acataram a ponderação, ao menos enquanto o Testemunha de Jeová permaneceu no local, apreciando a lua sobre o mar.

O bancário José Ribeiro abandonou, cerca de meia-noite, o seu Passat no acostamento da ponte Rio-Niterói, sentido Niterói-Rio, na altura do vão central. Ato contínuo, sem que nenhum dos automobilistas que por ali passavam na ocasião ousasse dissuadi-lo, o sr. Ribeiro transferiu-se para uma bicicleta, na qual saiu em desabalada carreira com destino ao município carioca. Abordado por um colega que casualmente o avistou, pouco depois, na avenida Rio Branco, José Ribeiro jurou que doravante só andará de bicicleta, ajudando assim o governo a poupar gasolina. As autoridades competentes registraram o inusitado episódio.

Desaparecida há seis dias de sua residência (rua Barata Ribeiro, 57 apto. 204), a sra. Maria Angélica Bezerra apresentou-se ontem, no horário habitual, na repartição pública em que trabalha há 16 anos. Aos que estranharam o seu sumiço, esclareceu que fora, incógnita, à cidade de Aparecida, a fim de pagar uma promessa à Nossa Senhora.

10-09-1979

Mão "Branca" de sangue

NA BAIXADA Fluminense, as execuções sumárias continuam. Nos jornais que dão preferência à narrativa de crimes, não faltam cadáveres de supostos bandidos eliminados por uma suposta nova versão do Esquadrão da Morte. Os métodos são contudo os mesmos, e até a forma de divulgá-los. O E.M. tinha um Relações Públicas encarregado de comunicar aos delegados de polícia e aos repórteres do setor onde e quando seriam desovados presuntos nesta ou naquela jurisdição. Atualmente o RP se autodenomina Mão Branca e seus telefonemas acrescentam à já sinistra natureza de sua missão um toque de humor macabro.

O E.M. lançava sobre suas vítimas um cartaz de cartolina ilustrado pelo óbvio símbolo da caveira entre tíbias cruzadas. A mensagem era sempre uma autoconfissão póstuma: "Eu era ladrão de automóveis", "Eu assaltava supermercados" etc. Na versão 80 dessa quadrilha parapolicial, os cartazes desapareceram e, principalmente (a não ser que ninguém mais se preocupe com o detalhe) já não há marcas de algemas nos pulsos dos assassinados. Isto quer dizer que os bandidos não são seqüestrados no xadrez e dali conduzidos para o fuzilamento na madrugada. O E.M. agora se antecipa aos investigadores legais, localizando aqueles que vão morrer nos barracos em que vivem, nas biroscas em que puxam fumo e bebem cachaça. Um leitor ingênuo – mas nesta altura dos acontecimentos, ainda haverá leitores ingênuos? – ficará indignado ante a dupla covardia implícita em tal sistema. Primeiro, é covardia matar bandidos na calada da noite, quando temos uma organização policial destinada a prendê-los até que algum Juiz se pronuncie sobre o seu destino – estando excluída, por lei, a possibilidade de uma condenação à morte. Segundo, é covardia maior ainda arrebanhar assim os suspeitos, pois entre eles pode estar um inocente.

A ingenuidade do leitor imaginário decorre disto: o verdadeiro Esquadrão da Morte, formado por policiais arbitrários, alcagüetes e dois ou três "amadores" (sádicos ansiosos pela visão dos banhos de sangue), não apenas nunca se preocupou com a inocência de quem quer que fosse, como fazia questão de incluir sempre, entre os delinqüentes da pesada que iria executar, aquele bandido de pequena periculosidade, tantas vezes menor de idade, cujo azar era ter sido lançado no mesmo xadrez onde os celerados, profissionais e impiedosos, esperavam a sua vez.

Os indícios nos levam a crer que os integrantes do novo E. M. são financiados por comerciantes da Baixada, já muitas vezes roubados e temerosos de que algum incidente imprevisto, no momento do próximo assalto, resulte em sua própria morte violenta. O gesto de abrir a caixa registradora pode ser interpretado como sendo uma tentativa de empunhar o revólver, a fim de enfrentar imprudentemente os visitantes da noite. A longa experiência que temos (nós, os cariocas) também nos leva a suspeitar que os comparsas do Mão Branca sejam policiais desonestos, que fazem um trabalhinho extra nas horas vagas, e também bom número de PMs que, expulsos da corporação, passaram a viver dessa fantástica profissão, a qual encontra em sua própria finalidade o argumento atenuante para a gravidade dos seus crimes. Eles de fato eliminam ladrões e homicidas que não hesitam em brutalizar e assassinar a gente honrada que vive nesta cidade desembestada. Aqueles que morrem sob suas balas de grosso calibre foram realmente, em vida, indivíduos facinorosos. A partir daqui, ninguém mais tem razão e todos estão errados. Trata-se de uma situação irracional que, por isso mesmo, não se enquadra em qualquer das exigências do bom senso, desejoso de compreendê-las, e nem se oferece a uma contemplação compassiva. É a lei da selva.

– Aqui, Mão Branca. É da delegacia de Nilópolis? Desculpe o mau jeito, sei que não são horas de incomodar o distinto... (Do outro lado da linha está um sonolento detetive de plantão, e o dia ainda não amanheceu). Mas acontece que desovei um presunto aqui por perto e solicito ao distinto que providencie a remoção do mesmo... Pode procurá-lo na esquina das ruas Alberto Teixeira de Castro e Sebastião Oliveira.

Na esquina indicada, jaz numa poça de sangue um homem de cerca de 30 anos, de cor branca, sem camisa, trajando calção e meias de jogador de futebol. Os amigos do Mão Branca decerto interromperam uma pelada na tarde anterior (pois bandido também gosta de jogar bola), levando para o Além, só Deus sabe se sim ou não, um dos melhores zagueiros de área da Baixada...

No dia seguinte, Mão Branca entrega de mão beijada ao pessoal da delegacia de Nova Iguaçu nada menos de quatro cadáveres, correspondentes aos quatro bandidos que dias antes assaltaram uma churrascaria no quilômetro 14 da Via Dutra.

Olho por olho, dente por dente. A lei da selva. O Mão Branca deve lavar constantemente as mãos, posto que permanecem brancas, embora ele as chafurde constantemente no sangue daqueles que, ao contrário do que ele supõe, não são o avesso dos seus semelhantes, mas sim o seu próprio reflexo no espelho. Uns e outros, justiceiros e justiçados, nos dizem que tudo está errado, tudo podre neste lado e no outro, na lei e na marra, na Baixada Fluminense e no Reino da Dinamarca.

02-03-1980

Violência e fetiches

BRASILEIRO não gosta de pensar pela própria cabeça. Procura no estrangeiro um símile e enquadra a nossa realidade nessa comparação. O exemplo mais próximo de mim são os escritores: o poeta Xavier é o nosso Rimbaud; o memorialista Novelli, o nosso Proust; o contista Ralf Amadeo, nosso Kafka – e assim por diante. Somos os inventores da xerox existencial, e as vítimas ficam envaidecidas por serem cópias. Quem quer viver sua própria singularidade, tem que primeiro afeiçoar-se à inevitável solidão social, mais dolorosa que a solidão em si, porquanto esta é um fardo de nascença, enquanto aquela resulta de uma mentalidade colonizada. Você sofre como algo inanimado, carecendo de estima por ser uma simples calça de brim, e não uma verdadeira Levi's, ou por fabricar objetos genuínos (um poema, um conto) e não uma tradução disfarçada sobre palimpsestos americanos e europeus.

Atualmente só se fala em violência. Especificamente, a violência urbana carioca, que pode estourar a qualquer momento, em qualquer lugar, por qualquer motivo. Nas diversas tentativas de conceituar o problema, observa-se com nitidez essa tendência brasileira a enquadrar nossa realidade em padrões preexistentes alhures. Os especialistas e também os leigos vão buscar na sociologia os seus argumentos. Joaquim diz: "A Nicarágua é do tamanho da Baixada Fluminense". Marcelo vai adiante, raciocinando por associação de imagens: "Estamos vivendo uma guerrilha urbana". Mas como a guerrilha urbana está muito visível em El Salvador, e ninguém sabe direito que tipo de guerra é aquela, Teresa troca as duas palavras por outras duas: "O que há entre nós é uma espécie de guerra civil".

Está claro que se pode reduzir o problema à expressão mais simples. Seriam os pobres arrancando dos ricos aquilo de que têm necessidade: o automóvel, a geladeira, os patins, o relógio Rolex, o aparelho de televisão, o peru de Natal (sem o qual Papai Noel vai embora indignado), o guarda-roupa da Bibba, a prancha de surf, as jóias de família... Mas vejam como o problema, em sua expressão mais simples, já se vai complicando. Começamos distinguindo os pobres dos ricos e terminamos por misturá-los no mesmo delírio consumista. A verdade é que ninguém entra num banco armado de escopeta, carregando a lata de querosene com a qual ateará fogo à guarita do guarda apenas para comprar um quilo de feijão. Não se deve generalizar a teoria da simples necessidade, quando aquilo que observamos é claramente a vertigem do ter. A embriaguez do assaltante é a mesma da dona-de-casa no supermercado: um e outro querem arrebatar tudo, possuir tudo, consumir tudo, num desvario fetichista, que se traduz em sociologia por "padrão de vida invejável", ou simplesmente *status*. Aqui entram em cena uns feios pecados, inveja e ambição. E, no rastro dessa hipertrofia do gosto, dessa deformação do Ser, vão chegando os demais pecados capitais. Não nos esqueçamos de que a promoção social do pivete ocorre quando ele se apossa do seu distintivo, que é a sua ferramenta: o revólver calibre 38. Essa arma tem para ele o mesmo valor sentimental e gustativo do primeiro fusca para o filhinho-de-papai. O pivete e o menino rico se introduzem na sociedade mediante a aquisição de seus respectivos fetiches. (A propósito: onde é que assaltantes em tão grande número, e de origem social tão obscura, aprendem a guiar automóvel?)

A teoria de guerra civil que, por ignorância, não sabe dizer seu nome, depois de reduzir o problema, acaba por eliminá-lo. Porque nos coloca diante do impasse da utopia. As pessoas deixarão de roubar e matar tão logo seja efetivada a justiça social, por meio da revolução ou das reformas dentro da lei. Isto não me satisfaz de forma alguma, pois me parece intolerável, ao morrer assassinado por um bandido, levar para o túmulo e para a eternidade este pensamento que vale uma absolvição: "O homem que está me matando é um revolucionário". Eu deveria morrer solidário com o meu assassino; ou não?

Por falar em assassinos... Cláudia Lessin Rodrigues morreu numa orgia consumista, na qual os prazeres do sexo vinham em segundo lugar, com feição meramente circunstancial, enquanto todos os apetites se voltavam para a cocaína. Dorinha Durval matou o marido após ser por ele gravemente ferida em sua vaidade. O marido assassinado não acreditava que Dorinha pudesse recuperar seus encantos por meio de uma cirurgia plástica. Iberê Camargo ganhou uma pistola Magnum, aprendeu a atirar e saiu à procura de sua perdição. Todos esses acontecimentos giram em torno de objetos: o tresoitão do pivete, a cocaína de Michel, o bisturi mágico de (e para) Dorinha, a Magnum de Iberê.

A cirurgia plástica, em casos como o de Dorinha Durval, é um luxo arrolado entre os bens de consumo sob a rubrica Estética Corporal. O valor e a função equivalem à injeção de silicone ansiada pelos travestis. O projeto é transformar a pessoa em objeto atraente. Um travesti privado de silicone assassinou outro travesti, em Paris. Eram ambos brasileiros. Essa tragédia transexual apresenta evidente simetria com a tragédia heterossexual que teve como protagonista ativa a atriz da TV Globo.

16-01-1981

Sonho de uma noite de verão

SEXTA-FEIRA às 11 da noite, rolando a bordo de um táxi na avenida Vieira Souto/Delfim Moreira, fui surpreendido por deveras emocionante espetáculo. Em cada esquina, do lado dos prédios e em face do mar, havia pelo menos um guarda fardado, quando não dois e até três. A maioria deles usava sobre a farda uma jaqueta cor-de-abóbora fosforescente, razão pela qual eram visíveis a longa distância. No Jardim de Alá e em outras ruas que entram em cruzamento para a Lagoa, além dos guardas de esquina, despontavam viaturas da RP, paradas com policiais dentro e em volta, como se estivessem inspecionando e relatando, através do rádio, o espetáculo que a mim emocionava. Não me contive. Gritei:

– O governo carioca acordou!

O chofer do táxi que ia ao meu lado, pois sempre ando no banco da frente, voltou-se um tanto assustado para mim e quis saber o motivo do meu entusiasmo. Mostrei-lhe os guardas:

– O policiamento ostensivo, irmão! É isso aí, tão simples. A polícia não é para atacar nem para defender, embora ataque e defenda quando a situação exige. A polícia é para apresentar-se, para se inserir na paisagem. O guarda da esquina deve ser vinte por cento guerreiro e oitenta por cento escoteiro: sua função se revela mais na tranqüilidade que no tumulto; ele deve ajudar a velhinha a atravessar a rua, deve indicar ao turista o recanto procurado, deve ter um nome de gente por baixo da farda. O guarda da esquina deve ser a referência mais segura dos moradores do quarteirão. Nas 24 horas do dia, só por coincidência haverá dois assaltos no mesmo quarteirão. Presumindo, por hipótese aberrante, que em cada esquina ocorra a cada dia um assalto, o guarda será guerreiro apenas nesse instante; no resto do tempo, será uma figura tranqüilizadora, alguém que sempre está ali, e cuja função é meramente estar ali. Deu para entender?

– Sim senhor – disse o chofer. – Se há o guarda na esquina, o assaltante pensará duas vezes antes de agir.

Fiquei mais contente ainda, pois aquele trabalhador do volante falava a mesma língua que eu. Observei longamente o espetáculo, a sucessão de jaquetas cor-de-abóbora fosforescente, o policiamento ostensivo. Guardei para outro dia as objeções que se levantavam na minha cabeça crítica, tal como a de que há muito mais esquinas do que há guardas de esquina, e muito mais bandidos do que velhinhas a atravessarem as ruas, e muito mais angústia social do que noites formosas sobre o mar, e... Nada disso tinha importância naquele momento. Pois o importante naquele momento era verificar que o governador acordara de sua letargia, de seu inexplicável anonimato.

Entrei no Degrau triunfante:

– O governo carioca acordou, gente boa!

Não encontrei muitos admiradores, mas que importância tinha? Aqueles boêmios e aquelas boêmias não tinham visto o que eu vi; eles e elas confabulavam com suas caipirinhas, eles e elas estavam ali refugiados, aguardando a porta abrir-se e o assaltante apontar o revólver; eles e elas estavam a cem passos de distância atrasados em relação à vida real; se eles e elas andassem cem passos na direção do mar, veriam o que eu vi: em cada esquina um guarda, quando não dois, quando não três. Pensei em telefonar para o jornal, sugerindo que mandassem fotografar o acontecimento, porém a chefia da reportagem já devia estar informada e o acontecimento já deveria estar documentado.

Sentindo-me livre, tendo uma longa noite pela frente, dei uma passada no Antonio's, avisei ao Manolo que algo lindo sucedia na beira do mar, e recomecei um périplo antigo, interrompido quando a insegurança tomou conta de toda a cidade: adentrei confiante o Baixo Leblon, decidido a só ir dormir ao nascer do dia, pois o fato de não me atraírem mais as libações alcóolicas não modificou em nada a minha índole notívaga.

Sábado, acordei tarde. Trabalhei no meu escritório. Vi televisão no princípio da noite. Por causa de um bonito livro que estou lendo, achei mais agradável continuar em casa, e assim não saí. Domingo à noite, porém, na mesma hora (entre onze e meia noite), lá estava eu, em outro táxi, sentado agora no banco traseiro ao lado de uma amiga. Eu não tinha nada a fazer ao longo do mar, mas pedi ao chofer que tomasse aquele itinerário, pois queria mostrar o espetáculo à minha amiga, que estava de volta ao Rio depois de oito anos na Europa.

Grande foi a minha decepção. Não havia um mísero guarda em nenhuma esquina. Nenhuma jaqueta cor-de-abóbora fosforescente. Às três horas da madrugada, regressando pelo mesmo caminho – após deixar a amiga em Copacabana, encontrei apenas como novidade um travesti completamente nu e de salto alto, zanzando feito uma louca na entrada da rua Aníbal de Mendonça.

Era tudo um blefe relacionado com a presença do presidente da República no Rio de Janeiro. Tudo uma encenação para Figueiredo ver. Foi essa a única explicação que me ocorreu, após estudar minuciosamente as solenidades realizadas na sexta-feira passada, procurando entre elas algo que justificasse o inusitado espetáculo da cidade ostensivamente policiada.

Terminara o sonho de uma noite de verão. O pesadelo ia recomeçar. Não tendo mais consolo na realidade, dei de especular quantos tiroteios são ainda necessários para despertar o governo adormecido.

23-01-1981

Buscando a tensa paz

PROXIMAMENTE, farei duas viagens capazes de causar inveja a qualquer grã-fino, verdadeiro ou falso, da Zona Sul. Passarei alguns dias em São Paulo, hospedado num dos melhores hotéis da América Latina. Ficarei um mês – talvez mais – no magnífico Porto do Sol, o hotel capixaba que Paulo Casé arquitetou para João Dalmácio, meu amigo desde os tempos de ginásio. Ambas as viagens serão patrocinadas por pessoas interessadas em me cercar de todas as regalias, porque estarei trabalhando (ainda que não pareça) no luxuoso hotel de São Paulo e naquela jóia hoteleira de Guarapari.

Enquanto isso, me instalo em Vila Isabel e me familiarizo com suas ruas estreitas e arborizadas, e me deixo impregnar pela índole do bairro. Pode haver incoerência, mas não há contradição no fato de me "recolher" à Vila Isabel – conforme escreveu uma colunista social – sem abandonar o estilo dos meus deslocamentos pelo país e até pelo mundo. Em mim coexistem – foi sempre assim – o homem daquele bairro, daquela rua, daquela esquina e o cidadão cosmopolita; me sinto em casa em Londres e já me senti em casa em São João del Rey, criando galinhas pela manhã, pintando quadros ingênuos ao sol da tarde e escutando a Rádio de Pequim nas ondas curtas, lá pelas sete horas da noite.

Sair de Ipanema é desde 1968 o objetivo permanente de um escritor que precisa de paz para trabalhar, porém não pretende furtar-se à tensão social suspensa, como nuvem ameaçadora, sobre os aglomerados humanos aparentemente estratificados numa trégua mutuamente consentida: os pobres fecham o cerco em torno dos ricos, mas sem animosidade. Quando se diz "explosão demográfica", não se considera seriamente a eventualidade de haver dinamite verdadeira, e não metafórica, embutida nessa "explosão".

Primeiramente me enamorei de Cabo Frio. Alugaria ali uma pequena casa, em rua residencial modesta, e me faria poroso aos ressentimentos secretos – a explosão contida – que os residentes nutrem pelos flutuantes. A população flutuante de Cabo Frio e seus distritos crescem, fechadas, aristocráticas, nas mais belas enseadas, sem se dar conta de que o povo do município é seu vizinho e que é de bom tom estabelecer relações amistosas com a vizinhança. As relações desses veranistas com a cidade se dão através dos caseiros – geralmente um casal de serviçais que tudo observa e não entende nada. Mas a população verdadeira, cuja existência e densidade justifica as atividades de todo um aparato da comarca, vai sendo como que comprimida, como que sufocada pelos flutuantes (sim, eles flutuam nos seus iates).

Não é tão dramático e potencialmente alarmante como o olhar que os moradores da Rocinha lançam sobre as torres de Niemeyer, nas quais a vida é calculada em dólar americano. E justamente por não ser tão dramático e alarmante, por ser uma configuração suave da tremenda tensão que liga por laços invisíveis a Rocinha e aquelas torres, é que em Cabo Frio um escritor poderia estudar em paz as desigualdades sociais, morais, culturais, que põem em confronto permanente as duas cidades justapostas, uma dos residentes e a outra dos fultuantes. O estudo em terreno delimitado – o romance de Cabo Frio – poderia ajudar o Brasil a compreender melhor a angústia coletiva e pré-consciente, que decorre da simples presença, no mesmo país e no mesmo instante, do estado de São Paulo com sua pujança industrial e do estado do Piauí com sua queixa de pano aberta ao sol brutal, diante do Papa: "Santidade, o povo tem fome".

Falei desse plano de morar em Cabo Frio a um amigo que disse: "Vou montar um escritório num daqueles sobradinhos. Trabalho na parte de baixo e você mora na parte de cima".

Eu não pagaria aluguel; praticamente não teria despesas. Mas um projeto como esse que eu acalentava, só se realizaria corretamente pagando aluguel e tendo as despesas necessárias. Mas que importância pagar ou não pagar? Na verdade, o meu amigo pretendia simplesmente obstruir as minhas legítimas aspirações de escritor. Desde o princípio, ele sabia que não iria, jamais, montar escritório nenhum em sobradinho nenhum. Ele atravessou essa fantasia no meu sonho apenas para me impedir de perseverar no meu sonho. Na verdade, tumultuosamente, ele estava com medo de mim e do que eu poderia descobrir, caso passasse realmente a residir como cabofriense entre cabofrienses. Um medo tolo, sem dúvida, pois o máximo que eu poderia descobrir, no curso dessa investigação espiritual, seria nada mais que a verdade. Após sucessivas temporadas de verão em Cabo Frio, não vi sequer de relance o aspecto que essa verdade tem ali. Ignoro-a, portanto, completamente. Mas o meu amigo, que também a ignora, tem medo dela. Por quê?

Pelo seguinte: ele acha que a verdade não lhe será conveniente. Ele tem culpa imaginária num cartório imaginário. E por este motivo, tão brasileiro em sua absurdidade, acabei abandonando meu projeto de morar em Cabo Frio e escrever sobre isso.

04-05-1981

O carioca e a beleza

ELES AGORA bebem cerveja. O desfile se alonga pela madrugada. Ribeirinho diz:

– Qualquer interpretação que não se levante dos fatos só poderá ser correta numa dimensão excessivamente arbitrária, ou então poética.

Ele está falando das escolas de samba que desfilam na TV. Somos quatro escritores na sala: Ribeirinho é mais intelectual que os outros; nós sabemos conversar banalidades, e aliás perdemos metade de nossas vidas fazendo isso, mas agora estamos cansados de frivolidade: queremos chegar à compreensão dos fenômenos neste país onde a complexidade derrota qualquer pensamento que se articule antes do objeto ou evento que pretenda pensar.

Evidentemente, o carnaval, enquanto transcorre, não é uma boa ocasião para chegarmos ao fundo do problema. Não importa: andaremos na superfície. Ribeirinho quer nos comunicar uma intuição, um vislumbre, uma hipótese de trabalho.

– Fala, Ribeirinho!

– Primeiro, veio da Bahia a notícia de negros sambando nas ruas. E chegaram os baianos e se alojaram nos morros, nos bairros antigos, e trouxeram aquela versão profana de batuque religioso. Estou falando por alto, generalizando. A verdade é que uns cariocas quiseram também dançar nas ruas, ao som dos instrumentos de couro. Queriam sair em blocos. Nessa altura, havia ranchos, as grandes sociedades. Não havia blocos organizados representando determinadas comunidades. O carioca sempre foi um homem do seu pequeno-mundo: Madureira, Estácio, Ipanema, Mangueira, Paquetá... Não se pode fazer um retrato escrito do carioca sem levar em consideração o bairro que ele escolheu para viver e se exprimir.

– Você leu, naturalmente, a reportagem de capa de *Isto é* – interrompeu o contista da Mangueira, cobra-criada do samba de morro, um homem que veio de Icaraí, fixou residência em Copacabana e foi estudar literatura no Buraco Quente.

– Aquela reportagem a gente pode deixar para comentar daqui a pouco – sugeriu Chimarrão, um escritor gaúcho cosmopolita. Chimarrão vive em São Paulo, Rio e por aí. Faz jornalismo de economia e finanças, mas é pobre. Como todo jornalista verdadeiro, nunca meteu a mão no cofre, não por honestidade inata, mas simplesmente porque tal possibilidade nunca lhe ocorreu. Se fosse economista, ou financista – com os conhecimentos que tem – estaria rico: mas é jornalista, e o jornalista é justamente um sujeito que passa a vida espiando o pessoal enfiar a mão no cofre, enquanto ele se abstém. Mas o Chimarrão está escrevendo romances. Isso lhe interessa mais do que meter a mão no cofre.

– Continuando – disse Ribeirinho. – O atual desfile nasceu de um desejo de sair à rua na cadência do samba. Um desejo de brincar em grupo, combinado com uma necessidade de homem hospitaleiro, bom vizinho: necessidade essa que consistia em se mostrar assim alegre, assim bailarino, assim enfeitado aos outros bairros, aos outros artistas populares, aos outros foliões. Quando esse desejo evoluísse, tornando-se uma idéia que se transformaria em propósito, aquele primeiro impulso apareceria escrito nas faixas que as escolas e os blocos, até recentemente, portavam à frente dos foliões. "Os Unidos do Catumbi saúdam as autoridades, a imprensa e o povo, e pedem passagem". Estou inventando?

– Até agora não – encorajei-o. – Talvez esteja enfeitando, mas já que estamos no carnaval....

– O samba que havia naquela época não dava para ritmar os passistas – seguiu Ribeirinho. – Com aquele som eles não conseguiam balançar. Foi preciso mudar o batuque. Lá por 1930, Ismael Silva e sua turma inventaram a nova batida de tambor e a onomatopéia correspondente: bum bum paticumbum prugurundum. Isso você pode ler num depoimento de Ismael ao Sérgio Cabral, no livro *As escolas de samba – o quê, quem, como, quando e por quê.*

– E aí?

– Aí, quando entrou em cena o Ameno Resedá, o legendário rancho, já prefigurando a escola de samba como a conhecemos hoje, o comentário dos espectadores foi este: "Que deslumbramento! Que imponência! Que suntuosidade"! Compreendem?

– Você está falando claro.

– Estou falando claro, mas não estou deixando vocês perceberem que tudo se resume nisso.

– Nisso o quê?

– Na beleza! Desde que saiu à rua pela primeira vez, o projeto do sambista era mostrar, a quem quisesse ver, um espetáculo que fosse deslumbrante, imponente, suntuoso... Não mais que isso e não menos que isso. Todos os critérios do Joãozinho Trinta já estão aí, em 1929: luxo, alegria, fantasia, saúde corporal, música. Em resumo: a beleza. Devemos louvar o senso estético altamente desenvolvido do carioca. Devemos admitir que esse sentido da beleza, que prevalece sobre as misérias da vida, se encaixa perfeitamente na paisagem que nos rodeia. É a Cidade Maravilhosa que produz esse espetáculo maravilhoso. E daí, se vocês estão seguindo o meu pensamento, será preciso reformular tudo, repensar tudo, observar a sina do povo de uma forma totalmente inesperada, embora não seja necessariamente nova.

13-08-1982

Dias de violência

ÀS DEZ HORAS de uma dessas noites de lua crescente, éramos três, duas moças e eu, conversando na varandinha de um restaurante. As moças eram duas pessoas magníficas, tão raras atualmente; trocávamos idéias, concordávamos, discordávamos, suavemente, e eu lhes admirava a inteligência, o senso moral da existência, a visão universal dos problemas cotidianos. Admirava-as e me sentia contente por ter ainda a chance de encontrar no meu caminho essas pessoas dignas de admiração. Às dez horas em ponto, estávamos falando da violência urbana, o tema inevitável quando estão reunidas pessoas vivas e corajosas, do tipo que não se esconde numa piada nervosa, e sem graça, quando o drama real se torna o objeto essencial da meditação.

Justamente aí começou o tiroteio na encruzilhada, onde as duas principais avenidas se cruzam, formando o eixo topográfico da Zona Sul, interligando Barra da Tijuca-Leblon-Ipanema-Lagoa-Gávea. O coração da Zona Sul, efetivamente, cenário da guerra dos ladrões contra essa parte da população onde encontramos nauseantes ostentadores de riqueza, mas também trabalhadores intelectuais, artistas, os liberais, os turistas brasileiros em maior número que os estrangeiros, as crianças que vão estudar nas escolas, os boêmios que gastam tudo o que têm e desperdiçam a própria existência, por causa de uma antiga melancolia...

Cansado de esmiuçar o mecanismo da violência, essa matéria que me sinto compelido a estudar dia e noite, ao longo dos anos, fiquei um pouco a descoberto, na calçada (minhas amigas continuavam sentadas na varanda), observando os tiros, os bandidos correndo com duas mulheres tomadas como reféns, o cheiro de pólvora flutuando na noite, a sensação desesperadora dos indivíduos, sejam assaltados, sejam assaltantes... Depois disso, tornei à mesa e recomeçamos a conversa interrompida. Foi fácil: o assunto era ainda a violência, o tiroteio servira de ilustração imprevista para o que estávamos a dizer...

Perto de quatro horas da madrugada, cheguei em casa exausto, alegre por ter convivido com as duas moças, preocupado com aquelas outras mulheres que os assaltantes puxavam pelo braço, e elas corriam apavoradas, seguindo a velocidade dos bandidos que disparavam tiros com armas pesadas – as silhuetas nítidas na contra-luz, ao passarem pelas vitrines...

Na manhã seguinte, outra amiga me telefonou avisando que ia nadar, me oferecendo carona, porque quase todo dia eu e ela vamos nadar na piscina de um clube. Eu estava tão cansado que não me animei a ir. Fiquei em casa, na manhã de calor crescente. Deliberei não florear a cena vista/vivida na véspera, porque também já não acredito que se possa persuadir qualquer um, autoridade ou cidadão, a mover-se na direção do problema, a aceitar o problema como o aspecto urgente da realidade cotidiana, a tomar alguma providência para acabar com isso, os tiroteiros, estupros, seqüestros, tomadas de refém, pivetagens, assassinatos a sangue frio e sem motivo... Seria preciso virar a cidade de cabeça para baixo, de modo a ressaltar a Decência, no alto, bem no alto, num movimento amplo e generoso que faria, automaticamente, a Indecência descer para baixo, bem para baixo... Porque na raiz e na fronde dessa violência descomunal, o que encontramos é sempre, e somente, a Indecência, a vida indecente, a corrupção em todos os níveis, a perda de todos os valores que davam sentido às nossas vidas, outrora, antes de nascermos para integrar a presente, falida, derrotada, indecente geração...

Pensei: os espíritos anacrônicos, os piadistas que fogem da realidade, os fascistas camuflados, ainda têm uma esperança. Eles sonham com a instituição da pena capital. Acreditam que a pena de morte, aplicada sumariamente, eliminará deste drama os bandidos que o ensangüentam. Grandes idiotas, estúpidos contumazes! Já se esqueceram do Esquadrão da Morte... Já não se lembram que a pena de morte foi aplicada pelo Esquadrão da Morte, por quase três decênios, e montanhas de bandidos foram para os cemitérios clandestinos, justiçados pelo Esquadrão da Morte, e o resultado dessa chacina prolongada foi, simplesmente, a proliferação dos marginais e a multiplicação da violência, conforme estamos vendo... Portanto, a pena de morte fracassou antes de ser institucionalizada, antes de receber o prestígio de uma lei penal. E agora, no caos, na confusão, no pavor, na brutalidade desmedida, só existe a solução irracional, e esta não tardará, ouçam o que eu estou dizendo: ainda este ano entraremos na era do linchamento. Depois, então – porque o lichamento apenas açulará o apetite sanguinário dos mansos – depois, brevemente, regrediremos todos à lei das selvas.

Que Deus tenha piedade de nós.

22-01-1984

Violência: outra cena

ONZE HORAS da noite. Restaurante popular, com enorme freguesia a toda hora. O coração boêmio de um bairro elegante. A avenida que passa ligando dois barros é muito longa, mas muito estreita. Quem está nos bares e restaurantes das redondezas deixa seu carro na calçada, ou ao longo do meio-fio, e às vezes em plena rua. É o costume.

Às onze horas da noite, aparece um caminhão equipado com a parafernália própria de uma viatura para comícios ambulantes. A sigla de um partido visível por todos os lados. Caras de um candidato a governador. O caminhão se enfia na calçada, entre dois automóveis. Os homens da boléia descem e vão beber e comer em algum lugar. O receio de que começasse ali, àquela hora, um comício com discursos aos berros foi desta forma dissipado...

Mas numa janela alta, justo sobre o caminhão, algumas pessoas não ficaram satisfeitas com a presença do caminhão político diante do prédio residencial. Mesmo sendo um caminhão sem som, sem comício, sem nada, aquelas pessoas quiseram protestar. Nesse instante ocorreu na rua um outro movimento, sem relação com os descritos acima. Chegou um automóvel zero quilômetro, de modelo recente e milionário. Fez a manobra necessária até encontrar vaga para estacionar, embicando sobre o caminhão político. Nesse automóvel chegavam duas mulheres e um homem, visivelmente ricos, jovens, esportivos. Tudo indicava que iam fechar o carro, depois procurariam mesa no restaurante popular a dois metros de distância – cujos fregueses, dezenas deles, conversavam animadamente. Foi quando um ovo de galinha desceu da janela alta. Um ovo. Um protesto desnecessário, fanático. Deveria explodir na capota do caminhão político. Mas explodiu no pára-brisa do automóvel milionário.

O homem do automóvel saltou. Suas companheiras ficaram no carro. O homem chamou um garçom do restaurante e perguntou onde era a portaria do prédio de onde haviam jogado aquele ovo. O garçom indicou uma portaria de vidro, fechada àquela hora. O homem, calmamente, deu a volta no seu bonito carro. Abriu o porta-malas. Tirou dali um objeto grande, vermelho – um extintor de incêndio. O homem levantou o extintor, dirigiu-se à portaria do prédio. Ergueu o braço, como um lançador de dardo, e arremessou o extintor contra o vidro da portaria. Arremessou o extintor e também o braço que o segurava e também o próprio corpo, no impulso.

O vidro era espesso. Ouviu-se um barulho medonho e o vidro partiu-se em grandes lascas. Uma das lascas soltou-se em velocidade e desceu sobre a coxa do homem do automóvel milionário. Ele estava de coxas desnudas. Usava bermuda. Era um homem elegante. O pedaço de vidro lhe abriu um talho extenso e profundo na coxa. O sangue começou a escorrer. As janelas do prédio, cuja portaria fora arrebentada, abriram-se, as pessoas se debruçaram e olharam sem compreender (exceto, talvez, quem antes atirara o ovo...). Os fregueses do restaurante pararam de comer e ficaram olhando, também na total ignorância do sentido daquela cena.

O homem veio mancando de volta ao seu carro, cujo pára-brisa estava borrifado de gema e clara de ovo. Ele guardou de novo o extintor de incêndio no porta-mala. Manquejou para o lado do carro onde fica o volante. Abriu a porta, entrou, sem falar com suas companheiras, e partiu, decerto para o hospital mais próximo.

Aqui está mais um sinal de que... de que o quê? Não sei. Aqui está mais um sinal de qualquer coisa que vem aí e que nos ultrapassa, e que nos ameaça!

10-11-1982

Boas notícias

FINALMENTE, uma boa notícia: nasceu um bebê. Nascem muitos, a todo instante, em todos os quadrantes do Rio, mas esse é diferente, mais próximo da minha ternura e da minha esperança. Sou amigo da mãe dele, do pai, da avó, das irmãs, dos tios. O pai dele, Valdir, me pegou em casa, pouco depois do meio-dia, e disse:

– Vamos almoçar num restaurante onde se possa comer calmamente. Depois, vamos a Copacabana registrar o garoto.

Fomos. No caminho, observamos a paisagem azul e nevoenta, ondulando numa brisa fresca. É quando colidem o verão e o outono que a Zona Sul fica mais bonita e diversificada. É verão na pracinha que rodeamos, descendo uma das ladeiras do Jardim Botânico. As pequenas árvores paradas, o sol parado na poeira do chão, uns velhos parados num banco, do lado da sombra, sentados, silenciosos, satisfeitos. Aqui, é verão. Logo depois, atravessamos uma longa rua sob pelotões de amendoeiras que trocam as folhas vermelhas pelo verde viçoso: aqui é outono.

Desembocamos na praia. Aqui, verão e outono se equilibram, produzindo um mormaço azulado sobre o mar convidativo. Amanhã, o sol e o calor voltarão aguerridos, e depois de amanhã voltarão as cores esmaecidas do outono, numa luta sem violência. Ainda será longe, no calendário, a estação das folhas que caem; mas é no ventre do verão que ela se fabrica. Assistimos a um parto na paisagem, um parto sereno e preguiçoso, sujeito à lei suave do amadurecimento dos seres e das coisas. Dentro dessa gestação de flamboyants verdoengos e crepúsculos de matizes delicados, nasce um bebê, entre outros. Ainda não vi. O pai, irradiando alegria, confessa:

– A gente já sabia que ia ser um menino. Fizemos os exames, ele foi "fotografado" no ventre da mãe, e era do sexo masculino.

Escolhemos o nome: João Maurício. Três meses antes do nascimento, comecei a me compenetrar do meu papel de pai imparcial. Prometi: "Se meu filhinho for um garoto feioso, vou dizer a todo mundo a verdade: nasceu-me um bebê feioso, que entretanto amo". Mas agora que ele nasceu e o encontrei nos braços da mãe, mamando pela primeira vez, não pude deixar de admitir a verdade verdadeira. Ele é lindo! Meu filho é lindo!

Depois do almoço, fomos ao cartório em Copacabana e João Maurício foi registrado, tornando-se um cidadão da República. Não nos foi possível negar esta outra evidência: a de que ele, ao nascer, já é herdeiro presuntivo da nossa monumental dívida externa. O pai e a mãe de João Maurício trabalharão para educá-lo e, ao mesmo tempo, desviarão boa parte dos seus ganhos para financiar as dívidas do governo – todos os governos, de Juscelino a Figueiredo. Juscelino foi quem começou esse desenvolvimentismo que hoje enfrenta obstáculos terríveis, dentro e fora do país. Mas era preciso desenvolver a nação, isso não se discute. Ainda é preciso, temos que entregar um país moderno, menos injusto, mais solidário, aos rapazes e moças que, como João Maurício, farão 16 anos de idade na virada do século.

Há outras coisas boas acontecendo na cidade. As feiras-livres e as lojas de frutas – essa invenção recente e bem bolada – exibem as frutas da estação, deliciosas: caqui, fruta-do-conde, tangerina, melão e outras. Há um suco de tangerina, numa lojinha do Leblon, entre a farmácia Piauí e a Kopenhagen, que vale a pena fazer uma viagem até lá apenas para saborear essa delícia. Imagino que os sorvetes de frutas também andam deliciosos, mas me proibiram de consumir açúcar. Espero que quem não esteja proibido se farte.

O Valdir precisa apresentar um documento num escritório do Centro. Vamos para lá. Ele deixa o carro, no meio-fio, em posição algo irregular, e vai tratar desse negócio. Fico no carro, espiando as pessoas na rua, às cinco horas da tarde. Observo mocinhas rebolativas, de calças justas, com bolsas a tiracolo e pastas de documentos sob o braço. Rebolativas, ensolaradas, miúdas, andando com pressa. São as mocinhas que, este ano, entraram no mercado de trabalho. Formam uma multidão diferente no centro da cidade. Sente-se que são novatas ali, que nunca antes haviam circulado pelo centro da cidade em dias úteis. Uma das coisas que o carioca nunca fez é ensinar seus filhos a conhecerem a cidade onde estão crescendo. As crianças freqüentam os locais de lazer, as praias, florestas, mas nunca vão aos lugares onde estão os homens engravatados e as mulheres de roupas discretas que organizam a vida da população, dentro de invisível mas gigantesco organograma quadriculado em guichês e papéis timbrados.

Como um tio de empréstimo, também estou contente porque João Maurício está aí, iniciando a árdua e alegre tarefa que consiste em tornar-se um carioca da gema. Vai passar a vida dividido entre a tentação do *dolce far niente* e a obrigação de participar, com o suor do rosto, do crescimento da cidade. Para Joãozinho Maurício e todos aqueles que estão nascendo agora, a cidade reserva uma festa estrepitosa, entre junho e julho. Gritos de vitória, unhas roídas de nervosismo, carros buzinando frenéticos, rojões explodindo a baixa altura, vozes esganiçadas e alucinantes saindo dos rádios... É a Copa do Mundo. Joãozinho escapou de nascer no carnaval, mas outra festa, porventura mais assustadora e deslumbrante, está à espera dele.

Ser um bebê carioca tem essa desvantagem que pode incluir uma incomparável vantagem. Você se assusta no berço, você chora quando os adultos gritam e riem – gol do Brasil! –, você não entende nada no meio dessa confusão, mas, no final, você pode ser campeão do mundo antes mesmo de ter visto a sua primeira bola de futebol...

Avante, pois, Sócrates, Zico, Paulo Isidoro – e João Maurício, o craque da mamadeira, uniformizado de fralda...

17-03-1982

Você quer salvar um pivete?

EM ROMA a municipalidade resolveu o problema dos órfãos de guerra, verdadeiros pivetes que irritavam os turistas norte-americanos, logo depois da Segunda Guerra Mundial, quando os Estados Unidos aplicavam o Plano Marshall na Europa, fazendo chover dólares nos países destruídos.

No Rio de Janeiro, no ano da graça de 1980 (*) os cariocas decidiram enfrentar o problema da miséria infantil. Enquanto o governador nada fazia, paralisado por essas assombrações que são as estatísticas, os cariocas procuraram as crianças concretas por trás das abstrações numéricas. Constataram a situação em sua singeleza: se é difícil e amedrontador salvar um milhão de crianças, o contrário ocorre quando se resolve salvar uma criança de cada vez: a tarefa torna-se fácil, estimulante, gratificante.

Há no Rio milhares de restaurantes, hotéis, bares que servem o prato feito, glória da culinária pobre. Cada restaurante, cada hotel, cada bar adotou uma criança abandonada, um pivete ainda não contaminado pelo apetite da violência vingadora. O Hotel Miramar ficou com um pivete do Pavãozinho; o Sheraton recebeu em suas instalações de serviços um crioulinho do Vidigal; o Intercontinental foi buscar na Rocinha o seu menor carente, e assim por diante. O mesmo fizeram o Antonio's, o Mario's, o Alvaro's, o Degrau, o The Fox, o Antiquarius, o Bife de Ouro, o Lucas. O Hotel Ouro Verde, por ter um restaurante quase independente de tão refinado, adotou dois meninos. No Baixo Leblon, o Luna, o Guanabara, o Real-Astória, o Yunes, o Gatão, o Final do Leblon, o Diagonal – todos adotaram um menino pobre, não mais que um. Por todos os bairros o fenômeno se repetiu. De grão em grão – dizia-se – a galinha enche o papo; de almoço em almoço, a criança enche a pança. O procedimento para a requisição do moleque escolhido não podia ser mais simples. Cinco pivetes (ou quatro, ou três) aproximavam-se dos fregueses, que comiam, e pediam um pedaço de pão. O gerente do estabelecimento, já motivado pela campanha de salvação da infância abandonada, acercava-se dos mendigos-mirins:

– Não quero que vocês incomodem os meus clientes – dizia ele. – Mas reconheço que a fome que vocês sentem é capaz de conduzi-los, primeiro, à mendicância humilhante, e depois ao crime. Entretanto, não sou rico. Não posso dar comida a todas as crianças abandonadas. Proponho então o seguinte: esse aí, aquele mulatinho ali que deve ter 12 anos, e é tão magrinho, esse ficará comigo. Os outros quatro irão embora, em paz. Esse garotinho que estou escolhendo para ser o meu menor abandonado, poderá vir aqui na hora do almoço e na hora do jantar, que lá nos fundos, onde comem os garçons, eu lhe darei um prato de comida. Ele não precisa fazer nada por mim. Se quiser lavar pratos, tudo bem. Se quiser servir de moleque de recados para a freguesia, ainda melhor. Mas, se preferir apenas comer, exigirei somente que compareça na hora combinada para o almoço e o jantar. Se preferir, pode ficar zanzando entre as mesas. Mas só ele: só um, não mais do que um.

Simultaneamente, organizações filantrópicas se mobilizavam com a finalidade de costurar não um uniforme, mas um enxoval decente para cada menor adotado pelo bar, o hotel e o restaurante. Cada um deles podia, assim, entrar, sem se sentir constrangido, no lugar combinado para a sua alimentação diária. Vestia roupas simples, doadas pelas organizações filantrópicas, e sandálias ou sapatos pobres, mas confortáveis. Nos hotéis, cada garoto transformava-se no engraxate da casa. Mas não era obrigado a isso, não seria utilizado como mão-de-obra aviltada: só engraxava se quisesse e era devidamente pago por isto. Ninguém pretendia explorar os garotos.

Entretanto, cada pivete estava sujeito a duas exigências básicas. Primeiro: se estivesse matriculado em alguma escola, teria que ir às aulas e deveria mostrar seu boletim de presença a uma assistente social. Segundo: antes de ser aceito no estabelecimento ao qual fora anexado, deveria apresentar-se à delegacia de polícia mais próxima, onde uma assistente social (e não um policial) preencheria um formulário contendo seu nome, nomes dos pais, procedência, grau de escolaridade etc. No princípio, uns jornalecos de esquerda histérica protestaram, alegando que tal medida cheirava a fascismo. Mas lhes foi explicado que, uma vez ao menos, valeria a pena colocar o carro adiante dos bois. Cada pivete registrado de antemão na delegacia, com sua folha penal imaculada, estaria seguro nas ruas porque, se o camburão o apanhasse por vadiagem, logicamente, ao chegar à repartição policial, ele seria facilmente identificado e devolvido à liberdade pelo próprio delegado da jurisdição.

Depois que hotéis, restaurantes e bares realizaram essa grandiosa ação de solidariedade humana, os condomínios dos edíficios aderiram ao movimento. Cada prédio passou a ter o seu menor abandonado, o qual comia alternadamente nas casas dos moradores simpatizantes da causa. Finalmente, as empresas particulares, não relacionadas com as noções de lar e cozinha, também chamaram a si a tarefa de diminuir, um por um, os números das estatísticas aterradoras. Escritórios de publicidade, redações de jornal, fábricas, oficinas – todas as empresas nas quais os funcionários almoçam em razão da lei, ou descontam em folha as refeições feitas durante o trabalho – todas, quase sem exceção, adotaram um menino. Só um menino. Nada mais que um menino. Os postos de salvamento das praias da Zona Sul contrataram meninos para conservar limpas as instalações sanitárias, sem vínculo empregatício, mas recebendo de cada usuário uma gorjeta previamente combinada.

Foi assim que os cariocas diminuíram em dezenas de milhares o número dos menores abandonados nas ruas da Cidade Maravilhosa. Foi o mais belo movimento humanitário ocorrido no Brasil, e haveria inevitavelmente de surgir no Rio de Janeiro, que sempre foi a cidade exemplo em matéria de imaginação criadora, generosidade e espírito gaio. Em breve a idéia alastrou-se por todo o território nacional, forçando o governo, até por ciúme, a tomar providências globais para transformar aquele pequeno movimento popular numa campanha de salvação da infância miserável.

(*) Sonhei que escrevia este relato num dia qualquer do ano de 1984.

26-03-1980

Livros de José Carlos Oliveira

ROMANCES: *O Pavão Desiludido* (Bloch Editores, 1972), *Terror e êxtase* (Codecri, 1978), *Um novo animal na floresta* (Codecri, 1981) e *Domingo 22* (Ática, 1984).

Crônicas: *Os olhos dourados do ódio* (José Álvaro Editor, 1962), *A revolução das bonecas* (Editora Sabiá, 1967), *O saltimbanco azul* (L&PM, 1979), *O rebelde precoce (crônicas da adolescência)* (Universidade Federal do Espírito Santos, 2003) e *O homem na varanda do Antonio's* (Civilização Brasileira, 2005).

Diário: *Diário selvagem* (Civilização Brasileira, 2005).

Contos: *Bravos companheiros e fantasmas* (Universidade Federal do Espírito Santo, 1986).

Este livro foi composto em EideticNeo e impresso pela Ediouro Gráfica sobre papel Pólen Soft 80g da Suzano. Foram produzidos 3.000 exemplares para a Agir em junho de 2005.